西南政法大学刑侦剧研究中心成果

刑侦剧研究

（第二卷）

主 编 肖 军

群众出版社
·北 京·

图书在版编目（CIP）数据

刑侦剧研究. 第二卷 / 肖军主编 . —北京：群众出版社，2020. 7
ISBN 978-7-5014-6133-2

I.①刑…　II.①肖…　III.①电视文学剧本—文学研究—中国—当代—文集
②电影文学剧本—文学研究—中国—当代—文集　IV.①I207.35-53

中国版本图书馆 CIP 数据核字（2020）第 138921 号

刑侦剧研究（第二卷）

主编　肖军

出版发行：群众出版社
地　　址：北京市丰台区方庄芳星园三区 15 号楼
邮政编码：100078
经　　销：新华书店
印　　刷：天津嘉恒印务有限公司

版　　次：2020 年 12 月第 1 版
印　　次：2020 年 12 月第 1 次
印　　张：15
开　　本：787 毫米×1092 毫米　1/16
字　　数：300 千字

书　　号：ISBN 978-7-5014-6133-2
定　　价：56.00 元

网　　址：www.qzcbs.com
电子邮箱：qzcbs@ sohu.com

营销中心电话：010-83903991
读者服务部电话（门市）：010-83903257
警官读者俱乐部电话（网购、邮购）：010-83901775
综合分社电话：010-83901870

编 委 会

主　编：肖　军

副主编：赖　继

编　委：（按姓氏拼音排序）

艾　明　曹　菁　陈建州　黄　鹏

李俊芳　李　涛　刘章荣　师　索

万　婷　王　雷　王小海　王星瀚

吴晓锋　徐吕子　杨　婷　郑晓均

序

为加快"双一流"建设，秉承错位发展、超越发展理念，西南政法大学刑事侦查学院于 2018 年 3 月 26 日成立了刑侦剧研究中心。本中心立足于学科融合发展，重点研究侦查学、法学、新闻学、传播学、影视学等领域的交叉问题，从而推动多学科的协同发展。为了进一步交流国内外刑侦剧最新研究成果，探索刑侦剧在发展过程中亟待解决的理论与实践问题，本中心拟于每年公开征集论文集结出版，《刑侦剧研究（第一卷）》已于 2019 年由群众出版社出版。第二卷征稿启事自 2019 年 10 月通过多渠道（如在西南政法大学微博、有关微信公众号）发布以来，截止到 2020 年 5 月，共收集 20 篇论文，根据论文质量，我们从中挑选了 12 篇结集出版。

2020 年 4 月，刑侦剧研究中心成为西南政法大学校级研究基地。同月，《刑侦剧研究》入选南京大学中国社会科学研究评价中心中文学术集刊网。为了提升《刑侦剧研究》的质量和丰富程度，我们除了保留剧本大赛这一中心活动并将获奖作品收录入册外，还邀请专家进行访谈。至此，《刑侦剧研究（第二卷）》分为专家访谈、主题研讨、青年论坛、剧本研究四个版块。专家访谈主要登载知名学者、影视演员在刑侦剧研究、拍摄等方面的感想感受的访谈录；主题研讨主要登载高等院校教研人员，公、检、法等实务部门人员以及公司企业人员就某个主题进行研究的成果；青年论坛主要登载研究生相关研究成果，也是本刊培养人才的园地；剧本研究主要登载刑侦剧研究中心每年剧本大赛获奖优秀成果。

总的来说，《刑侦剧研究》为专门研究刑侦剧所设，目的在于推进我国刑侦工作与刑侦影视行业的融合发展，提高观众的欣赏水平，弘扬优秀警务文化。我们的目标是将刑侦剧研究中心做大做强，成为全国知名品牌。对此，我们将进一步规范《刑侦剧研究》的文章及要素、内容及要求、编排与设计，并决定自 2021 年开始一年出版两卷，收录于知网。恳请各位不吝赐稿！

肖 军

2020 年 6 月

目　　录

专家访谈

主题研讨

青年论坛

剧本研究

专家访谈

刑侦剧的表演体会

访谈时间： 2020 年 3 月 21 日 15 时

访谈方式： 腾讯视频会议

访谈对象： 严屹宽（中国内地影视男演员、歌手，毕业于上海戏剧学院表演系）

访谈主题： 刑侦剧的表演体会

肖：严老师，您好！我是西南政法大学刑侦剧研究中心主任肖军。很高兴您能接受我们研究中心的采访。最近您主演了包括《秦明·生死语者》在内的多部影视剧。所以，本次采访主题是请您谈谈您对刑侦剧的表演体会。我们会将本次访谈内容收录在最新一期的《刑侦剧研究》之中。

严：谢谢肖老师！很荣幸接受这次采访。今天我会从演员的角度，谈一下在刑侦剧等行业剧创作中存在的现实问题。

肖：从演员的角度出发，您是怎么理解刑侦剧这一概念的？

严：我们接触得最多、最早的应该是 TVB（香港电视广播有限公司）以前的刑侦剧。当然，我们那个时候完全是把刑侦剧当成故事片来看，因为不了解香港地区的法律体系和法律规定，所以如果要谈法律的严肃性和准确性，我们对此并不清楚。近期内地也出现了很多很好的影视作品，广大观众非常喜欢。这也说明其实刑侦剧有很大的发展空间，同时会有很多朋友注意到这一块空间，所以我们的创作余地非常大。我觉得演员到了一定的年龄，会对刑侦剧产生一种向往，因为拍摄刑侦剧是非常有难度的，极具挑战性的，它需要演员有极其丰富的专业知识和社会实践，对真实的生活要有体会。

肖： 您在刑侦剧的拍摄过程中是否有一些心得体会可以和大家分享呢？

严： 我在拍摄的时候发现，有剧组缺乏专业的衡量标准，很多都是拿到剧本之后就照本宣科。照本宣科，看上去好像是对剧本负责，实则却是脱离现实，有的时候因为这样的做法，使得创作变成了演员和导演创作的一种臆想，这种创作氛围的存在是不可否认和避免的。而我认为真实的创作过程，需要有专业的法律人士参与，也就是共同创作，而非单一创作。因为刑侦剧本身是一个非常专业的题材，在专业面前，大多数从事影视行业的人员包括编剧、导演、演员，都是外行。所以我们非常期待和有专业知识的人士一起合作，从剧本创作的最初阶段进行切入，从而提高剧本和整个创作过程的严肃性，当然这是我个人的看法。

肖： 您其实演绎过很多具有专业性的角色，包括最近上映的《秦明·生死语者》中的秦明。对于包括刑侦剧在内的一些专业剧，是否在拍摄过程需要专业指导？对此，您有什么心得体会呢？

严： 我们经常会看到某部戏中演员对于警察、检察官、律师等角色，塑造过程中部分失实的例子，这一点我也是非常有感触的。

在拍摄《秦明·生死语者》的时候，是有法医顾问在现场跟随的。法医顾问在各方面都提供了专业指导，由此我们才能够呈现出自认为可以去面对观众的一些表演。所以，整个剧本创作也不能架空现实，演员表演不能架空，所有的一切都不能架空，不要照本宣科和脱离现实，这样才能够创作出一部有底气的作品，也能体现我们对法律的尊重。

我最近拍了一部律政题材的戏，也是和刑侦剧相关的专业剧。在拍终审片段和法官对戏的时候，我发现可能因为对手比较年轻，对于法官的表演节奏以及这一职业的语言逻辑和思考方式，以及整个庭审节奏的把控上出现了一些不是特别专业的情况。整个表演基本上是在导演的叙述下，摸着石头过河完成的，我觉得这样是不太可取的。所以若缺乏专业指导，就可能出现演员塑造角色不专业的问题。

前几年我拍过一部剧叫作《飞行少年》，我饰演的是中国空军的王牌飞行员孔新。他是连续两届获得金头盔奖的飞行员，后来成为教官。面对这样一个角色，我刚接下来的时候挺开心的，但当我拿到剧本的时候，却又想把剧本退回去了，为什么？因为这个人物太过于专业，有大量的专业台词，而那些台词并不是我们生活中能够遇到的，我也根本不明白其中的含义。出于演员的敬畏之心，对此我是害怕的，但作为演员也要有职业道德，所以我选择死记硬背。导演也给了我很多帮助，那么最关键的帮助在哪里呢？在于有两位专业的军官参与了我们整部戏的创作。他们每天都在现场，对我们的言谈举止、军容军姿以及上下级沟通的方式和语言逻辑等方面，进行了指导和监督。每一场戏他们都会监督，一有不对的时候，他们直接会在拍完这一条之后，给导演指出来，这条里面演员在哪里可能表现得太过了或者怎么样。这样一段时间之后，最后他们对我说："严屹宽老师你演得特别好，你体现出了我们军人真正的风貌和气质。"

一开始，我可能会感觉他们是在束缚演员的表演，给表演增加了很多条条框框。但其实在表演过程中，这些条条框框给演员提供了进步的动力，而到了整个表演的最后，这甚至成为了演员的优点。演员有了专业人士提供的强大支持，才能呈现更加自信、底气十足的表演。这一点也同样适用于刑侦剧的表演，我希望专业人士能参与到剧本的创作、与导演的沟通，以及现场拍摄的整个过程中，希望大家能够有非常好的协作和协同能力。由此创作出有可看性的、同时又不架空现实的、有真实性的作品。这是我们未来要去做的一件事情。

肖：再次感谢您接受我们的采访。希望以后有机会再进一步交流。同时，我们刑侦剧研究中心也在拍摄刑侦方面的影视剧，到时候还希望您能够莅临指导。谢谢！

严：好的。我也十分乐意参与到刑侦剧的创作与拍摄过程中，这既是一段经历，也是大家相互学习的机会。

刑侦剧与律政剧之间的关系及若干问题

访谈时间： 2020 年 3 月 21 日 16 时

访谈方式： 腾讯视频会议

访谈对象： 赵鹏（北京市人民检察院第一分院第一检察部主任，《决胜法庭》编剧)

访谈主题： 刑侦剧与律政剧之间的关系及若干问题

肖： 赵主任，您好！我是西南政法大学刑侦剧研究中心主任肖军。很高兴您能接受我们研究中心的采访。最近您创作的《决胜法庭》收视率高、口碑好，在此对您表示祝贺！本次采访主题是请您谈谈您对刑侦剧与律政剧之间的关系及相关问题的看法。我们会将本次访谈内容收录在最新一期的《刑侦剧研究》之中。

赵： 谢谢肖老师！很荣幸接受这次采访。今天我会从编剧、实务工作者的角度，谈一下上述主题。

肖： 严格来说，《决胜法庭》属于律政剧，您对于律政剧这一概念有什么看法吗？怎样的剧才算律政剧呢？

赵： 我觉得律政剧的核心在于"律"字，它包括两个含义，一是法律，二是律师。只有律师没有法律的剧，可能只是家庭伦理剧或者"恋爱撒糖"剧；只有法律没有律师的剧，我暂时想不出编剧要怎么编，恐怕难度很大。有律师，有法律，自然就会有案件。案件可以是民事案件，也可以是刑事案件。民事案件就是律师和律师之间，律师和当事人之间的故事；如果是刑事案件，那就是律师、犯罪嫌疑人或被告人和检察官之间的故事，其实检察官某种意义上也属于国家的律师，总之律师必须是剧中的重要人物。

肖：您认为律政剧和刑侦剧有何区别？

赵：律师、法律、案件这三个部分组成律政剧，和刑侦剧的最大差别在于，刑侦剧只需要查明真相，律政剧不仅要查明真相，还要适用法律，这是两个有联系但又相对独立的问题。我今天在这里接受了采访，这是一个事实问题；这个采访是合法的，这是一个法律评价问题。刑侦剧可以只讨论事实，真相大白之时，犯罪嫌疑人被抓之刻，就是大结局的时候。但律政剧不能止步于此，它必须延伸到法律评价的阶段。美剧中，《不死法医》是刑侦剧，《庭审专家》是律政剧；香港电视剧中，《刑事侦缉档案》是刑侦剧，《壹号法庭》是律政剧；内地电视剧中，《白夜追凶》是很好的刑侦剧，但并不是律政剧，而《决胜法庭》是律政剧。另外，我还有一部将要播出的《你好，检察官》，也是一部律政剧。当然，它们都有各自的不足，但不能否认的是，它们都是律政剧。

肖：您最近创作了《决胜法庭》《你好，检察官》等多部律政剧，那么律政剧对于创作者有何要求呢？它和刑侦剧对创作者的要求是否有区别呢？

赵：如果认同上一个问题中我得出的结论，那就会推演出下一个结论——律政剧不好写。一方面，涉及法律评价的问题是法学和实践法学的专业范畴，专业编剧可能很难掌握这些知识。刑侦剧也会涉及一些法律问题，但由于主要内容在于查明真相，所涉及的法律问题并不多，法律专家顾问完全可以解决这些问题。但在律政剧上就完全不同了，剧情要围绕法律评价展开，并且法律问题是牵一发动全身的。编剧如果没有法律，尤其是司法实践的经验，很难完成律政剧的剧本创作。另一方面，如果由专业法律人士进行剧本创作也有问题，因为编剧是一个独立的专业，有其固有的技巧和原理。如果没有这种训练，很容易写成《法治进行时》或者《普法栏目剧》。

最理想的状态是，由融合了法学、司法实践以及影视文学创作三个领域的编剧去创作剧本。如果这个条件不允许，那就需要专业编剧和职业法律人共同做编剧，充分沟通，才能形成合格的律政剧。《决胜法庭》和

《你好，检察官》的创作过程就是这样。当然我个人也在不断学习编剧的各种技术，《检察风云》以及我们正在筹备的《控辩双雄》中，我就是独立编剧，我也很期待市场的检验。

肖：那您觉得和刑侦剧相比，律政剧靠什么来吸引观众呢？

赵：国内的电视剧几乎都有一条非常明显的主线，整个电视剧讲述的是一个大事件，这个大事件中套了一系列小事件。全剧依靠这个大主线去吸引观众，形成黏性。比如，绝大多数刑侦剧，都从第一集就让观众猜幕后大 BOSS。这在刑侦剧中没有问题，因为刑侦剧就到真相大白的那一刻结束。但律政剧就有问题，因为如前所述，在律政剧中，真相大白只是一个基础，甚至就是一个起点。如果在律政剧中强化大主线，那必然形成两个结果：一是剧情在中后期转向刑侦剧，因为你要把真相大白放在最后，然后最多用庭审收尾。二是主角最后办理的案件，都是自己身边的人，因为所有案件都需要和主线勾连。对比港剧和美剧我们会发现，它们的律政剧主线并不明显，甚至根本没有主线，人物关系都不会有太大变化。

在《决胜法庭》播出时，我发现弹幕中很多人提到，期待单元剧的复兴。国内确实曾经涌现出很多出色的单元剧，只不过都不是律政剧。比如，情景喜剧《我爱我家》和刑侦剧《重案六组》。但是单元剧也有两个问题，一是重大系列涉案剧广电总局不允许再制作，二是弃剧概率太高。

对于律政剧靠什么去吸引观众，我目前有些粗浅的观点。第一，律政剧的主线可以弱化，偏向单元剧，但不需要那么多的命案，避免成为重大系列涉案剧，很多案件不出人命但也很有意思。比如，我上周和严屹宽老师讨论的一个案件，小伙儿被准岳父索要 12 万元彩礼，否则不能结婚，无奈之下自己做了一张假的支票给了岳父，结了婚。几个月后岳父拿着支票去银行兑现，直接被送派出所了，查明真相后小伙儿被以票据诈骗罪拘留了，那么他真的构成犯罪吗？这个案件不大，但很有戏剧性。第二，用人物去吸引观众。很多国产剧用人物意外的遭遇软化过于专业的剧情，比如家庭戏、恋爱戏，但美剧中更多的却是采用人物身上的闪光点，把人物做得特别个性，如《基本演绎法》里的夏洛克，《实习医生格蕾》里的大夫，这些角色让人过目不忘，要么特别固执，要么特别自大，让人觉得他们就算说着大段大段的专业台词，也不会显得枯燥。国产剧中也有类似的例子，比如《都挺好》中的"苏大强"。塑造人物去吸引观众，我觉得这是可以考虑的方向。

肖： 作为一名检察官和编剧，您对律政剧有何期许呢？

赵： 我认为律政剧是一个富矿，期待我们去共同开发。我会在这个领域继续发挥自己的作用，创作出真正优秀的国产律政题材影视作品。

肖： 再次感谢您接受我们的采访。希望以后有机会能深度合作。

赵： 我十分期待下一次的合作，看刑侦剧与律政剧能碰撞出什么样的火花，发生怎样的化学反应。

律政剧的创作出路

访谈时间：2020 年 3 月 21 日 17 时

访谈方式：腾讯视频会议

访谈对象：张菁（中国传媒大学戏剧影视学院副教授，电视剧《绝密者》编剧）

访谈主题：律政剧的创作出路

肖：张教授，您好！我是西南政法大学刑侦剧研究中心主任肖军。很高兴您能接受我们研究中心的采访。本次采访主题是请您谈谈律政剧的创作出路。我们会将本次访谈内容收录在最新一期的《刑侦剧研究》之中。

张：谢谢肖老师！很荣幸接受这次采访。今天我会从专业院校研究者、编剧的角度，谈一下上述主题。

肖：您对律政剧的现状有何看法呢？

张：2019 年年底至 2020 年年初，有两部律政剧《精英律师》《决胜法庭》，先后登上五大卫视平台首播，已经是非常骄人的成绩了，好过往年。但是数量不够多，品种也不齐全，所以说律政剧目前还在一个需要突围的状态下。

律政剧的生存现状是要和古装小言剧、都市甜宠剧、古装破案+古偶剧等这样强商业优势的类型竞争。律政剧用什么赢得观众？如何找到这个类型最擅长的方向？这需要我们想办法找到律政剧的类型特点、优点，扬长避短，把它的特点发挥好，形成律政剧的收看人群，也就是说要找到律政剧的优势，然后在这个方向上去努力突围。

肖：在您看来，律政剧有哪些优势呢？

张：律政剧的优势是律师、检察官、法官等，这些律政剧中主要人物形象是具有天然吸引力的。这里有一个商业故事的逻辑问题，商业故事里的观众是新陈代谢的，是需要刺激的，他们需要看到新的人物形象，人物是观众新陈代谢最残酷的领域。这其实是一个审美的喜新厌旧，但是商业故事中的观众的这种特点，对于我们律政剧来说是一个好事。我们看优秀的律政剧里，核心人物形象——律师、法官、检察官，永远是律政剧的特点，或者说是卖点，也就是说律师、法官和检察官这样的人物形象是可以吸引到观众的。当然不是因为"制服控"的吸引，而是这些职业在戏剧层面具有天然的吸引力。

以律师为例，律师形象还没有在荧屏上大量出现，反而是创作者的机会所在。律师职业能带给观众震撼和挑战，对于观众来说，律师的职业很陌生，会挑战到我们生活中的一些通俗的常理，或者我们所说的人情世故。这是律师戏既有给老百姓普法的部分，也有商业价值的地方。我们中国人很讲情感，很讲面子，甚至有时候，情大于法，也会大于程序正义。就目前来说，程序正义在大众的观念中是较为淡薄的，进而老百姓也不太会理解律师这个职业的最本质的东西。律师秉持着自己的职业信仰，从法律的角度看，案件不是非黑即白的道德判断，而是要去适用法律。律师会认为很多事情没有看上去那么简单，而老百姓可能会进行简单的二元判断。从法律的角度处理问题，依照法律的方式去解决问题应该是怎样，一个现代的社会公民，一个人权利的边界又如何界定？从老百姓来讲，他只认大俗理儿，实际上律师职业的特点让他跟观众的基本认知之间，反差很大，因而会产生震撼，就会成为我们说的好看的故事，这是只有律政剧或者有法律的剧才有的一个特点。

肖：既然律政剧中的主要人物是具有天然吸引力的，那么您认为在创作的过程中创作者有什么需要注意的地方呢？

张：在我看来很重要的一点就是，律政剧中的人物塑造需要真实。写人物的时候，要写出真实的、正常的人物。律师、检察官还有法官，他/她获得他/她的职业身份之前，首先是一个人，他/她这个人物其实是要和观众共情，和观众有共同点，也就是说他/她首先得是一个正常人，不仅仅是个行走的办案工具，而是有个正常人性的人。你写出正常人性的一面，演员也会演，而如果你写的人物是个太完美的人，演员也不知道这人物是什么感觉，因为现实生活中我们比较少会感知到什么是完美的人。

在很多律师戏里面，其实都是要靠有特点的律师打动观众，观众通过认同人物去了解法律到底是什么。好的律师形象都是有特点的人物，法律价值观、法律的尊严自然就能被观众接受。

肖：对于国内律政剧角色塑造的现状，您有什么看法或是建议吗？

张：我认为就国内律政剧角色创作的现状来看，律政剧中的人物形象需要更加多元化的创作。国内的律政剧里，还有很多种律师形象都还没有出现过，这其实是这个类型剧很大的机会。有很多律师的形象，观众都只是在国外的影视剧里看到过。比如，邻家律师、落魄小律师——就是在生活常见的开在看守所边上的那种律所里的律师、刑诉翻案律师、腹黑律师、热血律师、死磕律师、拜金女律师、蒙冤律师、社会大哥律师，等等，这些都是我们还没有尝试去创作的人物形象。律师职业是反映时代变化、社会问题和人性的窗口，通过这些律师形象的塑造，律政剧可以发挥其关照社会、关照人性的社会写实功能，而不再是那种悬浮于普通百姓生活之上、出入高级写字楼，跟百姓生活没有关系的职场剧。

我们说，未来律政剧的繁荣一定会有大量的、各种各样的律师形象出现，形成一个多样化的生态。中国律政剧不能只有一种精英律师，靳东很好，高富帅王耀庆类型的律师也很好看，但是不能只有这一种律师，如果是黄渤来演部律政剧，我就很想看，因为会比较有趣，会给观众带来冲击。

肖：再次感谢您接受我们的采访。希望以后有机会能深度合作。

张：谢谢！我也期待后续的相关合作，大家能够进一步交流。

网络剧"精品时代"的到来：
以《破冰行动》为例

访谈时间： 2020 年 2 月 5 日
访谈方式： 腾讯视频会议
访谈对象： 爱奇艺副总裁、自制剧开发中心总经理戴莹
访谈主题： 网络剧"精品时代"的到来

高： 戴经理，您好！我是中国传媒大学的高帆。很高兴您能接受我们的采访。现如今网剧的品质已完全不逊于传统电视剧，无论是演员阵容还是制作班底，都已基本告别过去"野蛮生长"的发展阶段，"精品意识"越来越强，您认为制作方、播出方和观众分别在其中发挥了怎样的影响和作用？

戴： 就制作方而言，每一部都希望在之前的基础上有一些无论是人物的创新，还是题材叙述角度的创新，追求一些新的突破。《破冰行动》这个项目最动人的就是它是根据真实大案改编的，这既充满画面感，又有点没法想象。无论是题材层面的创新，还是因为真实大案做改编的高度，在背景格局、社会深度等方面，我认为都是在这个类型上特别好的突破。

就播出方而言，对于以每季 12 集形式呈现的网剧，《破冰行动》这一 48 集体量的大剧在网络平台上有一定的追剧门槛。为了解决这个问题，一方面，爱奇艺从排播形式上调整为每天更新；另一方面，在拍摄期间就已经在考虑剪辑的问题，并将 48 集解构为四季。

此外就观众而言，他们对现实题材的，发生在身边的类型化的作品更

感兴趣。以我之前做《原生之罪》和《悍城》为例，其实这两个项目在拍摄和制作上都非常好，人设层面上也很成功。但我同时也听到一些声音，大家觉得为什么不在国内拍？他们觉得如果在国内拍的话，自我的认同度会更高。这一结论在《破冰行动》上线后爱奇艺热度指数突破9000这一点上得到了验证。

高：随着媒体融合的不断深化，移动互联网、网络电视等已达到前所未有的普及程度，网剧观众已不再局限于青少年群体，针对此现象，您认为网络剧的发展面临着什么样的挑战以及应当进行怎样的策略调整？

戴：关于年龄覆盖层面上我也想说，互联网的发展已经真正"破冰"了。我们的父母虽然可能还在用电视端，但他们也在通过智能电视去看互联网上的内容，所以未来我们在内容制作方面，实际上是在年轻化中追求全民化。从《破冰行动》整个用户画像可以看出，无论是31~35岁的中流砥柱，还是18~30岁的核心年轻用户，这部剧都是全面覆盖的。我们在年轻化中，求得了"全民爆款"的样子。

爱奇艺自制剧集屡屡成为爆款的经验，就是始终坚持创新性、精品化、原创内容IP化原则。首先，创新性是打造头部效应剧的"直升机"，只有题材创新、人设独特、故事新颖，才能从诸多同质化作品中脱颖而出。其次，精品化是一部作品得以成为爆款的必要条件，平台坚持用匠心打造作品，从前期剧本开发、团队搭建到后期剪辑宣传等各个环节都做到严格把控。而对于平台而言，无论是"IP项目"还是原创内容都需要遵循影视作品的创作规律，经历一个二次开发、再创作的过程，当影视作品具有一定的头部效应后，也会自动成为一个全新的"IP"。

高：许多大牌影视公司纷纷参与到了网络剧的市场竞争中，同时网台合作也变得越来越密切，这些现象会为网络剧的良性发展带来哪些客观实际的影响？

戴：爱奇艺一直秉持着"开放合作"的理念，在我们的合作伙伴中，也有很多电影级别的创作团队，比如和灵河文化合作的《老九门》《热血少年》《大主宰》，与工夫影业合作的《河神》等，以及冯小刚监制的《剑王朝》，陈思诚团队监制导演的《唐人街探案》等，爱奇艺与众多专业的内容创作团队携手，不仅为自己的内容产业夯实壁垒，也在推动内容产业进行升级。

在网台联动方面，这一次我们的《破冰行动》开了行业先河，由爱奇艺和央视一起联动播放，根据我们两方不同的用户需求，剪辑了两个不同的版本。因为电视台的用户更加全民化，同时可能年龄大的用户多一些，他们希望的是比较顺序的故事结构，而互联网的用户相对是比较年轻的，喜欢烧脑的内容。所以在制作的时候，我们当机立断，分别剪辑，希望这一版本能够给网络用户呈现更烧脑的情节和故事结构。

高： 自《人民的名义》以来，现实题材剧的发展迎来了新的春天，《破冰行动》更是 2019 年现实题材网剧中的佼佼者，您认为《破冰行动》取得成功的主要原因是什么？

戴： 当时我们一拿到这个项目就如获至宝，因为《破冰行动》已经具备成为一部爆款剧的基础：整体的叙事方向是正面的，剧本的完成度、故事的戏剧张力都非常优秀。从看到剧本到决定要把这个项目拿到手，整个过程不到两周。我们老板龚宇一直说，爱奇艺直到现在都是一家创业公司，我们拼的就是执行力。

此外，一直以来爱奇艺在推理探案等悬疑类型方面的剧做得比较多，特别是自制剧方面，从《无证之罪》到《悍城》《原生之罪》，再到现在的《破冰行动》，已经构建了相对成熟的方法论。

还有就是行业一直在进步，年轻一代的文化自信、我们的民族自豪感等都会为其提供土壤。这种变化虽然先发生在电影领域，从《湄公河行动》到《战狼2》《红海行动》等，但在有了像《破冰行动》这样的作品之后，同样的变化也会发生在网剧领域，我们需要给市场一个时间和包容度。

高： 作为一部改编自真实案件的刑侦剧，《破冰行动》兼具可看性与纪实性，考虑到实际的创作、传播过程与观众的观看，您认为现实题材网剧应怎样处理这种平衡？

戴： 大家都知道，《破冰行动》是改编自广东省 12·29 "雷霆扫毒"的一个真实案件，在整个宣传过程中，我们都在围绕"真实"这个特点，着重去刻画了一些真实的人物和真实的情感。《破冰行动》真正开始"破圈"，是从蔡永强这个人物开始的，是他一系列经典的语言，让大家认识到缉毒民警的不易，最后形成广大用户的认可和传播，这是意料之中，也是意料之外。

从平台传播的角度来看，一个项目里面其实有非常多知名的明星，我们之前的预判可能是知名明星扮演的角色应该会鲜活，但是你会发现，其实观众看剧的时候，看的还是人物，看的是鲜活的人物，看的是从没有见到过的人物。从来没有哪部剧集会从缉毒警的角度去塑造这样一个人物，所以当蔡永强的形象产生的时候，其实是真正地击中了观众的内心。大家可以看到，蔡永强在剧里面说到的"不是每个人都能看见真相，但是每一个人都能成为真相"等特别多经典语言，都在网络上形成了传播。所以5·20那天有受到触动的观众给缉毒英雄送花，说看完这部剧才真正了解到缉毒民警的不容易，这也是我们做这个项目的意义所在。

主题研讨

浅谈刑侦剧普法功能的不足及其完善

——以经侦热播剧《猎狐》为视角

吕　红* 冯　燎**

摘要：刑侦剧作为一种特殊的影视剧类别，近年来广为业界和观众所关注，特别是 2020 年热播的经侦剧《猎狐》突破传统的刑侦题材，着眼于与生活紧密联系的新颖的经侦题材，以紧凑的剧情结构，引人入胜的剧情矛盾，使观众眼前一亮，再度点燃观众对刑侦剧的热情。本文以经侦热播剧《猎狐》为视角，阐述了我国刑侦剧的发展现状、普法功能的不足及其完善等。其普法功能主要体现为：对民众法治观念的培养引导，对犯罪人的震慑与感召，对公安队伍的宣传与教育警示等方面。本文针对目前刑侦剧普法功能存在的不足，如剧情设计中的法律漏洞，注重离奇曲折而对犯罪情节做不当渲染，制造戏剧人物冲突，致使侦查程序方法偏离法律规范等，提出具体解决对策。笔者认为，刑侦剧普法功能应该从立足专业团队打造、加强审查和把关、强化侦查专业思维与逻辑、塑造侦查人员正面形象、关注市场策划、注重后期开发引导等方面进行完善。

关键词：刑侦剧；法律；普法功能；《猎狐》

一、我国刑侦剧发展现状

（一）题材类型多元变化

刑侦剧，也有学者称作"警匪剧""公安剧""涉案剧"，简单来说，

---

* 吕红，湖北警官学院侦查系副教授。

** 冯燎，湖北警官学院侦查系学生。

就是具有侦查权主体运用措施、手段、策略来破案的剧集。① 近年来登上荧幕的刑侦剧以丰富的题材，多元化的类型赢得了广大观众的好评，其中包括最新题材经侦剧《猎狐》（豆瓣评分 9.0 分）；悬疑推理剧《法医秦明》（豆瓣评分 7.1 分）、《无证之罪》（豆瓣评分 8.3 分）、《白夜追凶》（豆瓣评分 9.1 分）、《重生》（豆瓣评分 7.8 分）、反腐倡廉剧《人民的名义》（豆瓣评分 8.3 分）、《国门英雄》（豆瓣评分 7.4 分）、枪战打斗剧《12·1 枪杀大案》（豆瓣评分 9.2 分）、缉毒悬疑剧《破冰行动》（豆瓣评分 6.9 分）。纵览刑侦剧近二十年来的发展历程可以发现，其涉及的题材类型越来越丰富多元。中国视协电视评委会副主任王丹彦提到：公安剧从五六年前只有英雄事迹式、纪实式、侦破式和证据式四个类型，现已发展到涉案爱情剧、涉案嫌疑剧、涉案心理剧、涉案反腐剧、涉案动作剧、涉案法检剧、涉案人物剧和涉案纪实剧八大类型。

追溯刑侦剧近二十年来的发展历程，可从其三个标志性时期看到刑侦剧题材类型多元变化的轨迹。

其一，井喷期。此时期的刑侦剧涉及题材广泛，基本取材于真实案例，以涉案打黑剧、涉案缉毒剧、涉案反腐剧为主，如《惊天大劫案》《插翅难逃》等，还涌现出了一批以犯罪小说为模板的刑侦小说改编剧，如《黑洞》《红蜘蛛》等。其二，低谷期。在广电总局发布涉案剧审查播出管理新通知后，刑侦剧题材开始向悬疑推理方向变化。刑侦剧题材由暴力血腥的犯罪剧向注重悬疑推理的司法探案剧方向转变，如《大宋提刑官》《暗算》等。其三，回暖期。广电总局相关负责人解释，涉案剧通过对其中一些情节、镜头、画面、台词作适当处理后，可以进入黄金时段。这一时期的刑侦剧随着播出渠道的改变和受众审美口味的更迭，类型更为多元化，题材越来越新颖。刑侦剧类型向网剧、犯罪心理剧、缉毒刑侦剧、法医剧发展。

最值得一提的是 2020 年首部经侦剧《猎狐》，其为了打破固定受众圈层、迎合女性口味，采取了融入爱情元素、减少惊悚感等对女性友好的操

---

① 肖军：《嬗变·规律·价值：改革开放 40 年我国刑侦剧创作回溯与传播考索》，载《电影评介》2018 年第 22 期，第 93-97 页。

作，成为新型刑侦剧。刑侦剧含有的人性探讨，法与情、罪与罚的关系，法律与道德的联系，是其题材类型多元变化的关键突破口，体现思想性、艺术性和观赏性又兼具法制教育意义是刑侦剧题材类型变化发展的愿景。

（二）观众受众面广

刑侦剧的受众面广不仅取决于题材类型的特殊，更有多方因素的影响。

以 2020 年热播经侦剧《猎狐》为例，该剧由公安部新闻宣传局、中国国际电视总公司、柠萌影业、柠萌开新、优酷及阿里影业联合出品。《猎狐》出品方阵容强大、制作经验丰富，一经播出便广受关注，无论是研究经济犯罪侦查的专家学者，公安、司法人员，还是专业学生、商务人士，甚至是从未了解经济法律的普通百姓都成为了《猎狐》剧的忠实观众。此剧收视率高、受欢迎程度及续集的关注度高，受众面广。其原因之一在于创作团队一流，专业性强大，创作基础充满现实质感。《猎狐》由赵冬苓编剧，刘新执导，业界影响力大，剧本历时四年，筹备时间长，可谓匠心营造。使得一直喜爱刑侦剧的观众转粉《猎狐》，这是《猎狐》受众面广的原因之二。《猎狐》中演员阵容强大，凭借演技实力出演。这些演员本来就拥有雄厚的粉丝基础和较强的社会关注度，此次尝试新颖的经侦题材影视剧，无疑引起了巨大的社会反响，激发了观众的浓厚兴趣，从而扩大了受众面，这是原因之三。《猎狐》于 2020 年 4 月 14 日在东方卫视、北京卫视黄金时段首播，电视剧收视率位居同时段卫视全国收视第一，最高收视率达到 2.112%，在骨朵 VLinKage 等排行榜位居第一，登上微博热搜榜，83% 的知乎网友倾情推荐。同时在优酷、爱奇艺、腾讯视频播出。全网播放量连续 20 日夺冠，仅腾讯一家播放量就突破 1.7 亿次。其传播途径多式多样，播放量大，收视率及评分高，观众可以通过网络端、电视端、新媒体端等各种渠道了解收看《猎狐》，是导致剧集受众面广的又一原因。

（三）受环境影响

1. 政策影响

国家政策对影视艺术的引导与规范是除了艺术自身发展规律外，对艺术内容影响较大的方式。① 政策对刑侦剧的影响是直观的，我们就以政策与刑侦剧相联系的相关案例来看一下。其一，中央决定在全国开展扫黑除恶专项斗争，这使得影视文化作品也承担起传播反腐扫黑、伸张正义，树立公正、法治的社会价值观的责任。例如，《人民的名义》是讲述我国检察官为伸张正义侦办贪腐案件的故事。体现对黑恶、贪腐势力的零容忍。其二，党中央高度重视反腐败、国际追逃追赃的工作，公安机关作为中坚力量，积极参与到"天网行动"中，由此开展了针对贪腐分子缉逃追赃的"猎狐行动"。《猎狐》凭借着"猎狐行动"的故事原型，直击股市、银行业、贪污腐败犯罪的黑暗现实。其三，国家政策对刑侦剧的制作传播有严格要求。广电总局发布了《关于进一步加强电视剧引进、合拍和播放管理的通知》。2004 年，广电总局要求整治涉案剧，退出电视台黄金档。这都直接影响了刑侦剧创作的内容和数量，导致刑侦剧在这一时期的落寞。

2. 市场效益影响

刑侦剧的热播带来了巨大的市场效益。刑侦剧以其高收视率、高广告投放率带来的高回报率特色占据着电视剧主流市场。② 在电视剧商业化的浪潮中，市场效益直接影响影视剧内容的创作并成为融入的元素。在市场效益和商业利益面前，刑侦剧中添加的欲望、理想、爱情，以及人性的复杂能够很好地引发观众的共鸣，从而提高收视率和关注度。《猎狐》中夏远和于小卉的爱情历程一直是观众讨论的热点。另外对公安机关在案件侦破、与犯罪分子展开心理战、缉捕犯罪分子环节的刻画方面符合大众猎奇兴趣，是刑侦剧保有市场量的基础因素。

3. 舆论话题影响

新媒体环境下电视剧舆论场的构建及特点，对于电视剧的投资取向、

---

① 刘洁：《影视传播与国家政策的关系》，山西大学 2013 年硕士论文。
② 倪燕、赵亮：《广电总局出招　电视剧市场多方博弈》，载《传媒观察》2004 年第 7 期，第 11-13 页。

内容创作、宣传推广和生产流程都在无形中发挥着作用。① 刑侦剧在制作的过程中，挑选知晓率较高的作品进行改编，以时下热门的话题为方向依托，选择粉丝数量多、符合大众审美的明星担任主演，都是为了通过社会舆论、话题提高刑侦剧在社会大众心目中的收视期待。这样吸引社会民众参与到刑侦剧的制作和传播过程中来，既能获取更多的商业利益，又能获取对剧集的反馈、建议，还能迎合观众的口味调整刑侦剧的生产模式。例如，刑侦剧不再像传统模式那样，只在固定卫视固定的时间段进行播放，而是拓展到各大端口进行视频播放，以网剧的形式呈现给大众，同时选择观众适应的集数与时长，并可随时弹幕发表评论意见。舆论话题影响对刑侦剧的发展有不可忽视的作用。

二、刑侦剧的普法功能

(一) 对民众法治观念的培养引导

广播影视作为当代社会最具影响力和最具发展前景的大众传媒，已经成为党和政府联系人民群众的重要桥梁和纽带，也是人民群众文化娱乐休闲的重要方式。② 刑侦剧可以作为普及法律的传播媒介，能够对公民进行法律常识宣传和普及。《猎狐》作为经侦题材影视剧，以打击经济犯罪和海外追逃惹人眼球，剧中多处涉及法律法规的相关问题，从法律专业角度来讲，《猎狐》选取的案例内容及聚集点十分成功，让更多观众通过观看剧情这一轻松的方式，高效快捷地传输有关经济犯罪的法律知识。如剧中王柏林和郝小强操作证券市场，已涉嫌构成操纵证券市场罪。剧中涉及的金融诈骗、侵吞国有资产、集资诈骗等，将股市操作背后的经济利益纠葛、新闻作假等一系列的犯罪手法完整揭露，让更多普通观众真正了解经济犯罪的概念、形式和构成要件，从而引导民众在现实生活中能够识别判

---

① 蒋淑媛、孙俊青：《电视剧网络舆论场的聚合效应探析》，载《中国电视》2018年第12期，第62-67页。

② 王世栋、王炜苹：《从广播影视普法工作存在的共性问题谈如何加强和改进广播影视"六五"普法工作》，载《河南机电高等专科学校学报》2010年第18卷第3期，第75-76、85页。

断。《猎狐》用隐藏在剧情中的这些大量明显而又专业的法律术语和刑罚罪名刷新了观众的认知。同时，传递出的法律价值与理念，有利于引导公众对法律制定和法律适用有更深刻的理解。

法律意识是社会意识的一种特殊形式，它建立在一定的社会经济基础之上，是人们对法和法律现象的感觉、认识、期待、评价等法律知识、法制观念、法律观点的统称，反映着人们对法律的看法及守法、执法的自觉程度等。① 刑侦剧作为民众喜爱的文艺作品，以其进行法律知识的传播，提升民众法律意识，是一种高效可行的方式。

（二）对犯罪嫌疑人的震慑与感召

刑侦剧所采用的故事原型题材的不同，所反映的打击犯罪的重点也不同，例如《猎狐》作为经侦题材的影视剧，重点突出的是经济犯罪。而不管是哪个领域的犯罪，刑侦剧都在向社会表明，违法犯罪一定会被查处，触犯法律必将受到法律的制裁，从而起到震慑犯罪人的作用。正义可能会迟到，但是永远在来的路上。剧中王柏林已经逍遥海外六年之久，仍然拥有雄厚的资金和社会关系网，在抓捕王柏林的过程中，夏远克服了掌握犯罪证据不足，杨建群的阻挠包庇、没有引渡条例等问题，仍然坚持一定要将王柏林缉拿归案。其维护公平正义和法律尊严，惩治犯罪、敬业执着的精神，对犯罪嫌疑人无疑有很强的震慑力。我国刑法中自首制度体现了法律的公平公正，让犯罪嫌疑人清楚地认识到法律的刚与柔，对在逃的违法犯罪嫌疑人有感召作用，能指引其尽早投案，承担法律责任，降低司法成本。剧中外逃的行长、王柏林最终通过劝返，选择回国自首，充分体现了我国的自首制度对罪犯有很强的感召作用。

（三）对公安队伍的宣传与教育

《猎狐》中的"夏远"成为了亿万观众心目中"经侦警察"的经典形象，成为了众多经侦警察的缩影，以往不被大众所熟悉的这一警种在王凯的塑造下变得鲜活、立体、真实、有温度，将经侦警察的工作难度、专业性展现在大家面前。刑侦剧作为宣传公安队伍的一种途径，能够提高公安

---

① 刘农：《法律意识淡薄：我国法制现代化进程中亟待攻克的难关》，载《江苏社会科学》1998 年第 2 期，第 102—106 页。

队伍在社会民众心中的美誉度和影响力，促进警民关系融洽的发展，弘扬主旋律，传播正能量。《猎狐》塑造了一大批睿智果敢的经侦警察形象，让人们逐渐认识经侦警察，对剧中经侦警察善恶分明、秉公执法、坚守初心、抵制诱惑、坚守原则和底线的特点大加赞扬。

刑侦剧在其宣传意义上又兼具教育警示意义。在市场经济复杂的执法环境中，有的民警党性不坚，抵抗不住诱惑，自甘堕落成为犯罪分子的保护伞，贪污腐败、贪赃枉法、权色交易等现象时有发生。《猎狐》中对杨建群背离原则，收受贿赂，成为犯罪分子保护伞的心理历程有详细描写，通过与剧中人物动作语言对比、镜头的刻画，展现出杨建群内心的煎熬、悔恨与无奈。这种精神上的痛苦使得杨建群一直生活在阴影中。刑侦剧在展示这些人物的时候，给人巨大的心理冲击，具有教育警示意义。

三、现阶段刑侦剧普法功能存在的不足

（一）剧情设计、内容存在法律漏洞

《猎狐》中北江发展银行孙行长向警官夏远举报王柏林，夏远便将孙行长与王柏林同时传唤到警局，导致孙行长在途中与王柏林相遇，夏远这一举措实际造成了举报人信息的泄露。实名举报是党和国家赋予人民群众的一项重要的监督权，举报信息一旦泄露，会导致报案人的人身安全受到威胁，其监督积极性将遭到重创。举报作为经济犯罪案件侦查中的重要线索来源，举报人作为提供证人证言的主体，对经济犯罪侦查起到了重要作用，剧情反映了经侦办案在执行保护举报人法律制度方面的缺失。同样作为执法人员，其侦查、推理与抓捕的过程，要有逻辑性，必须要符合事物发展的客观规律和遵守法定的程序。刑侦剧内容上涉及大量的法律知识，这使得其不同于一般的影视剧，在刑侦剧中往往会出现法律用语不正确，误定罪名乱判刑罚，搞错主管机关，执法人员的执法行为有严重错误，故意或过失侵权的法律问题。

（二）注重离奇曲折情节而对犯罪做不当渲染

电视剧内容审查对影视剧含有色情暴力的内容有严格的规定。而有的刑侦剧为了追求精神冲击的效果和感官的刺激。用性侵、凶杀、肢解的大

尺度内容吸引观众，严重违反法律法规，误导青少年，破坏社会治安秩序。有的创作者为了对反面人物进行人性化描写甚至顾此失彼，将施暴者刻画为讲义气、重情义、赏罚分明的英雄式人物。刑侦剧中过分夸大犯罪分子逃避公安机关侦查和司法人员审判的技巧，直接描述犯罪过程中情欲、暴力、邪恶的画面，不加以批判和修饰。美化罪犯也是一种影视制作者在法律意识上的错误。[①] 有的刑侦剧为了揭示人性的崇高或丑恶，对罪犯的多面性格持欣赏态度，模糊了大众内心的善恶观念。《猎狐》这一经济犯罪侦查题材的电视剧，以郝小强操纵股市、坐庄、"割韭菜"等行为作为一大卖点，特别是对郝小强高智商或个人理想主义的过度渲染，在一定程度上存在对观众的错误引导，降低了对其犯罪的可感度及其社会危害性的认识。这与刑侦剧普法教育的出发点背道而驰。

（三）制造戏剧人物冲突致使侦查程序方法偏离法律规范

刑侦剧以刑事案件的发生和处罚为叙事主线，公安执法者作为叙事主体，其核心价值为描述侦破经历与侦查过程，扬善抑恶，维护公平正义。刑侦剧的创作者对侦查学、法学、法医学、司法鉴定和犯罪心理学等相关知识不熟悉，往往导致出现叙事逻辑性疏漏的错误，展现给受众的执法人员的侦查破案与缉拿追捕存在法定程序错误。如《猎狐》中，吴稼琪在没有查明相关违法犯罪的事实和证据线索情况下，跟踪王柏林，私自潜入王柏林的办公室，私自调查侵犯了公民隐私权。非法侵入、搜查他人住宅，或以其他方式破坏他人居住安宁。非法跟踪他人，监视他人住所，安装窃听设备，私拍他人私生活镜头，窥探他人室内情况，严重的可能构成非法获取公民个人信息罪。同时，该剧中人物关系的戏剧冲突，还导致整个案件在侦查回避保密等方面存在偏差。侦查立案的条件是有犯罪事实存在和需要追究刑事责任。侦查工作的每一个阶段环节措施方法都有严格的程序规定，而有的刑侦剧单纯为了追求艺术效果。过分夸大了推理和科技的作用，为了展示破案神速而不顾法定程序，忽略侦查权的依法行使。

---

① 杨洪涛、吴婷：《新世纪以来公安题材电视剧创作纵览》，载《中国电视》2017年第8期，第27-30页。

四、刑侦剧普法功能的完善

（一）立足专业团队打造

对案件处理的剧情设计，法律专业术语的表达要体现专业的法制观念。可以通过邀请公安专业人士参与剧本的编写、台词的设计以及实际拍摄，避免出现法律概念错误和法律内容漏洞误导观众，在剧情内容的设计上，合理地引入社会热点案件。要加强对观众的引导，体现中国特色法律理念。创作团队应该对整个剧负整体责任，确保拍摄过程不出现法律常识性错误。在刑侦剧的拍摄过程中，以律师、法律专家或有丰富侦查经验的相关人员组成法律顾问团参与指导策划，主创人员要知晓隐含在法律中的法治精神，作品内容要体现侦查人员、执法人员的法律素养。

刑侦剧的专业化打造，在设计中不应仅仅满足于，案件侦破后对犯罪人员进行定罪惩处，体现法治的威严，还要能引起观众对法治精神的思考，比如刑侦剧中律师参与、检察起诉、庭审环节的适度展示，应当从收集证据、辩护思路的选择和法官在审判中的考量这些方面进行艺术加工。结合中华优秀传统法治文化，以及道德与法律的关系，从而体现我国的社会主义法治理念。

（二）加强审查和把关

现有的影视剧审查制度中，对刑侦剧也有法律审查，但只审查刑侦剧是否有违法内容。在审查是否有违法内容时没有同时进行是否存在法律知识错误的审查。这种形式上的审查只能保证刑侦剧的内容不违法，不能保证刑侦剧表现的法律专业内容是规范的。时下正是刑侦剧热播的阶段，刑侦剧受到观众的喜爱和热烈追捧。观众在观看刑侦剧后会对剧中人的犯罪事实定性和如何处理的法律依据进行热烈的讨论。因此，确保刑侦剧中涉及的法律知识的准确性是十分重要的。有关部门应当针对刑侦剧中所涉及的法律内容、法律程序，制定详细具体的审查细则。对于胡编乱造，夸大歪曲法律的内容进行修正。剧中含有特殊表现案件手法的需向总局专项报批。各省级电视剧审查机构要严加把关。各电视播出机构要在播出的数量上予以控制。对涉及法律题材的要进行专业内容的审查。引用法律法规要科学合法，剧情表现的国家机关的性质与地位职责必须明确，侦查人员的侦查破案与缉拿追捕的程序要合法，不能模棱两可，越权滥权，要对涉及的法律专业内容进行法治理念的宣扬与界定。还可以建立相关的惩罚制度。对审查不力、审查失责的相关单位进行警告罚款或停播的处罚。

（三）强化侦查专业思维与逻辑

叙事逻辑是判断刑侦剧创作态度和艺术品质的第一标准。首先，无论是犯罪嫌疑人的作案动机和作案过程，还是执法人员的侦查、推理与抓捕过程，都应该符合事物发展的客观规律。[①] 有的刑侦剧为了吸引眼球，博取关注，所涉及的法律知识、侦破程序、庭审过程忽视相关法律法规与司法实践相悖。《猎狐》的编剧赵冬苓表示，对经济案件不熟悉的她在接受邀约后进行了大量的学习，她通过阅读大量案例和书籍，慢慢地从对股票完全陌生到对股市规则略知一二。又到公安部和地方公安机关深入实践考察，这为她的创作提供了大量灵感。强化侦查专业思维与逻辑，要防止出现叙事逻辑性疏漏的错误。

（四）塑造侦查人员的正面形象

我国以往的刑侦剧中，侦查人员的形象大多千篇一律，较为刻板。表现为与犯罪分子势不两立，疾恶如仇，拥有果断的分析能力和细致的侦查能力，打击犯罪如雷霆之势，一击便一网打尽，侦破过程神化，没有任何性格缺陷，全身充满闪光点。这种死板形象无法让观众将其与实际生活中的侦查人员联系在一起，不能很好地引起观众的共鸣。在塑造侦查人员的正面形象时，应加入人性的思考、性格的缺陷、社会关系的阻碍。通过刻画侦查人员克服困难压力和心理障碍的心路历程，以打造平民英雄的方式达到普法的意义和引导社会公序良俗的目的。[②]《猎狐》便是很好的例子。夏远要面对源自亲情、友情、爱情、恩情直戳人性软肋的难题，王柏林的贪婪、阴狠、虚伪、狡诈，唐洪的凶残，赵海青的腐化，孙铭的堕落，郝

---

① 杨洪涛、吴婷：《新世纪以来公安题材电视剧创作纵览》，载《中国电视》2017年第8期，第27-30页。

② 许莹冰：《香港警务题材电视剧中警察形象的塑造模式》，载《中国广播电视学刊》2011年第9期，第55-56页。

小强和女友于小卉的野心与幼稚，师父杨建群对亲情的错误认识。刑侦剧要有人物心理上挣扎的历程，不能以圣人的眼光打量所有的侦查人员。编剧赵冬苓表示："刻画他们内心的矛盾和挣扎，希望观众能透过这些人之常情、人所共鸣的困境，读解出一点启示。"同其心、合其情，是剧本能打动人的关键。

有的刑侦剧中，一味通过刻画犯罪的惊险度、刺激度，把卧底警察的行为凸显得比罪犯更加心狠手辣、惨不忍睹，卧底警察一样要受到法律的约束，其法律授予的权力和保护机制外的犯罪行为一样要受到法律的制裁。有的刑侦剧为了赚足噱头，故意夸张事实，全剧展现的警察形象人人皆贪，这既违背事实又不符合电视剧管理规定，在传播效果上，会误导受众，使辨别能力不强的观众对我国司法的公正性失去信心。

（五）关注市场策划注重后期开发引导

做好市场策划，提高刑侦剧的收视率。在刑侦剧的制作过程中，选择业务能力强、经验丰富的导演，社会影响力大、观众喜爱、演技高超的演员，符合剧本剧情特征的场地。利用微博、微信公众号、推送等一系列新媒体宣传模式进行剧的推广，提高刑侦剧的收视率和市场占有量。后期开发可以通过电视台播放宣传，拉取广告和赞助商，通过出版图书、制作音乐影像资料等相关产品提高附加值。观众的需求是刑侦剧制作的出发点，正确的价值观和社会舆论导向及社会效益为刑侦剧的创作之本。在公众引导上，可将剧情与百姓生活密切相关的法律结合，有针对性地进行宣传，刑侦剧要通过各种媒体，利用网络、微博、微信、剧评、各平台评分、推荐等多渠道、多途径，对观众观剧进行引导，提升民众的法律认知水平。

疑案：《丽人安魂曲》①

姜 朋[*]

摘要：德国埃姆登音乐学院的米基教授从奥地利萨尔茨堡的报纸上得知，自己的学生兼恋人索尼娅·狄克曼同父母去黑森林度假时失踪，遂驱车赶回埃姆登，与警长本茨取得联系。警方在调查此案时，先后将索尼娅的邻居霍尔斯特·索格尔、兄弟哈约·狄克曼列为重点怀疑对象。最终，嫌疑人被锁定为米基教授。然而，分析起来，该案仍然疑点重重。

关键词：《丽人安魂曲》；疑案；犯罪推定

一、情节

1984 年，联邦德国下萨克森州东弗里斯兰地区的海港城市埃姆登。音乐学院女学生索尼娅·狄克曼和父母（艾尔文·狄克曼和玛格达·狄克曼）定于 10 月 26 日动身去黑森林②度假，却突然失踪，一去不返。

---

① ［联邦德国］特奥多尔·莱斯多夫：《丽人安魂曲》，俞枫译，外国文学出版社 1991 年版，第 44 页。该书封底显示其为"外国文学"丛书之一。俞枫系章国锋先生的笔名。章国锋，生于 1940 年，1964 年毕业于北京大学西方语言文学系，任担国际广播电台德语播音员 14 年，于 1978 年就读于中国社会科学院研究生院，1981 年毕业并获文学硕士学位，任职于中国社会科学院外国文学研究所。著有《20 世纪西方文论研究》等专著，另有学术论文及译作多种。

* 姜朋，法学博士，清华大学经济管理学院副教授。

② 黑森林（Schwarzwald），德国最大的森林山脉，位于该国西南部的巴登-符腾堡州。其西侧和南侧是莱茵河谷，最高峰是海拔 1493 米的菲尔德山（Feldberg）。

洛塔·米基是埃姆登音乐学院的教授，也是索尼娅的老师和恋人，正在奥地利萨尔茨堡莫扎特音乐学院给年轻作曲家举办讲习班，在当地的《萨尔茨堡新闻报》上看到了狄克曼一家三口失踪的启事。返回埃姆登后，米基首先驱车赶到狄克曼一家的邻居索尔格船长那里了解情况，紧接着，又去警局找乌尔弗特·本茨警长询问调查结果。

随着调查的深入，本茨警长发现了越来越多的线索和证据，先后将怀疑的目光聚焦到了三个犯罪嫌疑人身上。

嫌疑人之一，霍尔斯特·索格尔，是被害人索尼娅儿时的玩伴，一名失业的工程师。10月25日星期四晚间，霍尔斯特的父亲，索尔格船长做东，邀请包括狄克曼夫妇和索尼娅在内的布劳西尔街的街坊们举行了一次草地聚餐。晚餐结束后，霍尔斯特帮助索尼娅把醉酒的狄克曼夫妇护送回家。本茨警长第二次，也是独自探访狄克曼家时，酒后的霍尔斯特看到他停在路边的车便闯了进去，主动披露了自己当晚还被索尼娅留下过夜，直到凌晨4点才离开的事。本茨警长调查发现，霍尔斯特独自在外租住，虽然处于失业状态，账户里却突然存进了2000马克。霍尔斯特解释说，那是自己出卖了一件古董，一把腓德烈大帝时代的土耳其匕首的所得……

嫌疑人之二，是索尼娅的兄弟汉斯-约阿希姆·狄克曼（亦称哈约·狄克曼），[①] 一位计算机代理商，收入不菲，租住在高档别墅区。哈约是最先发现狄克曼夫妇和索尼娅失踪的人，随即在报上刊登了寻人启事。但一个多月后，他却告诉警方，自己头一天才在父母家里发现了一张索尼娅写的纸条，上面说他们改主意了，准备去奥地利度假。而这张纸条又被他丢掉了。更可疑的是，三位至亲的失踪对他好像没有什么影响。他依旧和金发女友出入娱乐场所，声色犬马，乐此不疲。警长调查发现，此前他向东弗里斯兰地区银行申请了一笔金额高达20万马克的贷款以便收购诺尔登的洛根-布特曼公司，而用来抵押的居然是他父母的房子。银行

---

① 关于哈约·狄克曼和索尼娅·狄克曼的关系，中译本的表述前后不一。有时称二人为兄妹："米基不想同索尼娅的哥哥见面。""是他发现了他妹妹留下的那张该死的纸条，上面写了她已经同父母一起去奥地利了。"有时又称二人为姐弟。"他们改变了旅行的目的地，改去奥地利了。纸条是我姐姐写的。"

方面一直要求哈约出具他父亲艾尔文·狄克曼亲笔签名的抵押保证书……

嫌疑人之三，是米基教授。据索尔格船长夫人说，玛格达·狄克曼在黑森林曾给她打过一次电话，提到他们想换个地方度假。但电话信号不好，中断了。本茨警长推断，那个电话很可能是有人用录音拼凑的。而他在米基教授家中发现了全套的专业录音设备，还找到了那盘拼接的录音带！不仅如此，圣诞节晚上，米基教授还为来访的警长演奏了自己的新作《献给一位死去少女的安魂曲》。据米基说，那是他在索尼娅去世后为表示哀悼而创作的。然而，本茨警长后来发现，其实早在索尼娅生前，米基教授就已经开始创作这首作品了。警长还在教授家里找到了索尼娅生前演奏该曲的录音带。本茨警长推断："米基早就开始策划这起谋杀，每一步都在他的安魂曲中规定好了。这部作品的终曲当然只有在索尼娅死后才能完成。"

《丽人安魂曲》书影

（封面设计于绍文）

霍尔斯特是最早被警方拘捕的。他曾两度以自杀作为反抗，第一次就跳楼摔断了腿。哈约也被刑事拘留了，但他的律师很不好对付。最后本茨警长把目光对准了米基教授，并成功说服检察官谢普克，一道乘船去诺德尼岛，准备在《献给一位死去少女的安魂曲》的首演仪式上将其作者米基教授逮捕。

二、疑点

小说中译本封底所载简介提到："本茨警长发现三个失踪者已被谋害后，却落入凶手设下的圈套，拘捕无辜。最终，一首《安魂曲》为破案提供了线索。"看起来，给米基教授贴上真凶的标签，应是确定无疑了。然而，本案还有很多疑点，不应轻易放过。

（一）犯罪动机

警长对嫌疑人的怀疑，相当程度上都是对犯罪动机的推定：霍尔斯特见财起意，杀人灭口；哈约为了自己的事业、享乐，在父亲拒绝以其房产抵押后（警长还推定，索尼娅可能是遗嘱继承人），不惜杀害三位至亲，这样他就可以顺理成章地继承遗产（房产），抵押自然也就不成问题了。但这些所谓动机却未必经得起检验。

霍尔斯特在案发当晚到过受害人家，且被认定为是最后一个离开狄克曼家的人。失业的他，账户里又突然多了几千马克。但仅凭这些就能断定他是凶手吗？

哈约·狄克曼是首先发现三人失踪的人，并率先在报纸（还是在奥地利萨尔茨堡的报纸）上刊登寻人启事。据他说，他后来在父母家里发现了一张姐姐索尼娅留下的字条，上面说他们改去奥地利度假了。可他又说纸条被丢弃了，从而全无对证。对此，本茨警长一开始就不相信：在临出发的前夜才改变主意，更换度假地，还是出国，"可是在那个时候，没有哪个旅游局（旅行社）还会营业，还肯接受他们改变旅游线路的要求。"哈约说他在案发当晚和朋友去看了电影，之后又去喝酒。"他声称，那天晚上他在诺尔登同朋友和他那金发美人一直待到半夜。"但警长认为，那可能都是幌子，他完全可能中途溜走了。更重要的是，索尼娅和父母的死亡会使其成为唯一的遗产继承人，从而可以顺利完成用父亲名下的房产抵押的贷款，完成公司收购。显然，获益最大的哈约的犯罪嫌疑也最大。但这种嫌疑会因为米基教授受到怀疑而被解除吗？

虽然有前面提到的两盘对其不利的录音带，但米基教授有证据证明自己从 10 月 25 日起的四个星期都在萨尔茨堡讲学。如果他真是凶手的话，为何要第一时间跑到警局问询？米基和索尼娅的恋情并未公开。至于说二人到了谈婚论嫁的阶段，那完全是米基后来对本茨警长说的一面之词。事实是，索尼娅多次接受过米基的贵重礼物，但却没有打算同他结婚。她不想让人知道自己与米基的关系，比如 25 日的街坊聚会，就没有邀请米基参加。当然，米基也知道索尼娅长期同索尔格保持暧昧关系，而且索尔格也不是她唯一的情人。总之，警方不会把怀疑的锋芒指向他，如果不是他主动跑到警局的话。甚至如果不是他几次提醒，本茨警长可能都不会给该案立案，而只是将其例行存档。那样"狄克曼卷宗"就不会变成"狄克曼案件"了。米基此举无异于是在自投罗网。

（二）证据

本案在相关证据链条层面，也有很多疑点，一些本可以深入挖掘下去的证据线索却没有得到应有的重视。

第一，作案现场的清理。如果真凶是米基教授，那么霍尔斯特就是无辜的，则后者对警长所说的，自己 10 月 26 日清晨才从狄克曼家离开，就是真的。据此可知，案发时间应不早于 26 日清晨 4 点。凶手连续杀死了三个成年人。据警长分析，凶手（米基）利用当晚（如果还算是晚上的话）剩下的时间清理了犯罪现场，打开通往花园的门，把尸体搬进车库，在车库后面老狄克曼的工具房中用斧子肢解遗体，再装进那里现成的塑料袋，然后放进自己汽车的后备厢，把一些碎尸和索尼娅的一只手臂埋在了花园里，然后开车离开了布劳西尔街。不仅如此，凶手还彻底清理了现场，以致警方在动用技术手段之前，仅凭肉眼根本无法看出那里曾经发生过凶案。而完成这一切都需要时间，单就清理现场痕迹来说，需要清理两间卧室、卫生间、走廊、楼梯、门厅、院内小路、车库。粗粗算来，仅凭一人之力，没有四五个小时是无法完成的。这还不算肢解、打包，以及挖坑、回填的时间。并且其做得越仔细，所耗费的时间就越长。若以清晨 4 点为基点推算，案犯离开现场时，已经是早上八九点钟，天光大亮。这时驱车离开，恐怕很容易被邻居看到。

小说中的确提到，索尔格船长在向太太介绍米基教授时说他在狄克曼一家度假那天早上来过本社区，但是这番话却似乎从未有人向本茨警长提起，不足以影响后者的判断。因此，还存在着一种可能性，即案犯不是一次做完上述事情的，也就是说其在现场滞留了更久。诚然，本茨警长分析认为，案发当晚，受害人家里即使彻夜开着灯也不会引起邻居的怀疑，大家会认为他们是在为了出行整理行李，但往户外搬运尸体、在院中掘地挖坑并回填，总归不会安安静静地进行。可邻居却无人听到动静。以米基的谨慎、机警，尚且不愿意让哈约知道自己和索尼娅的事，何以会在案发后长期滞留在被害人家中清理现场，难道不怕被贸然回家的哈约撞见？

另一种可能是，索尔斯特并非如其所说是在清晨4点而是在将狄克曼夫妇送回家后就立即离开了。之后案犯潜入狄克曼家中作案，并于次日清早离开。这样固然使得案犯的作案时间有了保障，但问题是，无辜的索尔斯特有什么动机向警方编造自己在索尼娅那里过夜的事呢？

第二，作案工具。在怀疑霍尔斯特时，警方猜测他使用的凶器是那把古董匕首。但霍尔斯特说自己把匕首卖掉了，换了2000马克。但警方并未进一步调查该匕首的去向。甚至直到小说结尾，警方也没有找到凶手作案的工具（虽然还特意在担心米基被陷害的前提下搜查了他的住宅），更没能通过对残肢的分析推断出作案工具。

此外，运输工具也很成问题。狄克曼家的两辆车，狄克曼夫妇那辆巴伐利亚汽车厂造的汽车和索尼娅的鸭牌小汽车，都停放在车库里。那案犯是用什么工具把受害人的遗体运走的呢？警方经过核对留在通往"海子"的路上的轮胎印，排除了霍尔斯特购买的已使用6年的二手大众汽车曾经运尸的嫌疑。后来又通过痕迹检查排除了哈约用他的波尔舍牌汽车运送尸体的可能。如果是米基用自己的梅赛德斯车装运的，那么就意味着在他作案期间，这辆崭新的外来汽车就一直停在狄克曼家所在的社区——一个偏僻的、熟人构成的社区，难道不会引起邻居注意吗？而且装运过程中可能会留下痕迹，但也许是因为警方对米基教授产生怀疑比较晚，因此书中没有提及警方是否对米基的汽车进行痕迹检测。

第三，三位受害人遗体的发现地点。除了少部分遗骸是在狄克曼家花园中被发现的以外，大部分遗骸被装进了十几个蓝色塑料袋中，最终是在米基教授家附近的几块水泥挡板下面被发现的。本茨警长最初怀疑是哈约为了栽赃于米基而藏匿的，因为那时米基教授已在外地讲学。警长后来推翻了自己对哈约的怀疑，而把矛头转向了米基教授。问题的关键是米基教授到底有无作案时间？而对于米基在 10 月 25 日、26 日的行程安排，警方却并未深究，没有向奥地利方面、向莫扎特学院进行过查证。下萨克森在联邦德国西北部，而奥地利萨尔茨堡在当时的民主德国的东南。米基教授是驾驶自己的梅赛德斯汽车往返的，途中所需大致时间可以估算出来，只要能够确定其抵达莫扎特音乐学院或者萨尔茨堡马澡坑附近租住的住处的时间，就可以倒推出他离开埃姆登的时间。但警方却一直没有做过这项工作。

第四，陌生人的指纹。东弗里斯兰地区警察总局刑侦专家通过技术手段发现了索尼娅卧室门把手上的一枚陌生人指纹。但似乎也就仅此而已。警方并没有将这个发现与嫌疑人指纹进行比对。事实上，以本茨警长为代表的警方对于作案现场的保护意识之弱到了可笑的程度。他甚至在进行现场勘验之前就大大咧咧地带领"无关"人员——米基教授，去了现场。现场完全有可能因此被破坏掉！后来，在鉴定录有玛格达声音的录音带时，本茨警长倒是主动请实验室鉴定了上面的指纹，确认只有米基的，但对索米亚卧室门把手上的指纹却仍未细究。

第五，对证人的征集、采信不力。本茨警长在案发后只访问了索尔格船长家，并未广泛访问其他邻居。而且他在访问索尔格家时——主要还是为了拿狄克曼夫妇之前留下的钥匙——还先入为主，对霍尔斯特抱有敌意，以至于此访没能收获更多的有益信息（比如，米基教授在 10 月 26 日早上在本社区出现过）。

第六，录音电话。显然，本茨警长被索尔格夫人提到的玛格达从黑森林打来的电话吸引住了。虽然未见其他证据支持，但他最终还是推定该电话内容是有人用录音拼凑起来的。不仅如此，他进而据此开始关注起几位嫌疑人家中是否有录音设备的细节来。而米基教授因为专业的缘故，恰好有一个满是专业设备的房间。于是怀疑的重点就落到了米基教授身上。经过搜查，警长在米基的一盘磁带上发现了由索尼娅的母亲玛格达·狄克曼的声音拼凑起来的假电话录音，磁带上的指纹是米基的。问题是，在进行剪辑加工之前，米基是怎么搞到玛格达的原声录音的？他对哈约尚且刻意隐瞒自己与索尼娅的关系，难道对索尼娅父母就不会隐瞒吗？给索尔格夫人打电话时，米基身处何处？是在德国，还是已经到了奥地利萨尔茨堡？如果是后者，那他拨打的就是跨国电话。以当时的通信技术条件，如果埃姆登这样的城市还未采用程控电话，那应该会有接线员专门接听吧？警方找电信部门调查、核实了吗？

第七，狄克曼夫妇和索尼娅的行李。小说中提到，10 月 25 日晚，聚会结束后，霍尔斯特和索尼娅护送醉酒的狄克曼夫妇回家时，"两个年轻人把这对夫妇一直送到楼上卧室门口。去黑森林度假的行李已收拾好，放在过道里"。但一个月后，本茨警长拿到检察官签发的搜查许可，和助手带着米基教授一起去探访时，"三人走上二楼""两位警官仔细查看了房间，却只能证实狄克曼一家收拾停当后离开了家"。问题是，如果狄克曼夫妇是在家里遇害的，事后遗体被转移，凶手为了伪造三人外出旅行的假象，也会转移三人的行李。但后来，警方花费了巨大的气力终于找到了遗体，对行李的下落却未曾留意。行李去哪儿了？这个问题不重要吗？

第八，车票。在街坊聚会时，狄克曼一家和大家说的都是去黑森林度假。但警长发现"狄克曼一家没有买去黑森林的车票，而旅游局（旅行社）却分别在两天内售出过去往奥地利的车票""所有出租车司机都回忆不起他们曾从布劳儿西街往火车站送过客人。利尔、诺尔登和奥里希旅游局（旅行社）也没有任何人回忆起曾经把车票卖给失踪者。我们还问过七路公共汽车司机。他们都没有见到过与狄克曼一家相似的乘客。"警方还询问了狄克曼在造船厂的同事，也一无所获。那么去奥地利的车票是谁买的呢？这个问题虽然线索断了，但却不应因此被放过。

以上是小说留下的事实层面的疑点。

三、法律

小说也提到了一些法律层面的现象。有的可信，有的存疑。

（一）警局

1. 警局的层级

本茨警长是埃姆登市刑警队（亦称侦缉队）的队长。其上级是警局刑侦处——这是一个容易被忽略的细节。书中提到，在没能找到证明霍尔斯特杀人的实际证据后，本茨十分懊丧。"他在生自己的气。刑侦处对他寄予很高的期望，而他却辜负了它。"①

再往上，业务上的上级包括位于奥斯纳吕肯的东弗里斯兰地区警察总局（刑侦总监是威菲尔斯）和位于汉诺威的下萨克森州刑侦局。② 第二次（也是首次独自）探访索尼娅家并偶遇霍尔斯特·索尔格后，本茨警长向

---

① ［美］琳达·卡斯蒂罗：《罗马数字杀人案》，贾志敏译，天津人民出版社 2014 年版。小说《罗马数字杀人案》中，美国俄亥俄州东北部霍尔姆县佩特米尔镇警察分局局长被镇政府解除职务后，该职务由霍尔姆县治安官代理。书中还交代，镇警察分局之上，是霍尔姆县警察局，其警长位阶显然高于分局局长。在距离佩特米尔镇 100 多英里的哥伦布市的伦敦县，设有由"司法部管辖的州立机构"犯罪鉴证及调查局（BCI）。BCI 拥有顶级的化验室，有法律数据库等资源，可供地方警察局使用。应佩特米尔方面的要求，BCI 派警员协助侦办案件。

② ［德］赫尔穆特·沃尔曼：《德国地方政府》，陈伟、段德敏译，万鹏飞校，北京大学出版社 2005 年版。和其他欧洲大陆国家一样，德国的警务和教育都是由州政府主管或控制的。德国州政府雇员中的 12% 分布在警察机关。1945 年以前的下萨克森州采用议会和由议会选举的行政长官并存的二元模式。德国投降后，该州属于英国占领区，转而采用一元的英国"委员会统治的政府"模式，市长只在象征意义上掌管议会，新设由议会任命的地方行政长官职位。传统上，德国地方政府分为最底层的乡镇（communes，亦称 communities）和其上的县（counties）两级。乡镇又因人口规模大小不同而有镇（stadt）和村（dorf）的区分。从法律角度看，乡镇并不从属于县。较大的镇，特别是大的市被称为"城市县"（city counties）。20 世纪 60 年代，德国地方政府经历了一次组织改革。这导致县政府的数目由 425 个降至 237 个，乡镇由 24000 个降至 8400 个。截至 1996 年 1 月 1 日，下萨克森州下设 4 个行政区域，9 个"县市"（城市县，Kreisfreie Stadte）、38 个县（landkreise）、1023 个乡镇（Gemeinden）、55 个具有独立地位的乡镇（拥有自己完备的行政体系）、744 个受委托履行乡镇职责的联合行政体。1999 年的资料显示，德国有县（较高级的地方政府单位）323 个，镇和乡（基层地方政府单位）14500 个，融合了县和市职能的城市县 116 个。

州刑侦局求援，"接电话的是值夜班的刑侦总干事斯图特……总干事理解省里打电话来的意思，并答应本茨从汉诺威调一组警犬去，看能否找到一些线索。""省"也许也可理解为州下的次一级行政区域，如东弗里斯兰地区。

此外，本茨警长也曾从威斯巴登的联邦刑事警察局得到了有关狄克曼一家未曾到奥地利度假的协查通报。

本茨领导的刑警队侦缉力量明显不足。一方面，他们人手有限，还要负责治安管理，比如晚上到歌舞厅等娱乐场所检查是否有未成年人超时滞留，从而在搜索狄克曼案件受害人遗体时，需要向周边城市，如奥里希和诺尔登以及奥斯纳布吕肯的（地区）刑侦局求援，还需要依靠水上警察、防卫警察、志愿消防队员以及德国救生协会潜水员在外港水域进行打捞。另一方面，他们的装备落后，汽车牌子驳杂（有帕萨牌的，也有布里牌的），速度也慢，刑侦方面的能力更是不行。在对狄克曼家花园进行发掘时，出现场的居然是本茨警长凭私人关系请来的普通医生耶叶斯特·克林大夫。[①] 由于缺乏有效的技术检验手段，需要向州里求援调动警犬，请求奥斯纳布吕肯刑侦局的专家帮助进行现场和后期的痕迹（包括指纹、血液、纺织品纤维）检验。州里的法医康格博士也是在米基教授家附近发现受害人遗体后才乘车赶到现场的。

2. 警长的交通工具

值得注意的是，小说中对于警方使用公车和私车有着非常细致的描写。比如，第一次去索尼娅家户外探访那次（米基教授同行），"警长拿起外套，并到值班室取了空闲公车的钥匙和驾驶执照。两人上车时，天仍然下着倾盆大雨"。

探访结束后，米基自行离开，警长开车回警局。"米基站在雨中，目送警长的车向警察局方向驶去，直到它消失在黑暗中。"

---

① ［美］琳达·卡斯蒂罗：《罗马数字杀人案》，贾志敏译，天津人民出版社 2014 年版。与耶叶斯特·克林大夫临时客串法医角色不同，小说《罗马数字杀人案》中，美国俄亥俄州东北部霍尔姆县佩特米尔镇有 6 名医生，其中路德维格·科布伦茨医生是该县的代理验尸官。

从检察官那里拿到狄克曼家的搜查许可后，二人再度前往。"停车场上，一位年轻警官已经在一辆帕萨特牌汽车里等候。本茨指挥司机驱车穿过密集的车流，来到狄克曼家住宅前的入口处。年轻人等在车里，米基和本茨去索尔格家。"

返回时，警长发现哈约·狄克曼的汽车停在路边。"本茨让助手先开车回警察局，自己同米基去对面的舞厅。"

州刑侦局支援的警察带领警犬抵达后，"他们一同走出（警局）餐厅上了汽车。本茨和弗肯坐上帕萨牌汽车，载有外地警察和警犬的布里牌车跟在他们后面。"

本茨警长上班时开的是自己的私人汽车。"本茨打开车库门，坐进他那辆慕尼黑汽车厂制造的汽车动身了……他驶上七十号公路。他的家在欣特，离上班地点不算太远。""本茨匆匆同妻子道了别，开车去上班……他好不容易到达警察局门口，把车停在老地方，快步上了楼。"

到狄克曼家花园进行发掘那次，警长是先开自己的车到警局，然后再乘公车前往现场的。"本茨电话通知助手格尔耶特，让他准备好十分钟后去布劳西尔街。弗肯开车，警长和克林在后座上闲谈。他们抵达布劳西尔街时，消防队的汽车和防卫警察的布里牌车已停在狄克曼家门口。"

"克林同两位刑警告别。弗肯则开车同本茨一起回到警察局。"

在狄克曼家花园进行发掘的次日一早，"本茨和弗肯已动身去奥斯纳布吕肯，打算同刑侦总监威菲尔斯商讨案情并取回挖出的东西……两位埃姆登市的警官赶在上班高峰之前来到警察总局。"而后，他们驱车返回。"在赫塞尔—埃姆登高速公路上汽车很少。本茨开着帕萨牌车，虽然已是十点钟了，但他还让车灯亮着……汽车一直驶往布劳西尔街。"用从总局借来的血迹检验仪对狄克曼家进行检测后，"他们驱车返回了警察局"。

拘捕哈约·狄克曼那次，"弗肯沉默不语，把怒不可遏的狄克曼带到警车上，两分钟后，警长也上了车"。

从中可以看出一个规律，本茨警长总是开着自己的私家车上下班，而从警局出发去办案时，则会换乘公车，有时自驾，有时由下属驾驶。工作结束后，公车一定会回到警局。当然，有些时候，比如在晚间直接从家里出发，他也会驾驶私人汽车去办公事。

3. 酒驾

小说中，案件发生在 10 月底，警方从 11 月下旬到 12 月底一直在侦办该案。那时当地天气阴冷，为了御寒，同时也为了表现人物的内心活动，书中多次出现了人物饮用茶、咖啡、啤酒和烈酒（烧酒）的细节描写。不过，由于书中人物需要频繁驾驶汽车出行，因而他们喝什么饮料也就具有了超越饮食的意义。下表梳理了本茨警长及其助手在办案过程中采用的交通工具和在执勤期间饮用饮品的情况。

本茨警长的交通工具与饮料

时间	地点	事件	人物	前往交通工具	返回交通工具	饮料	页码	备注
1984 年 11 月下旬某日	布劳西尔街索尔格船长家	米基拜访索尔格船长	米基教授	自驾私人汽车	自驾私人汽车	茶	11	
某日	老狄克曼家	探查老狄克曼家	本茨警长、米基教授	帕萨牌汽车	驾驶公车回警局		17	去时由司机驾驶
当晚，到船长家取过钥匙，警长、助手与本茨探访狄克曼家后	阿瑟爵士舞厅	警长初见哈约·狄克曼	本茨警长（米基在场）	警局公车	步行前往灯塔酒吧	哈约请喝香槟	26	由助手开车
当晚稍后	拉兹德尔夫特"德意志湾"灯塔船水上酒吧	本茨警长和米基喝酒	本茨警长和米基	步行	本茨乘公共汽车回家；米基自驾	烧酒、皮尔森啤酒各两杯	29、31、32	
某晚	苏尔胡森村帕德高地	警长初访米基家	本茨警长	自驾	公共汽车	茶	33、31	最后，米基上了自己的汽车

续表

时间	地点	事件	人物	前往交通工具	返回交通工具	饮料	页码	备注
某晚	拉兹德尔夫特	独自去灯塔船水上酒吧	本茨警长	自驾	自驾	烧酒、啤酒各1杯，又点2杯烧酒未喝	36、37	
某天	东弗里斯兰地区银行	调查霍尔斯特和哈约的财务情况	本茨警长	步行	步行到对面停车场，自驾去布劳西尔街	咖啡	38	
	布劳西尔街老狄克曼家	探访老狄克曼家住宅	本茨警长	驾车	开车回办公室		42	霍尔斯特认出本茨所驾汽车
某晚	拉兹德尔夫特	灯塔酒吧	本茨警长	自驾		啤酒	47	
次日早	欣特—警局	上班	本茨警长	自驾私家车			47	头晚喝过啤酒
发掘狄克曼家花园次日早晨	埃姆登—奥斯纳布吕肯	向地区警察总局汇报，取回鉴定物品	本茨警长及助手弗肯	自驾公车	上午10点本茨自驾帕萨牌公车	—	65	取回痕迹（血迹）检验器
向检察官汇报案情后	新市场附近堪萨斯游艺厅	抓捕霍尔斯特	本茨警长	乘坐警车	乘坐警车	—	73、75	下属开车

续表

时间	地点	事件	人物	前往交通工具	返回交通工具	饮料	页码	备注
某个阴雨天	雷克瓦尔区 16 号住宅	搜查霍尔斯特住所	本茨警长和助手弗肯	本茨驾驶警车	本茨驾驶警车回警局	—	79、81、82	
某日早晨	苏尔胡森村帕德高地	探访米基	本茨警长	不详	不详	茶、科尔维牌烧酒	82、85、	
当日晚间		驾车返回办公室	本茨警长	驾车			87	
	新市场附近沙德豪斯俱乐部	找谢普克检察官	本茨警长	乘公车	不详	3 杯啤酒	91、94	
	阿瑟爵士迪斯科舞厅——乌图姆磨坊	跟踪哈约	弗肯和同事	帕萨牌公车	帕萨牌公车	红酒掺可乐	94、96	同事开车
12月22日星期六		去警局上班	本茨警长	自驾			99	
	苏尔胡森村帕德高地米基家	通报拘捕哈约及索尔格跳楼	本茨警长	自驾（私家车）	自驾（私家车）	茶	113—115	从韦伯尔苏姆围垦区参加围猎返回路过

续表

时间	地点	事件	人物	前往交通工具	返回交通工具	饮料	页码	备注
12月24日*	乌图姆磨坊咖啡馆	挖掘	本茨警长、弗肯	本茨驾驶公车	驾驶公车	茶	117	
12月25日晚**	欣特，警长家中		本茨警长	—	—	啤酒、威士忌	119	
	欣特—苏尔胡森村帕德高地	夜访米基，听演奏	本茨警长	（自驾私家车）	（自驾私家车）		121、124	
12月26日星期三	警局—东弗里斯兰地区银行	了解哈约贷款情况	本茨警长	驾车	驾车		125	上午10点
	警局—市中心公园咖啡馆		本茨警长	步行		咖啡	126、127	约米基喝啤酒未果，后者次日动身
	市中心公园—地区法院	见检察官汇报对哈约的怀疑	本茨警长	步行				中午。约定次日上午10点在米基家附近挖掘
12月27日	苏尔胡森村帕德高地	在米基家附近挖掘	本茨警长、弗肯	本茨驾驶公车			135	米基动身去诺德尼岛；上午10点挖掘；和弗肯在沙德豪斯酒吧喝啤酒

续表

时间	地点	事件	人物	前往交通工具	返回交通工具	饮料	页码	备注
12月28日星期五	欣特—地区法院检察官办公室		本茨警长	自驾（私家车）			135、136	上午10点
	苏尔胡森村帕德高地	搜查米基家	本茨警长、弗肯				138	中午。查找凶器以证实哈约陷害米基
	布劳西尔街老狄克曼家		本茨警长、弗肯	驾车		咖啡	144	后在市中心附近小广场咖啡馆
	检察官家		本茨警长、弗肯	不详	不详	啤酒	147、148	晚9时
12月29日	弗兰斯卡三号轮渡船	去诺尼岛抓捕米基	本茨警长、弗肯；谢普克检察官			咖啡	153、154	

　　＊　此处书中表述有误。原文称："1984年以友好的姿态向雇员们告别，圣诞节是礼拜一。"（第115-116页）但事实上，1984年12月24日才是星期一，25日圣诞节是星期二。

　　＊＊　此处的时间是推算出来的。书中提到："本茨一家度过了一个平静的圣诞节……在这期间，警长计划忘记了公务上的忧烦，直到第二天晚上检察官打来电话。"（第118页）这里的表述容易引起误解：圣诞节是12月25日，则第二天就是12月26日星期三。不过后文提到，警长带上一瓶烧酒去拜访米基教授向他祝贺圣诞节，妻子布里吉特抱怨说："难道在圣诞节最后一个夜晚你……"由此看来，检察官的电话还应该是圣诞节晚间打来的。所谓"第二天晚上"应该是从平安夜那天开始算的。

　　由上表可知，通常在白天出勤时，本茨警长和他的同事都不会饮酒，偶尔会在工作间隙或结束后喝杯茶或者咖啡。例外的一次是12月27日上午在米基教授家附近挖掘到受害人遗体后，本茨警长给自己和助手弗肯放了半天假，一起去沙德豪斯酒吧喝酒。那天他们喝了很多酒，"晚上他睡得很糟糕，尽管喝了那么多酒，但仍然一个劲儿地做噩梦"。而28日一早，警长还要自己开车去地区法院见谢普克检察官。

如果是在晚间，本茨警长则很可能会喝一点啤酒或者烧酒。独自去灯塔船水上酒吧那次，本茨警长是自驾往返的，先是喝了1杯烧酒和1杯啤酒，而后又点了2杯烧酒，但没来得及喝，就匆忙离开了。[①]

拘捕了霍尔斯特并搜查其住处后，警长在一天早上独自探访米基教授家。考虑到教授的住所位于偏远的苏尔胡森村帕德高地的事实，可以推定警长一定是驾车往返的。那次，他在教授家里喝了茶和科尔维牌烧酒。"米基取来一瓶科尔维牌烧酒，瓶边还挂着小小的冰珠。酒像浓稠的油流进高脚杯。两人互祝健康之后一口气把酒喝干。""本茨微笑着答道，并把那杯冰冷的科尔维酒一口喝干。"显然，这应该可以构成酒驾了。

本茨警长酒后驾车不只这一次。圣诞节那天，本茨在家中书房喝啤酒，"又喝干一杯威士忌"。而后临时起意，带上一瓶烧酒作为礼物驾车去了米基教授家。

米基教授也酒驾过。那是他和本茨警长在舞厅见过哈约及其女友后，二人一起去拉兹德尔夫特"德意志湾"灯塔船水上酒吧。"米基要了两杯烧酒和两杯皮尔森啤酒……一杯酒下肚，米基立刻感到一股暖流扩散到全身。"那晚他们一起待了很长时间，喝的酒远不只这些。最后，"本茨警长乘公共汽车回家，米基则上了自己的汽车，尽管他心里明白，他喝得太多，不宜开车"。值得注意的是本茨，身为警察，他并未对米基教授酒后

---

① 类似的情形也出现在希区柯克的小说《口袋中的交易》中。费尔南德斯警长晚上接到线人桑乔的报告，驱车4小时前往毒品交易地圣路易镇见一个叫昆廷的人。在当地一间酒吧，警长喝了一杯梅斯卡尔酒。赶到昆廷所在的绿鹦鹉酒吧后，他又喝了一杯梅斯卡尔酒。再后来，警长击毙了意图加害他的昆廷和幕后主谋麦考辛·罗德。[美] 阿尔弗雷德·希区柯克：《希区柯克悬念故事全集》，裴峰编译，江苏人民出版社2016年版，第26、27页。

驾车的行为予以制止。据此可知，当时的法律显然不禁止司机酒后驾车。①

（二）律师

小说中，律师的戏份儿虽然不是很多，但也被提到过几次。

首先是霍尔斯特被拘捕时，本茨警长问他：“如果提起诉讼，你打算请谁做辩护人？”霍尔斯特答道：“律师应由我父亲指定。”“如果他相信我无罪。”由此看起来，虽然霍尔斯特处于失业状态，但并没有为其提供法律援助律师。而且在进行这番问话前，谢普克检察官已经和本茨警长联合对霍尔斯特进行了一轮审问。

后来，在霍尔斯特自杀未遂摔断腿后，本茨对米基教授提到了两位嫌疑人的律师：“他（霍尔斯特·索尔格）的律师倒是个不好对付的家伙，坚信索尔格是无辜的。不过这位老兄很难敌过哈约·狄克曼的辩护人，奥尔登堡的科尔伯教授。”哈约刚被拘留时，律师没有到场，谢普克检察官已和本茨警长就开始了联合询问。“狄克曼咬了咬嘴唇，浑身发抖，但仍然沉默不语。一小时后，官员们不得不结束审讯。”

哈约·狄克曼还聘请了律师彼得·赫明博士帮助他处理公司收购事宜。圣诞节前，本茨警长在搜查哈约·狄克曼住处时就已经发现了律师彼得·赫明博士写给哈约的信。信中提到 10 月 12 日签订的公司收购协议已经履行完毕。信后附录了两份法律文件。地方法院出具的证明文件显示洛根太太和商人布特曼对目标公司的所有权自即日起宣告结束，相关权益转归哈约·狄克曼。另一份文件则确认东弗里斯兰地区银行为哈约提供了抵押贷款。

圣诞节过后，本茨警长前往东弗里斯兰地区银行，继续调查房产抵押贷款事宜。其间，他向银行经理问道：“据我所知，您在这件事情上与律师赫明博士合作过。”在得到肯定答复后，他立即驱车前往里夫街赫明博士的律师和公证事务所。

---

① ［美］琳达·卡斯蒂罗：《罗马数字杀人案》，贾志敏译，天津人民出版社 2014 年版。与之不同，小说《罗马数字杀人案》交代：佩特米尔镇警察分局的警员斯基德·莫尔曾因下班后酒后驾驶被警察局开除，后被该分局的女局长凯特·伯赫德聘用。

在那里，年迈的律师告诉他，房产抵押和公司买卖完全是合法的，哈约·狄克曼已经成为诺尔登那家公司的主人。赫明那双炯炯有神的眼睛充满恶意，毫不掩饰地对他的当事人由于谋杀嫌疑被拘留表示不满。他明确暗示，那位"年轻能干的狄克曼先生"绝对不可能干这种令人厌恶的勾当。

本茨对律师的愚蠢提问和抗议感到厌烦。看样子，这位老先生被狡猾的小狄克曼的外表和风度迷住了。

很明显，彼得·赫明博士只是为哈约·狄克曼提供公司收购及贷款等商事法律服务。为其提供刑事辩护的是奥尔登堡的科尔伯教授。本茨警长曾对他和索尔格的律师进行过对比："狄克曼毫无疑问有一个老奸巨猾的家伙为他撑腰，而索尔格的律师虽然精明能干，却对付不了奥斯纳布吕肯的这位大名鼎鼎的法律学家。他也许会把索尔格和他的律师撕得粉碎。狄克曼的确很可能被释放……"

（三）法官和检察官

警长、检察官、法官之间的关系也是小说的看点之一。先说法官与检察官。小说中，地区法院的卡尔斯法官并未正面出场。法院被有限地提到了几次，却恰好都涉及对检方的制约：

（1）检察官的办公地点在地区法院。

（2）在计划逮捕霍尔斯特时，检察官谢普克说他需要说服法官，并请后者签发拘捕令。

（3）发现藏尸地点后，"检察官忙着给地区法院、州刑事侦察（查）处和法医打电话"。

（4）12月22日，圣诞节前最后一个星期六，检察官帮助警长说服了卡尔斯法官，批准拘捕哈约·狄克曼，以及对其住宅进行搜查的许可。"要使卡尔斯法官认识到这个步骤的必要性可真不容易。"

（四）检察官和警察

再来看检察官对警察的制约。为了搜查狄克曼夫妇家，本茨警长向检察官申请搜查许可。在充分构想了对哈约·狄克曼的怀疑后，本茨警长跑到地区法院见谢普克检察官汇报案情。此后，本茨警长还多次向检察官报告侦查工作的细节。虽然有时报告是非正式的。警长为了找到遗体，计划到乌图姆进行试挖，也需得到检察官的批准。到了小说的后部，本茨警长发现了录音带，觉得自己之前的判断有误，就连夜赶到检察官家进行游说。

当然，有时检察官也会听取警方的意见，做出让步。比如，在狄克曼家后花园发现碎尸后，谢普克检察官建议组建一个调查委员会，但本茨警长拒绝了，他请求先让他独立办案，只希望在痕迹验证方面得到帮助。这个建议得到了检察官的同意。

很多情况下，检察官会和警长一起行动。比如，在执行对霍尔斯特的拘捕时，检察官和警长一起到达了现场。在对嫌疑人索尔格进行审问时，检察官和警长也同时参与了。在米基住宅附近找寻受害人遗体以及随后搜查米基住宅时，两人也都是一行动的。"本茨和谢普克让一个消防队员用万用钥匙打开米基住房的门。"再后来，本茨警长主动邀请谢普克检察官出席对哈约·狄克曼的审讯。检察官不仅接受了邀请，在审讯过程中还主动提问，甚至主导了审讯的进程。

但在这种联合行动中，也包含了一些不好理解的地方。小说的结尾，也就是警长去检察官家的次日早晨，本茨警长及其助手格尔耶特·弗肯，以及检察官谢普克一起乘船去诺德尼岛逮捕米基教授。令人诧异的一幕是，就在轮渡上，检察官向警官展示了他刚刚完成的"起诉书"！"谢普克从公文箱里拿出几份文件请警长过目。昨天晚上，他已经起草了一份案情报告，一份针对米基的起诉书。起诉书以法学家的精确和逻辑叙述了米基的犯罪经过和事实。"

程序上，难道起诉书不应该先提交给法官再转交给被告人方面吗？如果未经相关程序，是否有先行漏了底牌的嫌疑？更重要的是，在还未见到嫌疑人，而且还有若干事实不清楚的情况下，检方贸然出具起诉书，是否太过草率了？书中堪与这一情节匹敌的，是本茨警长居然把霍尔斯特的供词带到警局以外，给当时还是案外人的米基教授看。

四、结语

疑案并没有随着小说的结束而真相大白。如果要找到真凶，至少还有以下一些细节需要查证：

（1）对米基教授进行指纹鉴定，对其座驾进行痕迹检测以核对其车轮印痕和车中是否有运送受害人遗体的痕迹。

（2）查证米基教授到达萨尔茨堡的具体时间。

（3）查实在《萨尔茨堡新闻报》上刊登寻人启事的人的身份。

（4）对哈约·狄克曼 10 月 25 日晚间特别是次日凌晨的行踪进行核对。

（5）追踪狄克曼夫妇和索尼娅行李的下落。

（6）探寻目击证人，以查明 10 月 25 日、26 日老狄克曼家附近是否有可疑情形，以及之后米基教授家周围是否有可疑情形。

无论怎样，一部区区 8 万字的小说，却可以引申出如此多的问题，堪称进行法律思维训练的绝好教材。

传播学视野下犯罪剧与民众犯罪模仿的关系

——以《插翅难逃》为例

陈爱国*

摘要： 犯罪剧作为观众最喜爱的电视剧类型之一，具有一定的娱乐性和导向的功能，而作为大众文化传播的品种之一，也要注意其社会传播效果和舆论监控作用。如果犯罪剧传递不良的社会信息与技术信息，就容易唤起民众潜在的作恶人性，起到犯罪模仿的作用。但是我们不可因噎废食，完全否定或变相否定犯罪剧存在的必要性。适当改变创作策略，强化艺术自律，或许我们可以找到犯罪剧进一步发展繁荣的出路。

关键词： 传播学；犯罪剧；《插翅难逃》；犯罪模仿；艺术自律

电视剧作为大众接触社会信息的重要媒介之一，具有一定的社会导向作用。从传播学视角来看，电视剧中所提供的各种信息，很大程度上可以看作是现实环境的再现，民众会做出相应的思考和反应，这种和社会生活接近的信息网络建构了一种拟态环境。在这种拟态环境中，作为大众媒介的电视剧向我们传递的负能量到底有多少呢？

以犯罪剧为例，20 世纪 90 年代以来，它取得了长足发展，诞生了一批经典作品和亚类型。创作者们在编排、拍摄犯罪剧情节时，为了吸引观众眼球或者凸显警匪的专业特色，总是不遗余力地将各种暴力情节、疯狂场面肆意堆积，将犯罪作案的种种细节以及警察侦破案件的种种方法进行

---

* 陈爱国，浙江师范大学文化创意与传播学院副教授、戏剧学博士、二级编剧。

具体展现，使民众在接受惩戒邪恶、弘扬正义的思想教育时，其心理似乎也受到了诸多启发与诱导。

这里选用的研究个案，是 2001 年创作于中国内地犯罪剧黄金时期的《插翅难逃》。它改编自曾经轰动一时的"张子强案"，具有强烈的纪实风格，而且模仿香港黑帮片、黑帮剧的叙事模式，将反面角色当作主要人物，真实再现了"世纪贼王"的传奇人生，较大地满足了广大受众的猎奇心理，在中国内地以警察破案为主的众多刑侦剧之外，有力地支撑了以黑帮犯罪为主的黑帮剧的发展。

我们需要思考的问题是，犯罪剧作为大众传播的一种形式，与民众犯罪模仿到底有何内在关联？在宣传正义之时，到底是否应该展现"技术战""心理战""人生史"的情节？如果舍弃这些奇观化、人性化的情节，犯罪剧又该选择什么样的发展道路，即什么样式的犯罪剧，才能形成对于社会正能量的推动力呢？这些都涉及艺术自律与大众传播之间的关系问题。

一、舆论传播与犯罪模仿

（一）媒介传播中的社会现实

传播学作为"一门探索和揭示人类传播本质和规律的科学"，[①] 是由一系列传播研究和传播理论组成的。公众舆论作为传播学的重要研究对象，是指"相当数量的公民对某一问题具有共同倾向性的看法或意见。它是社会意识形态的特殊表现形式，往往反映一定阶级、阶层、社会集团的利益、愿望和要求"。也即是说，公众舆论与社会意识形态、民众思想观念具有紧密联系。

公众舆论理论的最早开创者之一，是美国现代政治学家、传播学家沃尔特·李普曼。他在《公众舆论》一书中，提出社会人群的行为与三种层面的"现实"发生着密切联系：一是社会生活中实际存在的"客观现实"；二是经过传播媒介的加工而展示的"象征性现实"；三是存在于人

---

① 邵培仁：《传播学》，高等教育出版社 2007 年版，第 2 页。

们心理意识中的"关于外部世界的图像"的"主观现实"①。他研究的重点是"象征性现实",认为这是按照一种"刻板模式"进行传播而影响大众舆论的。但是,他没有简单否定"客观现实"和"主观现实",力图将它们与"象征性现实"之间的距离拉到最小。这是民主自由作风的体现,便于人们畅所欲言地讨论各种社会现实问题。

但是,这三种"现实"其实是有关社会真相、人生真理的"三重门",打开哪一扇门都很重要。对于一般民众而言,他们的"主观现实"是在他们对"客观现实"的认识的基础上形成的,而这种认识在很大程度上需要经过媒介搭建的"象征性现实"的中介。然而,这种"象征性现实"是通过"刻板模式"加以传播的,是经过了选择、加工与过滤,在很大程度上或一定程度上偏离了"客观现实"。

从传播学视角来看,电视剧作为大众传媒形式,是通过电视剧中的剧情内容信息,使广大受众在社会认知、价值认同的基础上,将所观所感变为可供实行的"主观现实",进而起到社会舆论导向的作用。但是,电视剧实际的舆论传播情形要复杂得多,也会陷入"三重门"的认知迷宫。

犯罪剧大多表现警察与黑恶势力之间的斗争,充斥着警察、匪徒和受害者之间的设局、动作、追车、爆炸等场面,结尾必然是正义战胜邪恶,惩恶扬善,大快人心。犯罪剧以国家政法机关名义传送正统内容,具有一定的权威性,带有一种普法的性质,因此在很多时候起到一种引导舆论的作用。但是,全剧在传播社会正能量,即所谓"正确舆论导向"的同时,必然将大量阴暗、疯狂、暴力、血腥的情节场面灌输给社会大众,从而对他们的社会认知、价值认同产生一定影响。那些阴暗、疯狂、暴力、血腥的情节场面,既是犯罪剧的看点之一,也是公众舆论的重点之一。

以《插翅难逃》为例,它取自曾经轰动一时的"张子强案",剧中人物、情节基本都有真实原型,而且情节与画面采用纪实风格,接近社会生活中实际存在的"客观现实"。正因为取材于真实事件、运用了纪实风格,一系列案件的过程和罪犯的冒险人生才展现得如此真实、透彻、合

---

① ［美］沃尔特·李普曼:《公众舆论》,阎克文译,上海人民出版社2006年版,第21页。

情、合理。也正因为人物和剧情展现得合情合理，一些受众并没有感受到因观赏"张世豪案"而带来的悲剧震慑与教育效果，反而对反面角色具有较多的同情感、崇拜感，尽管张世豪做了很多坏事。

从剧情本身、演员演技上看，《插翅难逃》全剧凸显的主角是黑帮老大张世豪，观众为他叫好，因为他有很多让人欣赏的"风采""魅力"，不仅长相帅气、有个性，充满叛逆精神，而且遵守一些基本伦理道德，如敬母、爱妻、恋子，对同伙讲义气，很多人愿意为他卖命。最后倒台时，某些黑帮、律师还对他家趁火打劫，相比之下，他们实在算不得仗义。这些都很难让大多数观众对张世豪产生恨意。纵观全剧，真正有神通、有才智、有能量的是反方，侧面展露了一些警察的无能、霸道乃至滑稽。

用沃尔特·李普曼的"三种现实"理论来看，经过传播媒介的加工而展示的"象征性现实"和社会生活中实际存在的"客观现实"基本是重合的，影响到受众的社会认知、价值认同，就成为人们心理意识中的"关于外部世界的图像"的"主观现实"。

耐人寻味的是，剧中张世豪两次被抓后，他的妻子郭金凤都花钱召开记者招待会，利用媒介传播误导社会大众和公众舆论，博取民众的同情心。第一次舆论造势十分成功，将丈夫营救出来，丈夫成了民众眼中的"英雄"，第二次舆论造势若不是案件归内地司法部门审理，恐怕成功的可能性也是很大的。由此可见，经过传播媒介的加工而展示的"象征性现实"，是一种不靠谱的"现实"，是任人打扮的"小姑娘"。为了达到对全部"客观现实"的还原、重合，我们的电视剧为何不能采取一种纪实风格呢？

从影像艺术和社会认知的角度而言，纪实性的犯罪剧是无可厚非的，但是从舆论导向，也即民众的"主观现实"而言，这种倾向还是值得深思的，因为它涉及犯罪模仿的社会心理问题。

（二）人性本质与犯罪模仿

犯罪模仿的社会心理问题，涉及人们对人性本质问题的认识。人的本性到底是善还是恶，一直是个争论不休的问题，中国古代很早就开始对人性展开探讨，各执一词，未有定论。

"性善论"始于孟子，认为人的本性是善良的，天性淳朴，而且世人都藏有不忍之心。性善论注重道德修养、知行合一的自觉性，为后世儒家所推崇。"性恶论"始于荀子，认为人的本性是恶的，如婴儿生下来就本能地知道吃奶，在成长过程中会以自我为中心，自私自利，为所欲为。性恶论强调道德教育、社会管理的必要性，为后世法家所推崇。"性善论"和"性恶论"孰是孰非，自古是一个争论不休的哲学本体问题。近现代人本主义者如胡适、鲁迅等人，一般认为人性是善恶兼具的，"人"是复杂的个体，需要注入个性主义、人道主义的思想质素。还有一种观念，人性既然是善恶兼具的，何时为善为恶，这与具体的境遇有关。不可否认，一个人习性的形成和其生活环境密不可分，一个人行为的展露与其所观所感的事件有千丝万缕的联系。人的性格总是在经过一系列的影响与锻造之后，才基本定型，投于善则善，投于恶则恶。这就有点存在主义的"自由选择"的味道。

人是善于模仿的动物，外部环境对一个人行为的影响尤为关键。正所谓"从善如登，从恶如崩"，尤其是恶，犯罪模仿也在时时刻刻暗自滋生。犯罪剧《插翅难逃》中，张世豪的最初本性并不坏，是一个纯洁的少年，后来却在生活中因为一次次选择、耳闻目睹一些事件、感受到某些委屈之后，渐渐变坏了，而他受到那些委屈之后的反击，在观众看来似乎是无可厚非的。即使变坏了，十恶不赦，他还遵守一些基本的伦理道德，具有罕见的"人格魅力"。"人之初，性本善"，最后张世豪向一个长相酷似自己初恋女友的女警察，诉说自己早年丧父时的真实感受，以及父亲严厉管教对他造成的精神创伤，随即供认了自己所有的罪行，这无疑是精神的解脱，对善性的回归。最后张世豪被抓，他的妻子为其举办新闻记者招待会，企图重新营造有利于己的社会舆论，此时她收到一张来自神秘人的纸条："好人上天堂，坏人下地狱。"她猛然站起来，追了出去，两边除了站着无数的人，什么也没有，她似乎有点迷茫、怅惘，最后疲惫地倒在地上。这个情节，可以视为人物对人的善恶本性的扪心自问。

对犯罪剧所体现的人性本质问题的讨论，涉及犯罪模仿的社会心理问题。从媒介传播的功能与效果上看，犯罪剧的犯罪情节所透射的人性本质，作为一种公众舆论，对民众潜在的犯罪心理无疑具有一定催化作用。

对于犯罪剧中那些阴暗、疯狂、暴力、血腥的情节场面的作用，不同的视角会有不同的看法。从影像文化理论上看，这是一种文化消费。从精神分析学说上看，这是一种心理宣泄。从需要层次理论上看，这是一种自我保护。犯罪剧为了接地气，与广大观众沟通，往往会插入当前社会流行的犯罪现象，以便观众在现实生活中有所警惕与防范。同时，犯罪剧中所反映的侦探学、证据学、潜规则、厚黑学、阴谋文化，也可以让观众清醒地认识社会和人生，应对各种生存困境。

从现代传播学说上看，犯罪剧中那些阴暗、疯狂、暴力、血腥的情节场面的作用有两种，一种是传播不利信息，诱导犯罪，一种是传播有利信息，克制犯罪。对此，不同学者、观众，持有不同观点。结合我们对于人性本质的看法，也即善恶兼具、依赖环境的特点，犯罪剧传播不利信息，诱导犯罪的倾向是明显的。这里涉及一个犯罪学的术语"犯罪模仿"。"犯罪模仿是指模仿者照着已经实行完毕的犯罪行为实施的类似的或者相同的犯罪行为，具有消极性、主体选择性、过程传染性的特点""犯罪模仿行为主要是通过刺激犯罪欲望和学习犯罪手段两种途径进行传播。"[①]由此可见，不利于社会舆论的信息传播，是造成犯罪模仿和潜在犯罪的重要因素。犯罪剧在信息传递过程中，如果出现高频度的类似犯罪、情节过分渲染、犯罪角度偏颇等情节和现象时，也就容易诱发某些受众的犯罪模仿行为。

以上是对舆论传播中的社会现实和基于人性本质的犯罪模仿的分析，重点落脚到我们对于犯罪剧中负面因素传播的社会效果的讨论。

二、犯罪剧的负面因素

犯罪剧《插翅难逃》成为内地犯罪剧创作黄金时期的一部经典，究其原因，一方面是按照真实案件的本来面目来安排故事情节，接近"客观现实"，呈现非戏剧化、自然光色、生活风格与中性立场；另一方面是

---

① 张娜：《新闻报道与犯罪模仿预防研究》，山东大学 2013 年硕士论文，第 1 页。

受香港地区、美国犯罪剧影响很大，按照犯罪剧创作的商业化模式制作，强调感官刺激，将打斗、枪战等偏重视觉刺激的情节场面予以夸张。但是，该剧好看之余，负面因素的不利影响也是极其明显的。

（一）暴力与阴暗场面的渲染

时下，不少犯罪剧为了追求收视率，对犯罪行为进行过度渲染，追求暴力美学与感官体验。犯罪剧剧情内容通常是：刑事案件侦破、反恐案件侦破、打击黑社会犯罪等；犯罪剧通常贯穿警察和罪犯（集团）之间的斗智、斗勇，动作、追车、爆炸等场面也是主要特点。受警匪片以及武侠、战争类影视剧的影响，现在的犯罪剧普遍存在着暴力感，已成套路，可谓"无暴力不成犯罪剧"。

《插翅难逃》充斥着枪战、斗殴、抢劫等众多暴力场面，对阴暗场面的渲染也比比皆是。如对张世豪"无罪释放"后的庆贺狂欢场面的渲染，对黑帮通过抢劫、勒索得到巨额赃款时的极度兴奋场面的渲染，对张世豪花费巨款购买超级豪宅时潇洒自如的场面的渲染，对张世豪在澳门地区豪赌赢取巨资场面的渲染，甚至还有勾引、争夺、玩弄、强暴女人的种种场面，黑帮灯红酒绿、及时行乐的种种场面。

这一问题在其他犯罪剧中也存在，比如《刑警本色》。此剧情节曲折，加之因表现反腐和破案的双重内容，也获得了较高的收视率，成为内地犯罪剧的经典之一。但是，该剧中的暴力表现也是空前令人吃惊，无论是黑社会之间，还是黑帮和警察对峙之时，拔枪之时非死即伤，鲜血横流。为了寻求感官刺激，过多展示了警察与罪犯（集团）之间的肢体冲突，渲染暴力与阴暗的情节俯拾即是。

一些犯罪剧为了展示正义与邪恶的殊死较量，在犯罪手法上下足功夫，腐败的黑暗势力随处充斥，呼风唤雨，这种表现的结果是很难让观众体味到邪不压正的真理。而黑社会当道的犯罪剧中，更有黑帮成伙持枪招摇过市，为所欲为，这些产生的社会反应似乎都是对暴力的病态欣赏，毕竟谁不喜欢"自由"呢？没有道德，没有审美，有的都是视听感官的刺激与道德底线的下滑。

一些受众接受了犯罪剧对犯罪活动的影像呈现，再经过长期的耳濡目染，控制本能的理性慢慢减弱，不合理的欲望乘机而入，社会不和谐因素就由此而生。尤其是犯罪剧中对于犯罪分子作案成功后奢侈生活的大肆渲染，在激起人们愤怒的同时，也引起了一些人对于奢华富贵的向往，一些居心叵测的不安定分子更是被深深诱惑，犯罪动机暗暗滋生。这种情节在《重案六组》《征服》《密捕首富》等犯罪剧中皆有出现，可能会诱发具有犯罪倾向的人的模仿心理。

总之，犯罪剧大多运用动作叙事模式，在表达情感、推进情节上，往往是动作、行动胜于言语，追逐、打斗、枪战、爆炸等场面都极尽夸张化，这是其题材优势，但存在着文化消费与文艺道德的冲突。

（二）犯罪与刑侦技术的渲染

犯罪剧还存在着犯罪技术与侦探技术炫耀的问题。这是特定题材、特定职业的需要，也是视觉奇观、影像艺术的需要，当前的特效技术与剪辑手段也足以让这些"技术活儿"的场面成为全剧的看点之一。但是，从传播效果与公众舆论上看，这些应该具有一定的禁忌尺度。

一些犯罪剧过分渲染违法犯罪情节，描写细致，俨然是一部部"犯罪指南"。这样产生的社会效应就是好人看了不一定变坏，坏人看了却变得更坏。《插翅难逃》中，当张世豪因抢劫美金案被捕并判处十八年徒刑后，妻子郭金凤在上诉期，不惜重金聘请律师，抱着孩子召开记者招待会，诉说自己在警局所遭受的"性骚扰"，借用媒体喜欢制造新闻、捕风捉影的特点，对警察展开声讨，赢得媒体和民众的极大同情，制造有利于自己的公众舆论；所聘律师质疑办案警官通知美金编号的时间差，以及见证人对嫌疑人指证的记忆不准，利用法律的空子，硬生生扳倒了板上钉钉的事实，以致张世豪被当庭"无罪释放"。① 制造一种舆论，造就一种声势，并吹毛求疵地找出种种办案漏洞、法律漏洞，这种做法任何时候都可能被效仿。

---

① 关于这点，可以参见章敬平《香港人厌恶黑社会却不反对无罪释放张子强》（《经济观察报》2012 年 10 月 24 日），认为这是香港地区民主法制的一个体现，打黑不能黑打，"不能违法办案，不能刑讯逼供，不能漠视程序，不能说你有罪你就有罪，不能侵犯人的基本权利"。

全剧最后，对张世豪的成功抓捕，并不是观众所期待的，并没有让观众觉得大快人心，相反很多人在网络上发帖力挺张世豪，对其仗义行为加以称赞。能产生这样的效果真是让人哭笑不得，怀疑到底哪个才是正能量。

同时，犯罪剧对案件侦破过程的详细描述，也会使犯罪模仿不可避免，而犯罪人的反侦查手段变得越来越高超，加大了未来刑侦的难度。《插翅难逃》中，抓捕罪犯时，重点展示的是如何布控防范，如何拉网搜网，如何使用暗号联络，如何在黑帮做卧底。面对张世豪拒不承认自己的真实身份，有经验的老警察建议将他关在一个黑屋子里，长时间晾起来，达到击溃罪犯心理的目的。张世豪抢劫案发后，警察凭借被抢美金的编号，就可以找到线索。这样的细节描写会不会被心怀不轨的犯罪分子利用，从而引起下一次刑侦案不必要的麻烦？因此犯罪剧在描述犯罪细节时不能细之又细，要有一个适当的筛选，把握好一个度，不能为了追求收视率而忽视产生相应的负面影响。

由此可见，这些炫耀犯罪技术与侦探技术的场面，会让有些人产生联想，如果换成匪徒是他们，他们在适可而止的时候止住脚步，那么他们是不是就是那个幸运的人呢？也许有些人会想，那个匪徒太蠢笨了，如果换成他们，怎么做才会是钻法律空子，有效逃脱法律的制裁？

(三) 罪犯人生与感情的渲染

为了满足观众的好奇心、新鲜感，一些新锐的犯罪剧一般都会冠上"纪实"二字，不仅照搬生活中的凶杀案、暴力、贩毒、黑社会的大案要案，还会到事发地点详细取景拍摄，力求还原整个案件，将犯罪分子最初的想法、作案策划、毁灭证据等过程进行丝丝入扣的"全记录"。

也就是说，一些犯罪剧运用了纪实风格，使得李普曼所称的"象征性现实"与"客观现实"重合起来，无限接近，而且纪实风格是一种"客观现实"的还原，将人物的真实而复杂的人生经验、性格形象活生生展示出来，容易将人物作为"人"的意义凸显出来，从而让民众产生一种同情心、认同感。

《插翅难逃》正是这样一部新锐的犯罪剧。它似乎有意模仿香港著名黑帮剧《上海滩》、黑帮片《跛豪》，真实再现了"世纪贼王"的传奇人生。它通过香港犯罪剧惯用的倒叙方式，回顾张世豪的人生经历和犯罪动机，被网友戏称是"坏蛋是如何炼成的"。全剧充斥着对亡命之徒的冒险型人生的渲染。正如张世豪的妻子郭金凤所说，他的人生理想是"在别人不知不觉的情况下，迅速成为世界上最富有的人"，通过抢劫金店、银行、公司，勒索一些大富豪，自己做一个超级大富豪，做社会金字塔塔尖上的少数人。与之相关的，还有对张世豪一派喜庆、幸福的结婚仪式的渲染，对张世豪有关脑子、眼睛与胆子的"抢劫经"的渲染，对黑帮绑架富少时背景音乐响起男高音歌唱的场面的渲染，俨然是在塑造一个"成功人士"。

还有对亡命之徒的英雄型感情关系的渲染，有些让人羡慕不已。张世豪对母亲孝顺，对妻子依恋，对哥们儿仗义，长相英俊，俨然是个"好人"，甚至是个"英雄"。他和母亲对土地公公、妈祖心怀敬意，这不仅跟一般的民众没有区别，而且容易让人产生好感。更重要的是，全剧表现出一种浪漫传奇的英雄美人模式。起初，有漂亮风骚的阔家小姐对他主动投怀送抱，玩一夜情。接着，妻子从少女时代就对他一见钟情，非他不嫁；失散多年后，终于重逢，结为连理；其后死心塌地跟随，多次帮助他进行各种犯罪。当他被抓后，妻子又多次设法去营救他，俨然是一个"贤内助"。而最终抓捕张世豪的女警察，其长相也酷似他的初恋女友，情节和人物首尾呼应，活脱是缠绵悱恻、感人肺腑的爱情悲剧。此时，他那种走投无路的英雄末路之感似乎被表现出来，同时在家睡觉的妻子郭金凤也梦见这一景象，突然翻身起来，哭泣、呕吐、难过，不免让人痛心、怜惜。

作为郭金凤真实人物原型的罗艳芳，对丈夫张子强亦是如此。在张子强死后不久，她就出版了一本自传，再次运用传播媒介为自己和丈夫的成长经历、感情经历进行申辩，制造有利于他们的社会舆论。这真是做"贤内助"做到底了。

耐人寻味的是，一些犯罪剧，尤其是黑帮剧中，反面角色往往塑造得非常成功，让人恨不起来。在这些犯罪剧中，往往是好人难做，坏人当道。而游移在正邪之间、时好时坏的反面角色，往往会被表现得更有魅力，更有人情味，更值得人们同情。这不是编剧的一厢情愿、胡编乱造。曾在公安部门工作多年、对犯罪分子多有接触的海岩、张成功，都不约而同地在犯罪剧中展现了反面角色情与法的矛盾，人性靓丽与黑暗的两面。张成功的"黑色三部曲"《黑冰》《黑洞》《黑雾》几乎都是黑帮剧，几个反面人物都塑造得十分成功。《黑冰》中，郭小鹏是一个祸害一方的毒枭，按理会是一个"魔鬼"形象，但他的风度做派俨然是一个君子，一个好男人，爱憎分明的他，对不爱的女人不加在意，而对所爱的女人赴汤蹈火，可惜钻进了情网，逃不出法网。郭小鹏与刘梅的爱情，虽是迟到的爱，却爱得轰轰烈烈，刻骨铭心，让人疼惜。

但是，这些人生价值观模糊、游移甚至颠倒的犯罪剧，在其媒介传播过程中，容易给社会大众带来铤而走险、心怀侥幸的犯罪模仿心理，不利于人与社会的健康发展。

三、犯罪剧对民众犯罪模仿的影响

无论是社会生活中实际存在的"客观现实"，还是经过传播媒介的加工而展示的"象征性现实"，最终落脚到存在于人们心理意识中的"关于外部世界的图像"的"主观现实"。这即是大众自身心目中对于社会与人生的最真实的图景与看法。这种图景与看法的形成，与自身经历、命运际遇有关，与教育程度、社会地位有关，也与传播媒介的一定熏陶有关。犯罪剧的种种负面因素，就容易滋长受众的犯罪模仿心理，这种犯罪模仿既有潜在的，也有凸显的，主要是前者。

（一）对一般民众犯罪模仿的影响

在犯罪剧中，情节和人物不管是虚构的，还是真实的，对不良分子都具有不同程度的教唆和诱发作用。从影视剧应用学的意义上来看，潜在的或已有的犯罪分子通过观看警匪、谍战影视剧对犯罪与侦查手段的利用，对枪战、斗殴、虐待等场面的渲染，会产生心理暗示或暗合效应，有意无意地进行对电视剧剧情、场面的模仿。对于不同的受众人群，其危害性质不同。

其一，对于尚处于青春期、对世界观和人生观原则等问题都还很懵懂的青少年而言，其不良影响不能忽视，容易诱发其仿效暴力犯罪行为。

《插翅难逃》中存在的种种负面因素，以及张世豪桀骜不驯、藐视一切的眼神、姿势，都会成为青春叛逆期少年模仿的对象，被认为是玩世不恭的"痞子英雄"，而这正是他们所崇拜的。有意思的是，《插翅难逃》中，张世豪在对自己少年时期的回忆中，因目睹了黑帮旺哥勒索私开舞会的小青年，无意中替他们放哨，并得到他们的奖励，就对旺哥的风光生活心生羡慕，开始学坏，运用类似黑帮犯罪的手段殴打、欺负小伙伴，逐渐完成从不良少年到黑帮大佬、从"阿豪"到"豪哥"的蜕变过程。

这类充满暴力情节与作案技术的警匪影视剧对青少年心理的影响是巨大的。如浙江某地曾发生过"飞车抢劫案""出租车抢劫案"，[①] 作案的都是 16 岁的中学生，他们在警匪片、犯罪剧中看多了犯罪分子的作案手法，包括如何蹲点，如何抢劫，如何逃避追捕，当这一切都成了一套系列的动作后，他和同伴结伙抢劫。在警察审讯中，他供述这只是模仿，因为自己很喜欢刺激。这些教训是惨痛的。

其二，对一些本来就对前程悲观、对生活迷茫的人指出了一种错误的人生方向，而对已经犯罪的人来说，他们可能找到了一种犯罪的认同感和归属感。

《插翅难逃》中，青年张世豪原本是在一家裁缝店做学徒，因为经历了一个阔家小姐对他的感情玩弄，对方母亲更是请黑帮砸了裁缝店，弄得他走投无路，他索性模仿附近的黑帮，创立了自己的"合胜帮"，开始了抢劫绑架的生涯。这比做学徒要风光多了，来钱多了，他乐此不疲，引以为豪，从此走上了不归路。

在观看犯罪剧的过程中，一些伺机犯罪的人在看到他们居然有很多有相同想法或类似行为的同伴后，更会有一种归属感和认同感，从而会增强其犯罪心理。在对犯罪技巧反复琢磨并模仿改进，自以为对犯罪手段优化后就万无一失的犯罪心理，也会得到强化。如最近出现的"香港富家女

---

① 段琼蕾：《16 岁孩子策划多起出租车抢劫案平时爱看警匪片》，载《青年时报》2003 年 4 月 25 日。

遭绑架案"，① 这种曾经在犯罪剧《插翅难逃》中出现的犯罪情节在现实生活中再次上演，而媒体特地将此案与 20 年前年张子强绑架香港地区首富李嘉诚长子一案联系起来，犯罪手段如出一辙（剧中，被绑架者改成香港地区首富林先生侄子）。如此一来，倒有点分不清是艺术模仿了生活，还是生活模仿了艺术。

客观地说，现实生活中的某些犯罪行为，与犯罪剧情节具有相似之处，并不代表都是犯罪剧或警匪片惹的祸，但是犯罪剧的种种负面因素经由大众传播的长期渗透，不难使得一些不法分子有意无意地产生效仿冲动，因而其对于诱导大众犯罪心理与行为的负面作用，还是很明显的。

（二）对公职人员犯罪模仿的影响

犯罪剧的种种负面因素对一般民众具有影响，对于公职人员也具有影响。按照主人公身份的特点，犯罪剧可以分为侦探剧、黑帮剧、法官剧、律师剧、监狱剧等亚类型，也就意味着在犯案、破案、断案与结案的整个过程中，有些司法部门的公职人员参与其中，作为个人的律师以及其他部门的公职人员，也会参与其中。他们在破案、断案与结案的过程中，是否代表了社会正义与公正，是广大观众极为关注的焦点之一。其中，警察形象最为重要。

犯罪剧的基本剧情大多是警察与罪犯（集团）的斗智斗勇，警察最后获得胜利，惩恶扬善，彰显正义。然而现实生活中，警察渎职的一些案例不时被曝光。这就是"客观现实"与"象征性现实"之间的差距。

可以肯定的是，犯罪剧对于警察的职业心理具有一定的负面影响。警察作为破案行动的一线人员，掌握了法律与犯罪的基本知识与技术，拥有抓捕他人的权力、体能与技能，也就具有职业优先权，比一般人更懂得如何侦查犯罪、打击犯罪。因此，警察作为一种高危职业，既是对于他们自身而言，也是对于一般民众而言。在民众心目中，他们是拥有司法权力而内心琢磨不透的人。犯罪剧对于警察的职业心理可能具有的负面影响如下：

---

① 佚名：《香港富家女被绑架　绑匪向其家人勒索逾 4000 万巨款》，见 http://hai-wainet.cn（人民日报海外版）2015 年 4 月 29 日。

其一，粗暴执法，打黑黑打，名义上是打击犯罪，本身却伴随着对其他公民人身、财产与权利的某种侵犯。

《插翅难逃》中，审问犯人时，警察惯用的厉声呵斥，总会让人不自觉联想到非人道的刑讯逼供，尽管大众媒介中不便出现这种现象。少年张世豪欺负小伙伴后，警察对不良少年的教育缺乏耐心，当场扇他耳光，以致遭到少年张世豪的报复，张世豪对警察彻底失去了信任感。最后张世豪被捕关押期间，为了从被抓捕、关押的关键同伙小马这里打开一道缺口，那个抓捕张世豪的女警察竟然假装是小马妻子的老同学，接近并骗取人家的信任，套取有关信息，同时加紧对小马的严厉审讯。这让人感觉该女警察不过是一个虚伪阴险的人，人品境界远逊于黑帮小马的妻子，至少观剧的客观效果是如此的。《绝对控制》中，男主角薛冰是一个非常规、有缺点的刑警，在办案过程中，闹得友人、爱人、上级、师长都远离了他，成了仇人，他不思悔改，我行我素，最后不惜采取"非常行动"才完成破案任务，而他自己也因种种误解而被开除公职，脱下了警察制服。这是一个颠覆传统警察形象的"痞子英雄"形象，在内地的犯罪剧中是罕见的。

其二，执法犯法，警匪勾结，更懂得运用职业技术，混淆视听，遮蔽真相，巧妙逃避应有的法律制裁。

《插翅难逃》中，张世豪干的第一笔大生意"金铺大劫案"，警察不能破案，就命令当地黑帮帮助查询线索，而警长竟然与黑帮老大在电话里称兄道弟，十分亲切，最终从黑帮那里得到有用线索。警匪处于同一地盘，代表当地黑白两道势力，往往关系复杂暧昧，既相互合作，又相互斗争。《决不放过你》中，黑老大陈一龙的真实原型，是原长春市公安局朝阳分局刑警梁旭东，据报道，这是警匪勾结的一个典型，无疑也是警察英雄形象的一种自我解构。民国犯罪剧《为了一句话》中，延津县警察大队队长铁牛与当地流氓倪三、罗五保持暧昧的平衡关系，称"你们哥儿俩是我的左膀右臂"，利用不同黑恶势力之间的矛盾，大肆提成发财，而身兼警察局局长的韩县长指出这是"警匪一家"，"咱们县最大的黑势力头子不是倪三，是铁牛"。沿此情形下去，匪患横行不仅不能根治，还有可能长期共存，甚至愈演愈烈。

客观地说，警察等公职人员的犯罪心理与行为，不一定都是犯罪剧负面因素造成的，但是人类毕竟是善于模仿的动物，犯罪剧、犯罪新闻等大众媒介的综合传播，不能不对他们的心理与人格产生一定的负面影响。

四、从严管理下犯罪剧后续发展的思考

20 世纪 90 年代以来，随着市场经济、大众文化的发展，中国内地犯罪剧的优秀作品不断涌现，然而在繁荣的同时，犯罪剧也出现了很多问题，如其剧情趋于套路化、场面趋于暴力化、思想与艺术层面均遭遇瓶颈等。更多的责难来自代表民意的官方与专家，他们认为犯罪剧具有犯罪模仿的负面影响，不利于社会安定，甚至因噎废食，一道公文，变相地将犯罪剧予以"取缔"。

2004 年 4 月，广电总局作出决定，要对犯罪剧、反腐剧加大管理，下发《关于加强涉案剧审查和播出管理的通知》，规定："黄金时段不得播放凶杀暴力的涉案剧，防止某些含有暴力、凶杀、恐怖、黑道、赌博、吸毒、贩毒、色情等内容和场景的电视剧，对知识不多、阅历不深的未成年人造成不良影响。"如果"无暴力不成犯罪剧"，这简直就是给犯罪剧判处了死刑。此后，因审查过严、黄金时段杠杆丧失，犯罪剧产量锐减，逐步销声匿迹。

这个封冻期长达十年。直到 2014 年，这种被动局面才稍微有所好转，少数弘扬主旋律、传播正能量的侦探剧在电视台非黄金时段播出，一些网络犯罪剧纷纷出现。但是，这可能不是解冻，而是绝唱。2017 年 6 月，中国网络视听节目服务协会出台《网络视听节目内容审核通则》，重申禁止"渲染恐怖暴力，展示丑恶行为，甚至可能诱发犯罪"，同时禁止损害"特定职业、群体，以及社会组织、团体的公众形象"，禁止"以反面角色为主要表现对象"。这对犯罪题材网络剧的发展是一个极大抑制，同时从政策层面暗示了犯罪题材电视剧的潜在尺度。公正地说，犯罪剧中的种种负面因素，对于民众犯罪模仿心理确实具有一定诱导作用，必须予以正视与抑制，但是我们不能因噎废食，过犹不及，否定犯罪剧对于大众文化娱乐的作用，否定犯罪剧这一重要电视剧类型存在的必要性。

除了对暴力美学、技术美学的否定，还有对真实人性观的否定。有人认为，其中"反面形象的强势与正面形象的简单化"，是 20 世纪 90 年代以来"电视剧艺术创作的非审美现象"，[①] 这种美丑颠倒的艺术现象必须予以根除。在崇尚真实人性观、日常生活审美的思想文化背景下，犯罪剧的批量生产成了一把双刃剑，对主流意识形态具有结构与解构的双重功能。反面角色一定是坏人，一定是丑恶的，这种观点难免否定了当代人对于人性本质的普遍共识，回到了二元对立模式的传统时代。我们需要正视的是，犯罪剧在人性观照与舆论导向之间，始终存在缠绕不清、难分难解的矛盾，这是艺术与政治的矛盾，中立立场与官方立场的矛盾，也是"客观现实"与"象征性现实"的矛盾。

所有这些，都是犯罪剧生产中艺术自律与艺术他律的矛盾，使得犯罪剧的创作受到诸多现实限制，诟病重重。这就需要处理好艺术自律与社会舆论之间的关系，找到犯罪剧避免对民众产生潜在影响的适度点，既要促进犯罪剧艺术的发展，又要防止对民众犯罪模仿、文化认同产生负面影响。

其一，情节叙事模式的突破。当下犯罪剧的情节惯用模式是主人公的追杀打劫和爱恨情仇，双线并行，叙事情节模式化，大同小异。应寻求新的叙事模式来突破犯罪剧的情节结构，使剧情脱离生硬和单调，新的犯罪剧形态或许能够避免旧的犯罪剧形态的诸多不足，但这只是一种期待。

其二，法律与艺术、人性的融合。法律是定国安邦的准绳，不能让暴力和权力凌驾于法律之上。对罪犯现象的呈现还是要与真实人性结合起来，但艺术形象必须是客观的、冷峻的，不能是主观的、炫耀的。对警察形象的塑造应有清晰的文化定位与艺术追求，不能模棱两可，犹豫徘徊。如《插翅难逃》中两个女警察形象的塑造就有些"断裂"，她们一方面代表正义、善良、光明，一方面在抓捕、审讯时缺少耐心，有打击报复的嫌疑。对她们内心世界的揭示也不足，从而造成形象定位模糊不清。

---

① 仲呈祥、陈友军：《中国电视剧历史教程》，中国传媒大学出版社 2010 年版，第 224、226 页。

其三，暴力情节场面的控制。诚然犯罪剧离不开暴力，但要适当控制暴力的炫耀呈现，观赏性应该与思想性相合。犯罪剧产生的社会效应大多是积极的，不能过分追求商业化，使电视沦为某些社会人群的"犯罪指南"。

其四，犯罪与刑侦技术的控制。"技术活儿"是犯罪剧的特点与看点，但要尽量要减少给不法分子提供犯罪效仿的契机，对于犯罪、刑侦过程的情节展示要慎之又慎，把握好尺度。

其五，正常社会环境的联想。犯罪剧的拟态建构、拟态环境毕竟是艺术建构、艺术创作的一部分，不能将艺术与生活等同起来。如果民众有将它们等同起来的思维定式，那么我们只能将拟态环境变得和谐一些。现实生活中，毕竟不会有黑社会真的那么明目张胆，招摇过市，不能让看过犯罪剧的观众，认为自己生活在一种不安定的社会环境中。

总之，犯罪剧作为观众最喜爱的电视剧类型之一，具有一定的娱乐性和教导性作用，而作为大众文化传播的品种之一，也要注意其社会传播效果和舆论引导作用。由于尺度把握不当，所传递的不良社会信息与技术信息，一旦为意志薄弱、怀揣恶意的人群所利用，反起到模仿与诱导作用，产生负面效果。但是，我们不可因噎废食，过犹不及，变相地否定犯罪剧存在的必要性。如果从情节叙事、文化定位、影像呈现、社会建构等角度，来改变犯罪剧的策划与创作，或许可以找到犯罪剧进一步发展繁荣的出路。

跨越私人空间的边界：
美国电影中私家侦探的监视行为

杨紫轩[*]

摘要： 在美国电影中，私家侦探总扮演警察代理人的角色入侵被监视人的私人空间，私家侦探身份和自身欲望的统一性又让他们承载观众的观看视角。侦探电影中的限制性视角意味着叙事总是偏执的，观众更容易对侦探们跨越私人空间边界的行为产生认同。从小说到电影都强调男性对女性的欲望，电影中因为视觉的强化这种欲望更明显更普遍，但是观众视角的深刻认同总能让人们为侦探们的各种越界行为寻找到合理合法的解释。就个体而言，侦探的行为是片面的，但是群体性"凝视"的最终目的是为公众服务，私家侦探好比公众的眼睛，扮演着监督的角色。

关键词： 私家侦探；隐私；监控；视角；欲望；凝视

现实生活中私家侦探经常侵犯他人的私人空间，这导致私家侦探的行为要经常游走在法律的边缘，在侦探眼中公共空间和私人空间的边界模糊不清。侦探们所有的探索都体现了他们的独立的人格和正义的秉性。私人侦探电影讨论的总是关于私密空间中真相的问题，比如"家庭真相""个人真相"。他们看似游走在法律边缘，但结果的正义性让观众总是忽略过程的非正当性。

一、侦探：警察的代理人

在美国私家侦探电影中，主人公所面对的世界总是非常无情的。电影

---

* 杨紫轩，河北科技大学影视学院讲师、博士。

《哈珀》（又如地狱先锋）①（1966）中导演对主人公哈珀的工作交代得并不清晰，观众只知道他的工作十分繁重。观众知道哈珀一直在努力为一个棘手的案子寻找杀手，而他对自己工作的评价是："从头到尾做着一份肮脏的工作。"从哈珀口中我们看到他对自己的侦探的身份有着一种天然的宿命论，话语中总能透露出一种失败感。这种失败感并非《哈珀》一部电影中有，同样的人生观、世界观广泛存在于各种私家侦探的形象塑造中。私家侦探的工作表面上是匡扶正义、实现理想和抱负，但事实上在他们眼中都只是"肮脏的工作"。在哈珀认为他的工作与荣誉甚至金钱都没关系。影片的一开头我们就可以看到哈珀重复使用了一个旧咖啡过滤器。这是导演给予观众的隐喻，暗示观众哈珀从事的工作也是如此。影片中的哈珀是相对比较冷静的，他可以面无表情地从一个刚死的人的口袋里搜寻线索，还可以一边喝酒一边通过周边人获取情报。侦探们看似非常冷酷无情，没有人情味，一切对于侦探来说只是完成一份工作而已。与法庭上的正义不同，电影中大多数侦探的工作其最终目标是为了正义。同时他们的工作投入回报率是比较低的，以至于"活着"这样的存在主义式的话语经常出现在私人侦探电影中。重新审视美国黑色电影的空间不难发现这些侦探经常游走在城镇的破旧地区、酒吧和破旧公寓。这些地方是法外之地，是现实中中产阶层看不到的空间，但是在电影中这些私人空间都会通过侦探向观众开放。从某种意义上来说，侦探的工作具有很强的社会价值，私人侦探可以将法外之地开放给公众监督。

电影《大热》②（1953）中的私家侦探匡扶正义教训一个心理变态的

---

① Haper（又译地狱先锋）是1966年美国拍摄的悬疑电影，根据罗斯·麦克唐纳的小说改编。电影由保罗·纽曼（Paul Newman）饰演露·哈珀（Lew Harer）（小说中的李·阿切尔），由Jack Smight执导。

② 《大热》（The big heat）是1953年由弗里茨朗（Fritz Lang）执导的美国黑色电影犯罪电影，由格伦·福特（Glenn Ford）、格洛里亚·格雷厄姆（Gloria Grahame）和乔斯林·白兰度（Jocelyn Brando）主演。主角是一个警察，该警察承担控制其城市的犯罪集团。这部电影是由前犯罪记者悉尼·勃姆（Sydney Boehm）改编的，改编自威廉·P. 麦吉文（William P. McGivern）的连续剧，该连续剧出现在《星期六晚邮报》上，并于1953年作为小说出版。

暴徒，代替警察行使公共职能，这说明侦探也是法律之外的英雄。回顾美国类型电影史便可以看出黑色电影中的私家侦探是游走在城市中的现代版牛仔。很多人认为侦探的最终作用是维护社会秩序，为观众提供侦探小说素材。其实犯罪小说早已被视为现代社会的"全景式"监狱理论所验证。法国学者福柯关于犯罪和惩罚的论述就表明了"一种可见或不可见的监视的理想"和"一种规范的制度"自18世纪后期以来一直主导着西方自由社会。这样的理想制度由强大的组织设计通过各种语言和行为活动来维持，如精神病学、医学和法律。这些组织界定"正常"与"非正常"，"正义"与"非正义"，"道德"与"非道德"，以便孤立、惩罚和排斥不符合标准的人，也就是边缘的人。

理论家边沁在1787年设计的圆形监狱可以极其高效地监控所有的事。边沁将个人固定在"一个封闭的、分段的空间里，在每一个点都可以进行观察"，监控者就可以监督、观察、记录、测量和评估。以这种方式工作，效率最高的地方是监禁场所，如精神病院、监狱、学校和医院。但管理私人事务会带来一个问题——管理者如何做到全景"凝视"。全景监视如何有效地进入私人空间便成了一个可供讨论的公共议题。在民主国家，宪法不允许政府像在极权主义政权下那样直接侵入私人领域。警察工作的中心便是这个问题。警方的工作需要将这种全景式的凝视分散到整个社会群体中，并将其转化为一个巨大的"感知领域"。城市街道上安装成千上万只眼睛共同构成了随时处于警戒状态的移动"凝视"网，这也是一个等级森严的网络。以福柯的研究为例，在18世纪的巴黎这种等级制度涉及的网络异常庞杂，其中包括专员、督察、密探、告密人和社会底层。这种"感知领域"或者说"凝视网"创造了福柯所说的"巨大的警察文本"。它以永久记录的形式覆盖了社会每一个群体和个人的行为、态度。

私家侦探们就扮演"凝视"网这样的角色。1850年美国成立的平克顿国家侦探社①有效地支持了警察的工作，同时又保持相当的独立性。与此不同的是，私家侦探通常是非官方的、与警方意见相左的，但他们的工

---

① 由苏格兰人艾伦·平克顿（Scottsman Allan Pinkerton）于1850年在美国成立的私人警卫和侦探社，目前是Securitas AB的子公司。侦探社的标志是一只抽象的眼睛。

作有助于监控，可以更广泛地融入社会结构中。私家侦探支持现代社会全景式监控的逻辑便是边沁所说的"圆形监狱"。可以说由私家侦探构筑的监视网本身便动摇了他们的"英雄"这个标签，他们更像是线人中地位较低、声望较低的群体。

私家侦探电影的叙事最显著的特点就是强调个人权威。很多侦探小说都以第一人称的方式表达，它标志着叙述者对他所进入的世界拥有绝对权威和解释权。这种语言时髦、朴实，但大多数时候这些似乎都在暗示侦探身份不受等级制度和经验的约束。所以侦探电影局限性在于使用特定的、有限的视角观察世界，也正是因为这样的限制性视角维系了私家侦探的"洞察力"。侦探电影不断地通过戏剧化"看的过程"展示"侦探工作中权威的观察力"，于观众而言即侦探看到的就是真实的。

因为电影通过镜头语言展现的内容来实现叙事，所以相较于小说，电影中侦探的个人主义权威从技术层面上得到了加强、复制甚至是强化。电影擅长于呈现"私家侦探"所看到的东西，也就是说，通过一个人的眼睛看到了别人不知道的东西。这样的观看方式便是相对特殊的、相对片面看待事物的方式。不难理解侦探电影总被认为是一种天生的"偷窥"电影，它也最能反映电影的运作机制。① 在电影《后窗》（1954）、《唐人街》（1974）、《湖中的女人》（1943），甚至印度翻拍《唐人街》的电影《全景六英尺下》（2007）都采用了同样的叙事策略。这些电影拥有相同的情节：侦探们躲在灌木丛后或阳台上用双筒望远镜观察、拍摄、跟踪目标，监视人们。

因为私家侦探电影的惊人之处在于主人公几乎整部电影都在银幕上，绝大多数私家侦探电影几乎完全通过侦探主角的眼睛叙述事件，电影自然会让观众产生对主人公的认同感。电影只从侦探的角度来讲述故事，观众不仅在视觉上植根于侦探的视角，而且在认知上，观众也只能知道私家侦探知道什么。因为侦探片往往按照限制性视角的逻辑来叙事。电影反复出现的是私家侦探观察他进入的空间和居住在其中的人。这样看来，私家侦

① 现代电影理论把故事呈现电影本体运行机制的影片称之为元电影，从这个角度看大多数侦探电影都属于元电影范畴，侦探电影天然带有后现代的文化特征。

探一词已不仅是一种职业，而是指一种特定的凝视方式，这种方式就像圆形监狱一样暴露了他人的隐私。用美国后现代文学理论家布莱恩·麦克海尔的话来说，私家侦探形象地被简化为"视觉感知器官"。①

从某种意义上讲，私家侦探类似公众的眼睛。名人、政客都属于公众人物是人民群众观察和审视的对象，他们的行为是集体的。这样公众人物尤其是政客的行为应当符合这些公众规范和期望。在今天的社会，这个职能普遍让位于类似监控摄像头这样的全景设备。在《唐人街》中杰克用照相机镜头或双筒望远镜拍摄追踪霍利斯，用略带色情的"凝视"，同时也近距离地见证了一个男人和他妻子的私密生活。当世界在不知不觉中运转着它的正常事务时，私家侦探却在调查社会存在的阴暗面。这揭示了私家侦探存在的合理性，电影也经常展示通常被保密的东西。从某种意义来讲，私家侦探接近偷窥狂。

私家侦探电影刻画人物和情节的手法有两个。首先，它揭露了他人的秘密和欲望。其次，它暴露了私家侦探自身的欲望。从精神分析的角度看，人的欲望绝不仅是个人欲望，它是由"他人"的欲望所塑造的。侦探的欲望也不仅是其个人的欲望，它是由观众的欲望所塑造的，尤其是观众的价值观、偏见和或判断的事物能力。

二、犯罪现场：私家侦探的欲望

电影中的一种观点或一个场景是通过另一个人的注视而形成，它由电影暗示性地产生称为一种自我反身性。比如，电影《漩涡之外》（1947）②中侦探杰夫晚上在财务代理人莱纳德的公寓发现他已经死了。杰夫把尸体藏进壁橱，然后悄悄溜进凯茜下榻的宾馆，偷偷观察凯茜，凯茜打电话得知莱纳德并没有死在公寓，仓皇之下只好将真相向杰夫和盘托出。在这种电影中私人的凝视使普通的、日常的公共空间和人们居住的那种普通的私

---

① Brian McHale, Constructing Postmodernism , London, 1992, p. 147.

② 又译作《走出过去》，是拍摄于 1947 年的黑色电影，由雅克·特纳（Jacques Tourneur）执导，由罗伯特米切姆（Robert Mitchum）、简格里尔（Jane Jane）和柯克道格拉斯（Kirk Douglas）主演。

人空间变得陌生。私家侦探关注的是私生活，从社会规范的角度上说这是类似于让这个人接受审查的过程。另一部电影《亲爱的，谋杀》（1944）①开场中马洛拜访调查对象杰西时，她醉醺醺地对马洛说："不许偷看！"过后马洛从门后偷偷地看着她搜寻隐藏的文件，当马洛离开后透过窗户看到杰西在给别人打电话，说明杰西并没有喝醉。观众的视线与马洛的视线一致，这种自由的视角邀请观众向被监视的人提出问题——观众想的问题也在侦探的脑子徘徊。她为什么要这么做？这种鬼鬼祟祟的行为与她早先醉酒后的样子有什么关系？这是演戏呢，还是真的行动？类似的"神秘行动"在私家侦探电影中的许多场景中都可以看到。希区柯克的《迷魂记》（1958）提供了一个经典的例子，斯科蒂躲在门后窥视、跟踪玛德琳，做笔记。对于一个旁观者来说，玛德琳的行为是不会引起任何怀疑的。她只是一个参观艺术画廊、入住酒店、在金门公园散步的普通人，但是在私家侦探眼中这个金发女郎变成了一个有隐瞒的女人。

将一个人置于私人视线的后果是偏执的：当我们关注一个人，尤其是陌生人时，他们的行为会自动地显得可疑。爱伦·坡的《人群中的人》（1840）和瓦尔特·本雅明评论城市时都认为现代大都会背后隐藏着一种偏执的逻辑："我们城市的每一寸土地不都是犯罪现场吗？每个过路人都是罪人？这难道不是摄影师的任务吗？摄影师是占卜者和先知的后代，他的任务难道不是揭示罪恶并指出照片中的罪恶吗？"②摄影师在本雅明那里被看作是一种冷酷的存在。但是私家侦探的监视实际上更人性化：他们经常对被跟踪对象产生兴趣，如果对方是个女性还往往会产生感情。

从私人角度观察一个人就要求观众对侦探提出问题。《湖中的女人》

---

① 《我的甜蜜杀人犯》（在英国发行时名为《告别，我的可爱》），是拍摄于1944年的美国黑色电影，由爱德华·德米特里克（Edward Dmytryk）执导，迪克·鲍威尔（Dick Powell）、克莱尔·特雷弗（Claire Trevor）和安妮·雪莉（Anne Shirley）主演。这部电影是根据雷蒙德·钱德勒（Raymond Chandler）1940年的小说《永别了，我的可爱》改编的。

② Walter Benjamin，' Litthe Histiory of Photography'，in Michael W. Jennings, Howard Eiland and Gary Smith, eds, Walter Benjamin：Selected Writing, Parts2：1931-1934（Cambrige, Ma, 1999）.

是对私家侦探最真实的描述，这部电影尝试将全片都局限在马洛的视角上，但是这种叙事方式需要导演被迫寻找其他方法来弥补这种限制性视角，比如让角色轮流在马洛和摄像机前游走，并说一些诸如"你为什么皱眉？"这样的话语。从而让观众填补因为限制性视角带来的空白。电影中有一个非常有意思的场景：当马洛偷偷溜进一栋房子，四处窥探时，他注意到了敞开的天井门、未整理的床铺、那堆衣服，直到他进入浴室，发现镜子上有枪眼还有莱弗里的尸体。这个场景展现了观众本不应该看到的东西。在犯罪现场，观众见证了一些通常只有警察或私家侦探才能看到的东西。这是一个静态的空间，也是一个典型的"黑色景观"，但它带有观众通过"格式塔"想象"不在场的"充满暴力的画面来完成叙事。正如视觉艺术家亨利·邦德（Henry Bond）所解释的那样，"犯罪影像记录下的通常是私人的、私密的，受害者肯定不希望任何人看到这些照片"。他指出，"观看、讨论和研究真实犯罪现场照片具有窥淫癖的一面"。① 侦探电影虚构的犯罪现场可能比真实的场景更令人震惊，因为电影制作者更乐于邀请观众想象另一个人的生活。更准确地说，私家侦探电影中犯罪现场所暴露的是观众的欲望。

犯罪现场只是观众在私家侦探电影中看到的结果。观众通过私家侦探的视角来看这些场景，这些罪恶的地方充满了欲望，这也是驱动着观众进入他人私人生活的深层动力学机制。

三、女性空间和侦探

侦探在筛选线索时透露了他的欲望，他们代表了一种"普遍的欲望原则"。因为侦探这个社会身份导致个体很容易被他的工作欲望所淹没，即除了工作一无所有。他们的劳动不是为了个人的满足，却恰好满足了欲望本身。私家侦探的"凝视"作为获得这种揭秘的主要机制绝对是有片面性的。电影《情人眼》（1960）中刻画了一个叫作斯蒂芬·威尔逊的私家侦探，绰号"眼睛"，这个绰号恰好表明了私家侦探的工作手段，把别

---

① Henry Bond, Lacan at th Scene（London and Cambridge, Ma, 2009）, p.175.

人置于自己的视角中。"眼睛"跟踪女杀手并迷恋上她。同名小说改编成了多个不同版本，但是不同版本都展示了他"看"一个女性的过程，甚至这个过程和他的工作已经没有太多关系了。"眼睛"是穿透私人空间的工具，透过眼睛可以凝视欲望的对象。"眼睛"是侦探的眼睛，也是观众"旁观者的眼睛"。俗话说得好，情人眼里出西施，欲望可以把看到的东西变成与真实完全不同的东西。

对女性的欲望成了侦探们无法完成任务的主要威胁。在这里不得不使用安·卡普拉的观点，男人是"凝视"的承载者，女人作为凝视的客体。① 侦探电影中经常出现各式各样的女性形象。20 世纪 70 年代以来，女性主义就一直针对黑色电影男性的凝视以及对女性欲望提出批评。侦探片强调女人的性诱惑，香烟、枪、修长的腿都是黑色电影中的视觉符码。但这些"蛇蝎美人"都是反面力量，是对主人公的威胁。男性事实上象征性地被女性（实际上是性诱惑）所囚禁。《马耳他之鹰》《大眠》《亲爱的，谋杀》《漩涡之外》《致命的吻》都采取了同样的叙事策略。

劳拉·穆尔维的《视觉快感与叙事电影》（1975）中提出，电影总是设置被男性目光凝视的女性形象。电影的"放映条件和叙事惯例给观众一种窥视私人世界的错觉"给男性观众带来了偷窥的快感。这种快感依赖于将女性视为愉悦的"客体"，即使实际的影片观众是女性，但观看过程迫使她们采取"男性化"的观点景象。②

深入私人空间，并揭开主人的秘密也是侦探小说的特点。在柯南·道尔 1891 年的小说《身份之谜》中福尔摩斯幻想着他和华生"可以手拉着手从窗户飞出去，在城市上空盘旋，轻轻地掀开屋顶窥视里面发生的事"。③ 私家侦探电影中经常出现的场景是侦探闯入空无一人的房间。在以女侦探\警官为主角的私家侦探电影中更加强调"闯入"的危险性。

---

① See, for example, the essays in E. Ann Kaplan, ed, Women in Film Noir (London, 1978).

② Mulvey,' Visual Pleasure and Narrative Cinema', p. 272.

③ Arthur Conan Doyle,' A Case of Identity' (1891), in The Adventures and Memoirs of Sherlock Holmes (London, 2001), p. 27.

《沉默的羔羊》（1991）和《凶手就在门外》（1995）中观众可以看到紧张的情节，主人公不断深入一个危险男人家里的紧张情节。进入犯罪空间是私家侦探工作的一部分，也增加了电影的悬念。

大多数电影都有男性侦探闯入女性私人空间的情节。在《漩涡之外》中，主人公走进了一位女士的庭院。侦探的身份为他的入侵提供了一个似乎"合法"的理由，并削弱了偷窥的罪恶感。《后窗》（1954）中男主角杰弗瑞每天偷窥院子对面的邻居，他决心要尽一个公民的责任，保护其他人不受伤害。表面为公众的利益而行动显然也服务于他本人的私人幻想。希区柯克的《迷魂记》和大卫·林奇的《蓝丝绒》（1986）也都展现了侦探对女嫌疑人的迷恋。《蓝丝绒》最具代表性的情节是博蒙特赤身裸体地躲在多萝西的衣橱里窥视一出荒谬的虐恋情节的戏，衣橱象征着私人空间的最深处。

私家侦探的"个人"欲望阻碍了他们的职业精神。在《迷魂记》或《蓝丝绒》中侦探的欲望是解开女人的秘密或女人的私人空间。如同公寓外的杀手一样暗中监视女性，把女性囚禁在自己的目光中。就像穆尔维所说的那样，私家侦探电影中他们似乎摆脱了法律的束缚，这种"调查性凝视"不可避免是男性化的。侦探们致力于探索和揭露他人的私生活，这意味着他放弃了自己的私生活，纯粹为了这份工作而存在。私人和公共之间的模糊几乎贯穿了所有的私人侦探电影，当涉及他们自己的日常生活变得一点也不私人时，私家侦探成了"公众的眼睛"。个人的欲望本来是由侦探对公众的责任所决定的，而大多数情况下影像中的个人目光与"公众的目光"难以区分。私家侦探的工作是展示全景过程的一部分，协助警察谱写一个监视文本。他们服务的目的是使社会透明，让犯罪可以暴露在阳光下得到应有的惩罚。所有的侦探都独立自由地工作，保持理性、客观地观察世界的方式，类似于今天遍布大街小巷的摄像头。从某种意义来说侦探机构实际上属于社会监督和控制亚类型。因为它们处于边缘地带，所以从某种意义上讲私家侦探也是"公共侦探"。①

---

① Peter Messent, Criminal Proceedings: The Contemporary American Crime Novel (London and Chicago, Il, 1997. p. 12.

私家侦探的目光不可避免地与那个时代的主流观念、权力保持一致。尽管它强调"限制性视角"意味着它与全知全能的上帝视角有很大的不同，但从这个意义上说，私家侦探的目光是全视角的。大多数情况下他们"凝视"的最终目的是为公众的眼睛服务，起到监督、监察的补充作用，更会为社会规范和社会纪律服务。

浅析新媒体时代下网络刑侦剧的创新与突破

——以《重生》为例

张心蕙*　　吴向阳**

摘要：新媒体时代的到来加速了网络剧的发展，作为网络剧重要分支的网络刑侦剧同样发展态势迅猛。在利益的驱动下，大量 IP 改编的网络刑侦剧登上荧屏，可同时也存在着粗制滥造、质量低下的情况，日益背离了网络剧创作者忠于原著的初心和理念，受众的审美疲劳降温了当初的狂热追捧，开始逐渐趋于理性，以至于网络刑侦剧还是日益式微，热度慢慢下降。与此同时，广电总局关于涉案剧的限制，更是使得此类网络剧在痛失"市场"的同时，也失去了"政策"助力，几乎彻底丧失了发展活力。然而，2017 年，网络刑侦原创剧集《白夜追凶》横空出世，受到了广泛好评，更是被 Netflix 买下了海外版权，"超级剧集"的概念应运而生，网络刑侦剧的格局发生了新的变化。2020 年 3 月 26 日，同样原创内容的网络刑侦剧《重生》低调开播，仅播两集豆瓣评分便高达 8.0，受众好评如潮。本文将在新媒体视阈下，以《重生》为例，分析网络刑侦剧的创新与突破。

关键词：网络刑侦剧；重生；受众；创新

网络刑侦剧，又称网络涉案剧或网络警匪剧，是以互联网为媒介，面向网络受众，表现警察、法医等工作，以破案为主要内容，反映社会现实的一种电视剧类型。近年来，网络刑侦剧大多为自带流量、口碑颇好的

---

　*　张心蕙，山东师范大学新闻与传媒学院 2018 级广播电视专业研究生。

　**　吴向阳，山东工艺美术学院数字艺术与传媒学院副院长、教授。

IP 文本优质内容的回归，诸如《心理罪》《法医秦明》《心灵法医》等。与此同时，网络刑侦剧中也不乏一些优秀的原创内容，比如低调播出仅两集，豆瓣评分达 8.0 的《重生》。

网络刑侦剧《重生》以"7·14 案件"这一主悬念贯穿始终，每二三集一个小案子，张弛有度地层层展开。《重生》改变了以往刑侦类电视剧高大全的人物形象塑造，更贴近现实地塑造了主人公秦驰这一公安民警形象。主人公秦驰的独白贯穿始终，为整部剧集增添了不少文艺气息。作为《白夜追凶》兄弟篇的《重生》，在播出伊始，便狠狠抓住了观众的眼球。

一、融媒体渠道实现多平台传播

网络剧依靠新媒体与传统媒体相互融合进行传播，实现资源整合，优势互补，集各家所长，进而实现网络剧的传播价值。与此同时，网络刑侦剧亦是最大限度地利用融媒体的优势，去实现剧集间的传播。

爱奇艺、优酷等各大视频网站纷纷利用微信、微博、新闻客户端等平台，进行网络剧的宣传。各大视频客户端的确是网络剧输出的主要阵地，但是单一的输出渠道不足以满足受众日益增长的审美需求。因此，"两微一端"在受众数量和传播渠道方面的优势显而易见。通过各视频客户端与平台间的互动交流，去打响网络剧的知名度，进而吸引受众追剧。网络刑侦剧《重生》一经播出，便在微信、微博被广泛宣传。众多公众号纷纷就"张译演技""白夜重生""白夜追凶兄弟篇"等多个话题，对《重生》以公众号文章、投票等多种形式进行探讨。在微博客户端，也有"网剧重生"的热搜条目以及网剧《重生》官方微博，以便受众在第一时间获知剧情发展进程或与同好进行热火朝天的讨论。

二、原创剧本营造"IP 宇宙"

近年来，IP 成为影视领域的一个热门话题，由热门 IP 改编而来的网络剧，诸如《何以笙箫默》《盗墓笔记》《鬼吹灯》《亲爱的热爱的》等，一经播出便获得全网关注。然而，自带流量的 IP 文本一经改编，是否能获得之前的高点击率、良好口碑，又是一个值得关注的问题。网络刑侦剧也毫不例外吸引着受众的注意力，其中不乏由高热度 IP 改编的《心理罪》《十宗罪》《法医秦明》等，但由于受众对 IP 文本的熟知，在改编过程中，难免会出现评价褒贬不一的现象。

然而，网络刑侦剧《重生》反其道而行之，利用原创剧本将故事呈现给观众，虽然缺少了前期的关注度和点击量，但也巧妙规避了受众预知剧情的风险，在播放过程中很大程度上保留了受众的观看兴趣，极大吸引了受众的注意力。作为《重生》的前辈，《白夜追凶》堪称原创网络刑侦剧的典范。近期热播的原创网络刑侦剧《唐人街探案》，与《重生》一起再一次向受众表明：依靠精良的制作团队、演技精湛的演员，原创网络刑侦剧也大有市场。

我们不难看出《重生》与《白夜追凶》之间难以割舍的关系，二者之间的微妙联系为受众悄然展现了恢宏"白夜宇宙"一隅。早在 2017 年 11 月，优酷便正式提出了"白夜宇宙"的概念，而《白夜追凶》的成功更是使"白夜系列"成为优质 IP，也为这种"IP 宇宙"的发展积累了大量的粉丝和点击率。这里提到的"IP 宇宙"不是说 IP 单一的续集或者番外篇，更多的是在阐释 IP 进阶版，即在统一设定的大背景下，各 IP 间相互独立且紧密联系。在这种"IP 宇宙"的构建过程中，不仅仅需要 IP 人物和故事间的联动效应，更需要 IP 间格调、定位的相似性。在网络刑侦剧《重生》中，《白夜追凶》里的关宏峰、赵馨诚等人，纷纷作为不容忽视的人物出场，体现了各剧集间的联动效应。IP 间的人物或故事的相互联系，极大地提高了剧集的点击量、关注度以及受众黏性。在《重生》作为贯穿始终的主悬念"7·14 枪案"中，主人公秦驰被怀疑为"黑警"面临多方调查；另外，他本人也在孜孜不倦地找回记忆，寻找事发当晚的真相，而《白夜追凶》中关宏峰、幺鸡、韩彬等人的出现，不仅仅向受众揭示了二者之间千丝万缕的关系，营造了一个宏伟的"白夜宇宙"，更是为日后呈现"白夜宇宙"更多"碎片"埋下了伏笔。《重生》整部网剧延续了《白夜追凶》人物形象塑造复杂多面的风格，《白夜追凶》主人公关宏峰被栽赃为灭门惨案凶手，当他察觉出案子背后的惊天阴谋时，为了尽快抽身，嫁祸给弟弟关宏宇，这里的关宏峰并不能算作一个正面人物形象。然而，他辞职后作为长丰支队顾问却也不忘警察使命一心为民，为死者讨回公道，这一人物形象的塑造可谓亦正亦邪。与此类似的是，《重生》主人公秦驰虽兼顾英雄本色，可也不乏几抹别样心思。剧中失忆的秦驰按照自己从警以来的初心，除恶扬善，捍卫正义，甚至收留一心想杀他报仇的军火贩子的妹妹，却也刻意向督察组隐瞒过不法分子发来的关于他失忆之前的录音。这一人物形象的塑造不同于以往高、大、全的警察形象，而是更加饱满立体地刻画了人物的复杂心理，更接地气儿，吸引受众的注意力。而且，《重生》延续《白夜追凶》中"一个主线大案与单元剧小案并行"的模式，这一"白夜模式"的重现，让受众备感亲切。《重生》在剧情独立成章的同时，又与《白夜追凶》环环相扣，联系紧密。诸如，网络刑侦剧《重生》延续了其兄弟篇《白夜追凶》的大背景，故事依旧发生在津港市，主人公变成了西关支队副支队长秦驰。与此同时，《白夜追凶》中的主人公关宏峰在《重生》中出现，受邱督察邀请协助调查"7·14枪案"，邱督察甚至直接点明了秦驰是关宏峰师傅秦莽的亲侄子，也正是因为他参与调查此案，才有了《白夜追凶》伊始他被陷害的灭门惨案。

"白夜宇宙"像是一幅宏伟蓝图，不论是《白夜追凶》抑或是《重生》的存在，都像是构成这幅蓝图的碎片，独立存在却也相辅相成。"白夜宇宙"这一"IP宇宙"已初具规模，若仅仅依靠《白夜追凶》的热度去保持受众黏性，受众很容易产生审美疲劳，然而从这一微观单项中解放出来，去构筑更加宏观的"白夜宇宙"，能更好地保持受众黏性、新鲜感，使受众对"IP宇宙"充满更多的想象力。这种"IP宇宙"的概念在网络刑侦剧迅猛发展的当下俨然成为一种潮流，与《重生》同时期播出的网络剧版《唐人街探案》，也营造了一个"唐人街探案宇宙"，在电影版《唐人街探案》出现的侦探爱好者APP"Crimemaster"的大背景下，设置了"林默"这一人物，一直在寻觅"Crimemaster"排行榜第一名的Q，而电影版《唐人街探案》同样设置了Q这一人物作为悬念，吸引受众。不论是"白夜宇宙"抑或是"唐人街宇宙"，这些"IP宇宙"中各个组成部分都不是彼此的衍生品，而是独立存在的，任何一部作品的播出都会为另外的篇章乃至整个"IP 宇宙"埋下伏笔、积累粉丝。由此我们不难看出，"IP 宇宙"由众多碎片组成，各个"碎片"之间、人物剧情之间有着千丝万缕的联系，相辅相成，深入联动。

三、多样化观看方式实现全面互动

卡茨在"使用与满足"理论中提出：受众不再是被动的接受者，而是有着"特定需求"的个人，受众观看电视节目的过程，是他们的"特定需求"得到满足的过程。而网络剧不同于传统电视剧的一个重要特征，就是网络剧的互动效应。受众不再局限于电视机前，被动地接受电视台所播放的电视剧；创作方也无需仅通过收视率这一指标得知电视剧的受欢迎程度。网络剧基于网络视频平台、"两微一端"的评论、通过弹幕、评分、微博热搜等功能，及时得到受众的反馈，使得创作方与受众实现全面互动。对网络刑侦剧这一类型的网络剧有着特定爱好的受众，在观看剧集时通过"弹幕"、评论等功能实时分享观后感，实现全面互动，体现了受众在观看剧集时，处于一种"伴随式"的状态。或者通过豆瓣电影等平台进行"评分式"观看，通过评分高低来判断该剧集是否值得观看；再者，受众因时间因素，使用"倍速功能"观看剧集；抑或受众通过填补自己的碎片时间，进行"碎片式"观看。不论哪一种观看方式，在这一过程中，创作方和受众都是作为传播主体出现的，也大大体现出传播过程中受众对人际关系的需求。网络刑侦剧《重生》播出两集便被受众在豆瓣上打出8.0的高分，更是在新浪微博设立影视剧《重生》官方微博，发布追剧日历引发受众广泛探讨。剧中秦驰的扮演者张译对于首次接触网络剧这一问题表示：想听到年轻的声音、年轻的态度和反馈。在网络刑侦剧的传播过程中，营造实时全面的互动，更有利于网络刑侦剧的传播。

（一）伴随式观看

网络剧的实时互动式体验，一直是受众津津乐道的话题之一。任何类型的网络剧都有着由一群爱好相同的受众自发组成的小圈子，根据剧情变化进行实时讨论和交流。网络刑侦剧的粉丝们也是如此，网络视频客户端弹幕区和评论区成为受众追剧时所使用的基本功能，这样的功能设置更是为受众们的互动交流提供了平台。这种互动在剧集播放时伴随始终，诸如弹幕会一直出现在屏幕上方，一条接一条弹出，大大增加了受众在进行艺术鉴赏时的趣味性。受众在观看《重生》灭门案时，草木皆兵，剧中警察每进行一次审讯，总会有受众发弹幕："×××有问题""×××就是凶手"，通过类似的评论去猜测剧情，甚至有受众在观看完毕后回到剧集伊始发弹幕提前剧透；抑或有受众在弹幕区注明自己的观看时间以及自己的坐标："现在是2020年5月1日""我在广东深圳"等诸如此类的评论；也会有剧中人物扮演者的粉丝专门发弹幕去表达对演员的喜爱，诸如"张译演的可太好了""专门为张译而来"。看着一条又一条令人啼笑皆非的弹幕，也会有受众给出弹幕评论：弹幕区可真是人才济济。受众热闹非凡的弹幕评论，为网络刑侦剧《重生》的传播增添了几分"年轻态"。弹幕内容涉及剧情猜测、受众感受、演员八卦等诸多方面，内容丰富，覆盖面极广，为网络刑侦剧的发展提供了新的思路。

（二）倍速式观看

网络视频客户端"倍速播放"的功能，即从慢速0.5到快速2.0倍播放，为受众的个性化选择提供了便利。"倍速播放"功能成为网生代快餐文化的象征。调查表明：在18~45岁网络剧受众中，69%的人在观看剧集时会使用"倍速播放"功能，受众在观看网络刑侦剧时也是如此。与此同时，"快餐化"俨然成为当下新媒体时代的一个显著特征，"五分钟带你看完一部电影""十分钟让你了解一本名著"已然成为一种潮流，这种观看方式使受众快速了解剧情梗概、人物关系、积累了谈资，却忽略了网络刑侦剧演员精湛的演技、创作者所深耕的细节、精心设置的悬念，以及剧集本身所带来的沉浸式的感官体验。在网络刑侦剧《重生》中，主人公秦驰跟犯罪嫌疑人惊心动魄的打斗镜头，更是有受众建议"2.0倍速"播放，绝对精彩。萝卜青菜各有所爱，"倍速播放"只是一种受众的个性化选择，受众可以根据自身需求去观看剧集。

（三）评分式观看

在新媒体迅速发展的当下，受众对艺术作品不再是被动接受，而是以一种互动交流的方式去进行审美体验甚至艺术鉴赏，从接受美学的角度去看，一部影视作品的评分，某种程度上来说，亦是受众所赋予的。一部影视剧的评分高低成为影响受众是否观看该剧的重要因素，有的影视剧因为评分高居不下，荣登榜单前十，与之相反，有的作品由于评分较低，被贴上"烂片"的标签。在"两微一端"上，经常会有专门的文章向受众推荐豆瓣评分最高的各种类型电影。由此可见，影视作品的评分确实成为受众衡量它的一项重要标准。当下，不论是像爱奇艺、优酷、腾讯等网络视频客户端，还是像淘票票这样的电影票售卖客户端，抑或是诸如豆瓣电影这种专业性较强的影视剧评分客户端，都十分重视影视作品的评分效果，为受众提供评分功能。诸如，豆瓣用户每天都在对"看过"的电影或者影视剧进行评价，豆瓣根据每部影片看过的人数以及该影片所得的评价等综合数据，通过算法分析产生豆瓣 Top 榜单。网络剧在开播之后的宣传过程中，也会常常拿着豆瓣评分，为自己做宣传，比如，网络刑侦剧《唐人街探案》在播放中期豆瓣评分高达 8.1 分，该剧官方微博专门以此作为海报宣传，进而吸引受众。而网络刑侦剧《重生》在开播两集时，豆瓣评分高达 8.0，不少受众慕名而来。随着对剧情的了解，《重生》在豆瓣上的评分跌至 7.8，评分的升降是正常情况，大都反映着受众的态度，这种受众所赋予的评分反馈给创作方，有利于网络刑侦剧更好地创作发展。

（四）碎片式观看

互联网的高速迅猛发展催生了新媒体时代的到来，以智能手机为代表的移动客户端和网络流量的不断增长，智能手机日益成为人们日常生活不可或缺的重要组成部分，更是为网络剧乃至网络刑侦剧的发展提供了重要平台，并带来大量便利条件。与此同时，伴随着生活节奏的加快，受众的学习时间以及学习知识的需求日益"碎片化"，他们需要大量的素材来填充"碎片化"的时间，来实现学习或放松的效果。

由于网络刑侦剧自身悬念设置的特点，剧情紧凑刺激且悬念层层递进。被这一特点所吸引的受众愿意利用自己"碎片化"的时间去追剧。受众在上班等车、午间吃饭、回家路上打开手机看一集，作为消遣，舒缓情绪。受众在茶余饭后就可消化一集时长 35 分钟左右的《重生》，感受网络刑侦剧的乐趣。

四、巧妙排播迎合受众需求

众所周知的是，网络剧具有剧集简明扼要、时长较短，剧情紧凑的特点，所以网剧在传播过程中的时效性与影响力较差，受众在接受过程中难免会产生走马观花的审美体验。与此同时，网络刑侦剧多以单元剧的形式传播，这一碎片化的传播模式同样会使持续效果大打折扣。不论是网络剧抑或是网络刑侦剧，灵活巧妙的排播方式，可以激发受众的好奇心，保持受众的观看兴趣，延长剧集在传播过程中的时效性。

积极的电视收看理论是关于电视消费的观点，认为主动的观众寻求节目以满足他们的心理和社会需求。[①] 麦奎尔在 1964 年对英国电视节目的研究中，归纳了电视节目具有满足人们的心绪转换、人际关系效用、自我确认、环境监测的功能。在网络剧发展迅猛的今天，麦奎尔的研究对当下受众来说同样适用。网络视频平台明确受众的心理需求，填补受众生活、工作、学习的间隙，排播更加巧妙灵活，大大增强了受众黏性。诸如近来火爆的现象级爆款网络刑侦剧《心灵法医》《唐人街探案》《重生》等，都采取每周固定几天 20：00 更新，受众在结束了一天的工作，饭后茶余，去收看自己心仪的网剧，进行审美体验。

平均剧集在 20 集左右的网络剧，由于集数较少，剧集时长较短，传播过程中的持续效果较差。然而，在播出的过程中可以通过创新排播方式，诸如，周播、超前点播等方式，这些播出方式巧妙化劣势为优势，延长网络剧的持续效果。通过弹幕评论、豆瓣评分、微博热搜等方式给受众以回味，去延长受众的审美体验。比如，网络刑侦剧《重生》采取在优酷独播的方式，在播出期间，VIP 会员每周四 20 点更新 5 集，进行周播。《重生》的微博官方账号更是发布了追剧日历，详细标明了各个重要情节点的剧集。别出心裁地提前预告重要情节点，创新了"超前点播"这一模式，方便受众对自己感兴趣的剧集进行单集付费，网络刑侦剧的发展更趋个性化。这一排播方式将原本只有 28 集的网络剧传播过程拉长至两个

---

① ［美］沃纳·赛佛林、小詹姆斯·坦卡德：《传播理论：起源、方法与应用》，郭镇之译，华夏出版社 2000 年版。

月，一方面可以为视频客户端增加收益，另外一方面也可以大大延长《重生》的传播效果。

《重生》作为网络刑侦剧原创模式的"排头兵"，在创作上延续了"前辈"《白夜追凶》的高标准、严要求、精制作，通过讲述平凡人物的英雄故事，激发受众的情感共鸣，增强受众黏性，向受众传递正能量。在新媒体高速发展的当下，伴随着受众日益增长的精神文化需求，网络刑侦剧需要创作者深耕细节，着重展现公安民警的正面形象、崇高精神，讲好中国故事。

影响刑事案件司法公正的多种因素及对策

——观《算死草》有感

刘玉贤[*]　刘崇宁^{**}

摘要：《算死草》中的控辩双方在庭审中激烈的辩论和主审法官生搬硬套适用法律是全片的经典片段，看似无厘头的诉讼过程处处折射出执法人员的司法不公。结合影片的情节和刑事案件实际办理情况，本文从侦查人员心理、证人记忆准确度、检察官违规行为及法官主观裁判行为等多个视角分析哪些因素会影响刑事诉讼的司法公正，并就此从诉讼理念和程序规则上提出优化的建议。这些建议落实到具体的方案，有些已经完成了优化，有些则需要审慎设计和长期规划。伴随着社会的不断发展进步，各种不公正现象终将会消失。

关键词：司法公正；影响因素；优化对策

　　《算死草》这部影片在周星驰所有无厘头影片中，算不上出彩，故事情节也很简单，背景年代是清朝，清王朝的封建统治之下，适用的大清律法属于中华法系；而香港彼时是英国殖民地，适用的则是英国法律，属于英美法系。故事主要讲的是清朝大状师陈梦吉（周星驰饰）收养的孤儿何欢（葛民辉饰）在香港被诬陷杀人，陈梦吉出面帮其打官司，过程看

---

　　* 刘玉贤，法学博士，湖南省公安厅法制总队一级警长，研究方向：刑事诉讼法、侦查学。
　　** 刘崇宁，法律硕士，湖南省公安厅法制总队一级警长，研究方向：法理学，行政诉讼法。

似无厘头，但结果最终实现了公平正义。公正，是司法最基本和终极的价值追求；[①] 司法的权威在于司法公正。

何欢被香港检察官何中（林保怡饰）指控谋杀，陈梦吉与何中在庭审过程中唇枪舌剑，你来我往，给观影者们留下了深刻的印象，也是影片的高潮部分。但不能只在司法审判的过程中去判断是否实现了司法公正，从侦查、起诉到审判的任何一个刑事诉讼过程的不公正都会影响刑事司法公正。

结合刑事案件办理的实际情况，影响司法公正有如下一些因素：

一、讯问人员的心理影响

何欢被作为杀人犯关押直至出庭，和讯问人员一共有两次对话，一次是刚进审讯室，讯问人员恶狠狠地说："你这杀人犯。"何欢用迷茫的眼神看着身边的押解人员问道："他在说什么？"另一次是对何欢用上了打脚底板等刑具后，强制何欢在空白纸上用双手手印画押后问了一句："我们现在控告你谋杀，你可以自己找律师帮你辩护，你有没有律师？"何欢有气无力地回答："有，陈梦吉。"从讯问人员为数不多的言语中，可以推断出至少有以下两种心态影响着讯问人员的执法：

（一）报复心态

在整个刑事诉讼过程中，疑罪从无应该是要秉持的原则，但作为侦查人员，侦查思维一定是围绕着犯罪事实是何时、何地、由谁、怎样实施展开的。从讯问人员仅有的一句话"你这杀人犯"透露出在讯问人员的心里已经认定被讯问人员即何欢就是犯罪行为的实施者。此后，影片没有给何欢说出任何一句跟案件事实有关的话的镜头，但却分了好几个镜头展示讯问人员对他用上不同的刑具。讯问人员为什么要对他用刑？又是抱着怎样的心态？

简单分析，讯问人员认定何欢就是杀人犯，而何欢没有按照讯问人员预想的那样作出有罪的供述，因此受到了刑具的惩罚。在讯问者心里，何

---

① 李瑜青、邢路：《司法公正的社会认同问题研究》，载《上海大学学报（社会科学版）》2019 年第 5 期。

欢是一名暴力犯罪行为人，杀了人，他就不该受到尊重，对其进行殴打等行为也不过分，这是一种赤裸裸的报复行为。

从理性层面来分析，司法与个人的喜好无关，目的是为了保护整个社会的利益。但司法必须由具体的人来实施，具体到个人，往往没有自己想象中那么客观和理性，在很多情况下都会被人的本能所控制，报复心理就是其中的一种。比如，人们在大街上抓到贩卖婴儿的嫌疑人时，义愤填膺地将其团团围住，忍不住对其拳打脚踢。在有些情况下，甚至会产生报复无生命物体的想法。比如，当我们走路不小心被某个障碍物绊倒时，内心会立马升起想要上去踢它两脚的冲动。上升到司法领域，人类基于报复目的而实施惩罚的行为可以追溯到 14 世纪，法国法莱斯市圣三一教堂的一幅壁画展现了一名儿童被一头猪撕咬了脸部和胳膊，最终不治身亡，随后这头猪被判处绞刑，在行刑前之前还要面临以眼还眼的处罚——殴打头部和四肢。[①] 这种案例在现在看来，着实好笑。社会文明进步，逐步确立了惩罚的对象应当是具有刑事责任能力的人，惩罚的目的是为了剥夺犯罪者再次犯罪的能力和威慑潜在的犯罪分子，但报复心理仍占据着一席之地。

（二）厌恶情绪

厌恶情绪可以分为两种，一类是基于本能的厌恶，如对于呕吐物、腐烂物等的厌恶；另一类则是对违反社会规则行为的厌恶，如对乱扔垃圾、盗窃等行为的厌恶。厌恶情绪直接影响着人们的日常生活，比如，看到厌恶的东西，人们会选择回避或者绕道而行，同时会出现类似皱眉头、瘪嘴巴的面部微表情，这些都是拒绝接受的表现。

庭审中，陈梦吉问旁听席上的一位其貌不扬的大妈是否愿意跟何欢交好，那位大妈看了看何欢，面露难色的表示不愿意跟这样相貌丑陋的杀人犯做朋友。

假设影片中的杀人案件有两个犯罪嫌疑人，一个是何欢，相貌丑陋，衣着邋遢，靠耍狮为生，无亲无故，给人整体印象是不学无术，无所事事；另一个是念西，衣着光鲜，有稳定的收入，并且还是香港行政立法两

---

① ［美］亚当·本福拉多：《公正何以难行》，刘静坤译，中国民主法制出版社 2019 年版，第 219 页。

局首席议员，生意做到遍布全东南亚何西爵士的儿子，给人的整体印象是兢兢业业、事业有成。在其他证据指向完全相同的情况下，犯罪嫌疑人的打扮、家世背景等外部因素都会影响人们的直觉判断，更多的会倾向认为何欢就是犯罪行为的实施者。这其中就有厌恶情绪掺杂其中，从何欢和念西两个人的描述来看，一个是消极负面，另一个则是积极正面，两个人的个人标签明确，潜意识也会影响着人们的判断，同样也会影响着讯问人员的判断。这里假设的念西其实就是何欢的另一种身份，因为何欢很小的时候就被卖到了广州。

一旦给某人贴上了身份的标签，司法人员就会努力地去寻找证据确证这种身份，并选择无视或者贬低与之相反的证据。这或许也是为什么影片中没有展示何欢在讯问过程中的表现，因为何欢的无罪辩解被无视了。

二、证人记忆准确度的影响

在众多的案件中，证人证言是查明案件事实最为常见的方法，尤其是对作案人及作案工具的指认，更是破案的关键。影片中证人1指认何欢杀人后用圆月弯刀追杀他。证人2指认何欢杀人后用血滴子追杀他；证人3指认何欢杀人后用三节棍追杀他；证人4指认何欢杀人后用鸳鸯柳叶刀追杀他。随后作案工具呈堂进行质证，陈梦吉根本不相信何欢会用如此多的作案工具杀人，晚上去了案发现场，结果在案发现场找到了证人1、2、3、4所说的作案工具留下的痕迹。陈梦吉无话可说，推测说这个案件是有预谋的。对于证人的证言，排除故意作伪证的情况，会存在以下影响证人证言的因素：

（一）记忆偏差

一是记忆本身存在问题。人的记忆不是摄像机，不可能精准无误地记录，也不可能分毫不差地进行提取。这与时间有关，比如我们很可能会记不起多年前在一起读小学的同桌的名字。再来，人的记忆本身也容易出问题，比如我们也会记不起刚刚认识的新朋友的名字。人的大脑每天接收海量的信息，却做不到如同电脑一般的海量存储，甚至我们常常忘记前五分钟把钥匙或者手机放在哪里了。

二是选择性记忆。由于人类本身的感知力和注意力都存在着天然的局限，人的记忆与日常生活密切相关，通常以我们日常生活所需作为指引，对周围的事物进行选择性记忆，对很多事物特征也会选择性忽略。比如，对于印象中经常见到的十元人民币，随意提问："纸币是人头的一面印有'中国人民银行'字样还是另一面？"答案都会不统一。这是很简单的一个记忆点，但因为平时我们使用十元钱的时候，并不会关注"中国人民银行"印刷在哪里，我们关注的是手里拿的十元钱是真的还是假的，纸币上的水印、安全线等才是关注的重点。

三是视线角度。很多时候想当然地认为现场证人就应该对案件发生的全部情况都清楚，实际上，在很多刑事案件中，即使周围有很多证人，由于证人所在的地理位置跟当事人所在的地理位置不同，看到的情况也就不尽相同。比如，故意伤害案中，甲、乙两人因为琐事在马路边扭打成一团，周围很多群众在围观。突然，甲的大腿被划伤，并一口咬定是乙用刀划伤的。甲、乙扭打成一团是一个动态持续的过程，位置不停地变换，而围观群众的视线不可能像电视转播的摄像头一样，总能挑选到最佳的观赏角度。对现场群众进行调查走访，很难有证人精确地表述出甲受伤的那一刻，到底是乙拿刀直接划伤了甲的大腿，还是甲的刀被乙挡回去划伤了大腿。

（二）辨认程序的影响

证人对犯罪嫌疑人的辨认，会让侦查人员、检察人员以及审判人员更加确信他们距发现事情的真相又近了一步。但证人辨认的过程存在很多问题：首先，存在暗示。拿出一组多人的头像让证人辨认其中是否有实施犯罪行为的人，证人自然而然地认为这些人里面必然包含了一个犯罪嫌疑人。当然，要消除证人的这种想法很简单，就是在证人辨认之前告知他在这组照片中可能并不包含犯罪嫌疑人，不过没有人会这样做。因此，证人在对犯罪嫌疑人进行辨认时，更像是从几个候选人中选一个与自己记忆中的犯罪嫌疑人更加相符的人选而已。其次，混淆辨认对象。证人在侦查阶段对犯罪嫌疑人进行了辨认，几个月后，案件进入庭审阶段，证人需要出庭当面指认被告人。此时，且不说证人的记忆会随着时间的流逝变得模糊，仅是单单对被告人进行指认这一行为，证人是在确认被告人是否为犯罪行为的实施者，还是在确认这一次庭审指认的对象是不是之前辨认过的犯罪嫌疑人？

三、检察官违规行为的影响

每个群体都会有违规行为的发生。大多数检察官都是正直的法律人，但如果是当事人个体违背法律职责，实施欺诈行为，就难以防范。比如，影片中的主控官何中为了霸占何欢的家产，设计陷害何欢，在明知何欢不是凶手的情况下，却要控告何欢谋杀。这是何中作为主控官的个体职业伦理的缺失，是其个体品行问题。排除检察官个体的原因之外，还有以下一些原因会促使检察官实施违规行为。

（一）合理化违规行为

检察官在指控具体人时，一定是预想此人就是犯罪行为的实施者。为了论证自己行为的正当性，一个有效的方法就是贬低对方，并且最好是从道德上去谴责对方，这样就可以凸显自我行为的正当性。比如，影片中主控官何中在刚开庭的时候就说："这起案件是一起毛骨悚然、丧尽天良的蓄意谋杀案……"检察官很容易将自己塑造成为正义的捍卫者，提出自己的假说，并通过在法庭上出示的证据，极力证明其主张的正确。检察官通过赢得诉讼，维护自己在法庭上塑造的良好形象，捍卫自己预想的正义。为此，如果实施违规行为会带来这种收益，检察官就很可能会实施违规行为。就如同考生为了成为一名大家眼中成绩优异的学生，很可能会在考试中作弊。

每一个人都希望自己保有高尚的品质，一旦实施违规行为，就会影响正直高尚的人格形象。但由于人的自尊心作祟，对于违规行为总体上还是排斥的。尤其是当人们意识到实施违规行为，会致使自己努力建立的自我形象严重受损，就会避免选择实施违规行为。对于检察官而言，要其主动地作出违规行为，比如伪造有罪证据等，需要克服较大的心理障碍，因为一旦被发现此种违规行为，无法找到任何理由为此开脱。但如果只是隐匿潜在的无罪证据，则检察官很容易找到开脱的借口，比如主观上认为该证据没有证明效力等。

（二）压力和关注的影响

首先作为一名检察官，是法律的践行者，秉承着全心全意为人民服务的理念。一起刑事案件能够进入到最后的庭审阶段之时，被害人已经经历了长时间的煎熬，侦查人员付出很多的物力和精力，这一切都寄希望检察官能够在庭审上，获得法官的支持，让之前的等待和付出都有所值。在引起社会舆论广泛关注的刑事案件中，检察官还要受到来自社会舆论的压力。在如此多的关注之下，无论是出于对被害人的同情，还是对自己预判的坚持抑或是感受到普罗大众的压力，都有可能会导致检察官实施违规行为。

其次，在实践中的很多行业其中就包括司法行业，都会有其内部的考核指标。先不去谈论这些指标是否合理、科学，只要有指标数值的比较，就必然会让人不自觉地进行排名。有排名，就意味着有竞争。从这个角度来看，喜欢竞争的检察官会更容易实施一些违规行为，因为通过实施违规行为，可以使其排名靠前。

最后，还有面对领导的批评、冗长乏味的会议、加班加点的重复修改报告等一系列的工作压力，以及家庭成员的纷争、孩子的顽皮等生活压力也会导致检察官在工作上实施违规行为。

（三）弱化因果关系

在判断一种行为是否需要对一个结果负责任时，我们常常要去分析行为与结果之间的内在联系，如果行为与结果之间的联系紧密则一般会判断行为需要对结果负责，反之行为与结果之间的联系比较弱，就难以认定行为是否需要对结果负责。比如，之前提到的检察官直接伪造有罪证据，这个行为与被指控人认定为有罪的联系太过直接，很少有检察官会选择这样做。

在目前刑事诉讼的基本模式下，不管是在大陆法系中，还是在英美法系中，检察官都希望成功指控犯罪，但对于被告人最终是否被确定为有罪，被判处什么样的刑罚，则是由法官来决定。由此看来，检察官的违规行为与被告人最终命运的联系似乎就没有那么紧密了。再加上检察官对刑事案件的关注点集中在诉讼的输赢上，而不是在实现正义上，那么检察官实施违规行为的可能性就会增大。

四、法官的主观裁判行为

法官在刑事案件中具有举足轻重的地位：英美法系中，陪审团定罪，法官量刑；大陆法系中，定罪量刑全由法官承担。影片中，法官至少在两个片段中对刑事诉讼的走向起到了决定性的作用：第一个是在法庭上陈梦吉通过其高超的询问技巧，使检察官何中承认了杀人的事实，但主审法官认为"发言很精彩，但没有依照法律程序属于藐视法庭，依例判其监禁一天。立刻执行"。并告知陪审员，由于不符合法律程序，即陈梦吉没有按着《圣经》宣誓，要完全绝对当作没听过。第二个是在何欢被法官"依例判处环首之刑"，陈梦吉咬文嚼字地跟主审法官辩解："何欢被判的是环首之刑，不是环首死刑。他的首已经被环了，就应当放人。"并接着说道："法律就是法律，每个字每个符号都不能改动。"主审法官听完与陪审法官面面相觑，决定召开一个紧急会议，最终认定刑罚已经执行完毕。

（一）死板的运用

作为裁判员的法官，需要严格执行法律条文，恪守法律条文的规定，但如果法官完全按照法律条文的字面意思执法，是否就是在严格执法？肯定不是。第一个片段中法官对陈梦吉判处监禁一天的裁定，让观众愤慨不已，第二个片段中法官对何欢已执行"环首之刑"的认可，又让观众忍俊不禁。以上两个片段都是法官在按照法律一个字一个字地进行裁判，可是让人感觉却是如此不同。细细想来，是影片中的法官在生搬硬套法律条文，完全没有理解条文背后的立法本意造成的。陈梦吉的妻子吕忍（莫文蔚饰）作总结陈词时，直指法官大人念了很多书不过是在"读死书"。尤其是对环首之刑的裁定，对于被告人已经被判定犯了蓄意谋杀罪这样严重的罪行的情况下，难道只用绳子绕一下脖子，就视同于刑罚完成？如果是这样子的话，还有多少罪名能比蓄意谋杀的罪名更为严重，那又要判处怎样的刑罚才适当呢？所以，当法官适用法律条文，导致的实际效果非常可笑之时，就应当意识到是适用法律条文发生了问题，没有很好地体现立法本意。

（二）个性化的解释

法官在整个刑事诉讼过程中实施审判行为的依据是具体的法律，虽然法律有着稳定和明确的特点，但即使是针对同一个条文，由于法官对法律的理解不同，对法律的解释和适用也就不同。法官在审理案件中对法律条文的适用，可以发现法律条文的不足之处，并可以在立法层面加以体现，[①] 比如出台相关的司法解释等。

理想层面的法官是公正无私，没有任何偏见的裁判员。在进行裁判时，把自己的背景、经历和偏好完全抛诸脑后，仅仅只是对法律条文的适用而已。现实层面的法官很少会因收受当事人的贿赂等违规行为，实施不公正的裁判，但却会掺杂自己的认知、情感和推理，并根据自己的喜好对法律条文、政策进行解读。比如，美国首席大法官马歇尔在审理吉朋斯诉奥格登、利文斯顿和富尔顿的案件时，认为国会不作某项规定，并不意味着国会放弃了这一权力，也不意味着将权力交给了州议会，[②] 于是将"商业"的含义认定为不仅限于买卖，而是指互通，从而让国会对客运航运有了管辖权。从马歇尔对商业一词过于牵强的解释中不难推断，马歇尔偏好国会的权力优先于州议会的权力。这个判决使得州际内的通商行业全部都处于国家的管辖下，有利于整个国家的发展。

对于一些具体含义不明的法律条文，法官可以在审理具体案件时根据案件的需要作出合理的适用解释，并为之找到正当的依据。其过程是法官先在自我心里明确一个主张后，再去寻找正当的依据让人们相信他的主张的正确性。

---

① 冯姣、胡铭：《智慧司法：实现司法公正的新路径及其局限》，载《浙江社会科学》2018 年第 6 期。

② 刘星：《西窗法雨》，法律出版社 2019 年版，第 50 页。

五、刑事诉讼制度的优化

（一）诉讼理念上的优化

人权保障是刑事法治理念的基础要求，也是当代刑事法治体系中的基础理念，更是当代刑法机能的基础内容。[①] 在每一起刑事案件中侦查人员、检察官、法官主观上的偏见或者违规行为都可能会使刑事案件的当事人得不到公正的处理，无法保障当事人的人权，造成法律适用上的不公平和不正义。而刑事诉讼通过处罚犯罪行为人来彰显正义的事后救济途径的缺陷非常明显：被害人的家属常常表示，对犯罪行为人进行再大的惩罚，也不能弥补他的行为所造成的过错。将犯罪与病毒进行比较，消灭犯罪行为（病毒）固然很重要，但是查明诱发犯罪的原因和预防犯罪（病因和研发疫苗）才是根本。

在刑事诉讼过程中可以尝试从以下几个方面进行理念上的优化：首先，警察对自己的职责使命的定位不只是侦破案件、打击犯罪，更重要的在于维护社会稳定、保护人民的权益。当警察成为社会日常安全的维护者，而不是居高临下的执法者时，社会民众也就更加愿意协助其工作。这种工作模式有助于侦破案件，也有利于从源头上预防犯罪。其次，检察官与辩护律师在庭审中的针锋相对，不是一个非此即彼的争论过程，赢得刑事案件诉讼也并非检察官或者辩护律师的最终目标。检察官通过刑事诉讼使无罪的人免受刑事追究，使有罪的人受到应有的惩罚，确保量刑的公正，深入了解分析犯罪行为发生的真正原因，将工作重心从惩罚犯罪转向预防犯罪，有效防止犯罪的再次发生。最后，法官对案件的审判要以保障法律面前人人平等为原则。对刑事案件的证据进行仔细地审查和判断，根据案件的不同情况进行不同的处理，不拘泥于法律条文的文字表述，深刻理解法律条文的真实意图，既不要过分解释法律条文，以自己的理解去适用法律；也不要仅仅依靠自己的直觉武断地裁判案件。

（二）程序规则上的优化

通过明确的条文规定哪些行为可以实施，哪些行为应当禁止，建立严

---

① 高铭暄：《当代刑法前沿问题研究》，人民法院出版社 2019 年版，第 3 页。

格的法律规则，为警察、检察官和法官客观公正地进行执法活动提供良好的司法环境。简单而言，程序规则的设定要让执法者从更加公正客观的角度来看待刑事案件或者更多地减少对相对容易出错的人工流程的依赖等。

在刑事诉讼过程中，第一，可以有更多的第三方视角。对于侦查人员讯问犯罪嫌疑人的过程，从第三方视角对所有讯问过程进行录音录像，而不仅仅是从侦查人员或者是被讯问人员的角度。从不同的摄像角度看到事件的发生，会让观看者把自己放入特定的角色中，难以做到客观公正。因此现在很多地方侦查机关的讯/询问录像，都是从第三方的视角进行拍摄。第二，改进证人的辨认。不把犯罪嫌疑人和其他人的头部照片放在同一纸上进行比较辨认，而是依次向证人出示各张照片，并确定哪一张照片上的人是他确定的犯罪嫌疑人。这样做，可以避免证人对各张照片作出比较，而是直接让证人通过回忆确定哪张照片上的人才是他记忆中的罪犯。第三，虚拟诉讼。刑事诉讼中的很多不公正的方面都来源于人性本身，在将来的某个时候，将诉讼置于虚拟环境之中，让诉讼参与者通过阿凡达之类的虚拟化身进行交流，[①] 这样法官就看不到证人眨眼之类的细节，消除司法人员受到证人外貌、被告人肤色或者检察官言行举止的影响，将更多的重心放在证言具体的内容上。检察官和辩护律师也将集中精力论证各自的诉讼主张，对证人证言的矛盾进行深度分析。这种模式并非异想天开，2020 年新冠肺炎期间，诸如离婚诉讼案件等一些民事诉讼案件已经开始进行远程审理。法院通过智能化法庭建设，实现网上庭审，[②] 不受空间和地点的限制。

通过法律制度的完善实现公平正义的途径很多，方案也有很多，有些已经完成优化，有些可以立即着手实行，有些则需要慎之又慎。证据制度经历了神证、人证到物证，诉讼裁判相应的从神明裁判走向了司法裁判，这些转变不是一帆风顺、直线前进的，比如残酷的刑讯逼供并不一定比依

---

① ［美］亚当·本福拉多著：《公正何以难行》，刘静坤译，中国民主法制出版社2019 年版，第 314 页。

② 王佳云：《司法大数据与司法公正的实现》，载《吉首大学学报（社会科学版）》2020 年第 3 期。

据人体是否漂浮于水面来判断有罪与否更加公正。但从总体上，法律制度朝着公平正义发展的大方向不会有所变化，现阶段人们也具有比前人更多的有利条件，比如微量物证鉴定等技术的提升都将有助于发现案件的真相。人们需要进行更多的反思，施行更多的改革措施，才能真正解决司法的不公。

青年论坛

网络剧《破冰行动》案例分析：
网台合作出品的现实主义力作

高　帆* 刘怡男**

摘要： 2019 年以来，现实题材电视剧在市场上表现十分亮眼，总量占比相比 2018 年有很大提高。同时，网络剧市场愈发规范，规模不断扩大，形成爱奇艺、腾讯、优酷三家鼎立的市场格局。在市场资源和网络视频平台的支撑下，亮眼的精品网络剧大作频出，不断缩小与传统电视剧的差距。由爱奇艺与央视电视剧频道合作出品的网络剧《破冰行动》大获成功，口碑与收视双丰收，这部剧以广东省的真实案件改编而成，讲述了缉毒警与制毒贩毒组织斗智斗勇，最终将其捣毁的故事，剧作质量上乘，具有很好的现实影响，是网台合作的成功范例。对《破冰行动》进行个案分析，有助于对网络剧的内容表达、制播范式等方面的创新进行归纳和总结，为网络剧的良性发展提供参考。

关键词： 破冰行动；网络剧；网台合作；现实题材

一、案例背景

2019 年，围绕着习近平总书记关于文艺工作的重要论述精神，针对 2018 年发生的"阴阳合同"事件，有关部门对泛娱乐化、影视业高片酬、

---

* 高帆，中国传媒大学 2018 级博士生
** 刘怡男，中国传媒大学 2018 级博士生。

阴阳合同和偷税漏税等问题开展专项整治。① 国家广播电视总局电视剧司"要求各省级管理部门要进一步提高政治站位，全面强化内容把关，加强行业综合治理，切实履行属地管理责任。重点加强对宫斗剧、抗战剧、谍战剧的备案公示审核和内容审查，治理'老剧翻拍'不良创作倾向"。②

时值新中国成立70周年这一重要的时间节点，2019年8月25日，由国家广播电视总局电视剧司召开的献礼新中国70华诞"优秀电视剧百日展播"启动仪式在青岛举行。截至2019年岁末，待展播的86部献礼剧已播出了近30部，其中现实题材剧占播出剧目的半数以上。2019年我国的主旋律电视剧佳作频出，现实题材剧更是在数量和质量上都占据了主要的地位，虽然备案公示与制作完成发行许可的剧目总数与2018年相比有所下降，但量的减少换来的是质的提高，2019年现实题材剧在总产量中占比71.8%，明显高于2018年的63%，而且有39部剧集选择压缩集数，③其中，《破冰行动》《都挺好》《小欢喜》《少年派》等剧目不但收视率超过1%，在豆瓣评分中也超过7分。这些现实题材剧在开掘现实生活的广度、深度与锐度上都有较大的进步，体现出鲜明的现实主义美学追求，塑造出一批鲜活丰满的人物形象，实现了献礼剧在社会效益与经济效益上的双丰收。④

2018年10月31日，国家广播电视总局出台了"坚持同一标准、同一尺度，维护广播电视与网络视听节目健康有序发展"的政策，对网络剧的制作品质提出了更高的要求。提升网络剧的制作水平，使其能够更好地贯彻现实主义的创作精神，实现网络剧"口碑"与"流量"的双赢，

---

① 文化和旅游部：《对高片酬、阴阳合同等进行专项整治》，载《北京青年报》2019年6月27日。

② 《重点加强对宫斗剧、抗战剧、谍战剧的备案公示审核和内容审核》，载央广网，http://ent.cnr.cn/zx/20190715/t20190715_524692263.shtml。

③ 戴清、张钰铮：《2019电视剧：现实题材亮点纷呈》，载《中国文艺评论》2020年第1期，第27-35页。

④ 戴清、张钰铮：《2019电视剧：现实题材亮点纷呈》，载《中国文艺评论》2020年第1期，第27-35页。

是网络剧未来发展的方向。2019 年，爱奇艺、优酷、腾讯三大视频网站出品的网络剧占据了网络剧市场的近乎全部份额，在总体产量中达到94%的占比，大量市场资本的注入为网络剧质量的提高提供了非常有力的保障。同时，阿里影业、企鹅影视、华谊兄弟等实力雄厚的新老影视公司也纷纷将目光瞄准了网络剧，积极布局网络剧市场，也为网络剧制作品质的提升打下了坚实的基础。此外，爱奇艺与央视电视剧频道联合制作的《破冰行动》广受好评，取得巨大成功，也为网络剧的网台合作提供了成功范例，也是网络视频平台开始积极对接主旋律的良好表达。许多爆款网剧不再以剑走偏锋、打擦边球、话题营销等的方式搏出位，而是以提高剧作质量，从根本上靠拢"精品意识"而获得了广大观众的认可，如宅斗剧《知否知否应是绿肥红瘦》展示了一个宋代大家庭中错综复杂、人际缠斗的人物群像图景；《长安十二时辰》以 48 集的篇幅讲述了 24 小时内发生的故事，情节紧凑、戏剧张力强大；《全职高手》以游戏为架构、以现实社会为格局讲述了电子竞技行业中不为人知的故事，题材新颖、角度新鲜，充满年轻活力。

习近平总书记 2019 年 3 月 4 日在看望参加政协会议的文艺界、社科界委员时曾指出"一切有价值、有意义的文艺创作和学术研究，都应该反映现实、观照现实，都应该有利于解决现实问题、回答现实课题"。可以看出，现实主义的回归是人心所向，文艺创作必须要坚守现实主义的创作精神，以满足人民群众日益增长的精神文化需求为准则。如何在网络剧的创作中彰显现实主义精神、讲好中国故事，真实反映社会生活，关注网络用户的内心需求和审美需要，引导年轻一代人正向的价值观，丰富其精神内涵、提高其文化品格，应当是网络剧未来发展中亟待解决的核心问题。

二、案例介绍

2017 年 3 月播出的由最高人民检察院影视中心、中央军委后勤保障部金盾影视中心出品的《人民的名义》，掀起了全国的收视热潮，也引领了现实题材电视剧的强势回归。两年后的 2019 年 5 月，又一部"刑侦剧"

席卷了网络与电视荧屏，引起了观众广泛的关注与讨论。《破冰行动》作为一部由爱奇艺与中央电视台联合制作与播出的悬疑刑侦剧，汇聚了黄景瑜、吴刚、任达华等一众兼具实力与人气的中青年演员。

这部剧改编自 2013 年广东陆丰开展的"雷霆扫毒"12·29 专项行动，讲述了东山市一线缉毒警如何将严防死守、密不透风的名为"禁毒模范村"，实为令人发指的"第一制毒村"的塔寨一举捣毁，以极为真实的笔触还原了这起中国特大制贩毒案件的始末。剧情以禁毒大队警员李飞及其养父禁毒局副局长李维民的缉毒行动为双线索，刻画了中青两代一线缉毒警察不畏牺牲、勇敢、巧妙撕开毒贩织起的错综复杂的地下毒网，与犯罪分子及其渗透在警察队伍内部的保护伞斗智斗勇，为"雷霆扫毒"专项行动的大获全胜奉献热血与生命的故事。

完美收官的《破冰行动》取得了收视与口碑的双丰收。据央视与爱奇艺给出的官方数据，截至播出完结，《破冰行动》央视单日收视率突破 2%，点击量为爱奇艺历史排名第三，集均超过 1 亿人观看，总收看人数累计超过了 3 亿；同时，也取得了豆瓣实时热门电视剧第一名和 2019 年国产剧的第一名，百度指数、头条指数和微信指数分别高达 89 万、2.5 亿和 1977 万，是 2019 年当之无愧的网剧"流量大户"。2020 年 2 月，《破冰行动》作为唯一的网络首播电视剧，入选了国家广播电视总局的"2019 中国电视剧选集"，《破冰行动》代表了聚焦社会热点的现实题材剧集，在为公众提供优质精神食粮的同时，也为今后电视剧制作的热点和趋势指引了方向。

《破冰行动》的大获成功，一方面源自"IP"的动力：改编于真实案件的故事与剧本本身具有极强的真实性、正能量与现实意义；另一方面源自创作的动力：来自央视与爱奇艺的众主创人员自 2017 年至 2019 年历时 600 余天的通力合作与不懈努力、秉承着精品意识打造出来的作品定不会令观众失望。

三、案例分析

《破冰行动》作为网台联动出品的现实主义力作，是网络剧行业制播新范式的成功范例，其不但剧作质量过硬，也具有非常重要的社会价值和影响，是网络剧积极靠拢主旋律的诚意表达，也让我们看到现实题材剧集在网络剧市场中表现出的巨大潜力。

（一）网台合作，优势互补

1. 优势制作资源的弥合

在媒介融合的时代语境下，从电视剧的制作角度来讲，网络平台与传统电视台各自掌握着不同的资源、具有各自独特的优势。电视台作为传统电视剧制作的阵地，尤其是中央电视台，在"正剧"的制作上一直都有着非常丰富的经验和较高的水准。《破冰行动》作为一部刑侦剧，弘扬的是我国公安民警为人民群众的生命和财产安全勇于奉献、不畏牺牲的精神，题材严肃、形象正面，是传统电视台更为擅长的制作领域。而网络平台在制作电视剧时，由于受到的限制相对较小，更加注重可看性、趣味性、擅长制造话题和热度，在吸引观众方面有着更大优势。同时，该剧也得到了公安部新闻宣传局和广东省公安厅的大力支持。网台通过合作，结合二者的优势，使得《破冰行动》成为一部好看的"正剧"。

2. 受众全覆盖

现如今，电视台与网络平台已各自拥有了其主要目标收视群体，传统电视台的主要受众来自对网络不甚熟悉的年龄较大的中老年人，网络平台的主要目标受众则为"网生代"的年轻人。网台与电视台的联动播出，既满足了中老年人对严肃剧目的偏爱和喜好，也起到了正向引导年轻人价值观的作用。根据爱奇艺官方给出的点击数据（见图1），可以看出，18~35岁的青少年确实是点播观看的主要群体，是在年轻化中力求全民化的良好尝试，也非常好地覆盖了所有年龄段的电视剧受众。

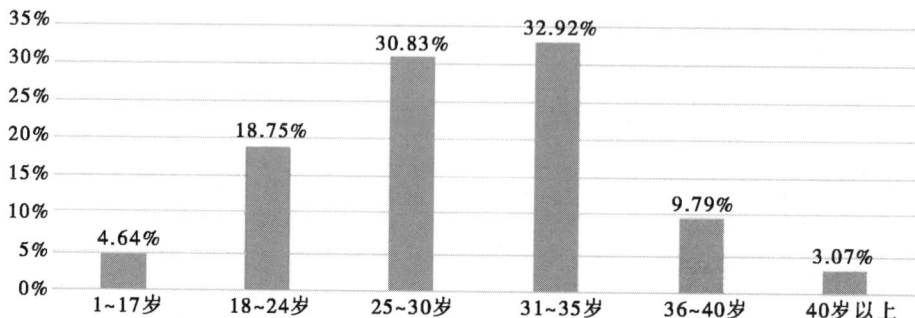

图 1 《破冰行动》点播数据统计（爱奇艺提供）

（二）真实的故事和人物，真挚的精神和情感

《破冰行动》以广州陆丰"12·29雷霆扫毒"行动真实案例为原型，生动塑造了舍家为国、勇于牺牲的缉毒警察群英像。剧中的故事情节、人物形象、场景的选取和搭建等，都是基本按照案件原型进行设置，最大程度还原了原案件令人动容的许多细节。例如，在剧本的前期创作过程中，《破冰行动》的编剧团队前后共历经四年精心打磨剧本，自2014年10月起先后四次去往原剧中的制毒村"博社村"走访，共采访上百位曾参与案件侦破和"12·29雷霆扫毒"行动的一线民警，获得了大量真实的第一手素材，才使得《破冰行动》中的故事和人物有着强烈的真实感。而在拍摄过程中，为逼真再现当时的场景，剧组投入巨资搭建了实景，还原昔日毒枭老巢。剧组在广州、中山等地的公安局及警校实地拍摄，尤其是千人大抓捕的重场戏，片方协调调动1400余名真实警察参与拍摄。为了再现当年办案村落"交通不便、道路狭窄、房屋密集、目标难辨"的特征，大量戏份均在村落寨子搭景实拍。真实的故事和人物，有着天然的令人动容的力量，不需要过多的艺术处理和渲染，剧中人物所做出的努力和奉献甚至牺牲，因为真实而更加真挚，更加令人动容、发人深省。作为一部实中有虚的电视剧，《破冰行动》没有仅仅停留于对实有事件的如实摹写上，而是让实牵引出虚，再以适度的虚构内容，增强基本事实叙述对观众的吸引力。①

（三）扑朔迷离的案情，丰富的剧情线索

1. 隐藏在暗中的毒贩保护伞

故事中，明明是最大贩毒村的塔寨村，却一直顶着禁毒模范村的"帽子"，村中严防死守，四处都是明哨、暗哨，警方在没有明确证据的情况下，无论是明察还是暗访都有着巨大的难度。更重要的是，上至东山市，下到禁毒局乃至刑侦队、派出所，都被塔寨的村支书林耀东通过各种手段，安插了许多"保护伞"。刑侦大队陈队长收受了林耀东的贿赂，还把自己当市长的哥哥也一起拉下水，成为跟塔寨村绑在一根绳上的蚂蚱，不得不保护塔寨村；公安局局长马云波的妻子多年来收取林耀东赠送的毒品用于缓解自己的病痛，也使得马云波不得不为了自己和妻子，遮掩和隐瞒塔寨村制毒贩毒的事实。这些隐藏在暗处的毒贩的保护伞，为剧情增添了很多悬念和曲折。

2. 反派良心未泯的自我救赎

警方能够揪出潜伏在警察队伍中的叛徒，并且在"雷霆扫毒"行动中一举击溃塔寨的严防死守，除了抓捕行动中一线民警与后勤指挥的合力调配、完美配合，一些反派人物的迷途知返也起到了非常重要甚至关键的作用。塔寨村的三房林宗辉为了让塔寨村告别制毒贩毒的错误道路，走上新生活，顶着背叛大哥、背叛宗族的压力，向警方交出了塔寨村所有制毒家庭的名单；三房的林胜武目睹了弟弟林胜文的惨死，决心为弟弟报仇，躲避林耀东手下的追杀失败，用生命向警方交出了警察内奸与塔寨村交易的视频证据；塔寨村出身的初中老师水伯，因儿子吸毒过量死亡，后得知儿子是被林耀东手下害死，又因自己吸毒被抓而离开塔寨村，一直被李飞照料，为了给儿子报仇，他决定和警方合作，向警方提供了名单中所有制度家庭的具体位置。好人的堕落令人惋惜，而坏人的自我救赎和觉醒则令人动容。

---

① 王一川：《电视剧创作中的实与虚——以电视剧〈破冰行动〉为个案》，载《中国电视》2019 年第 11 期，第 53-56 页。

（四）反脸谱化塑造形象丰满、立体的人物

1. 李飞：机智勇敢、善良正直

李飞作为剧中的男主角，疾恶如仇、善良正直、业务能力出众，是一名优秀的一线缉毒警。面对塔寨村存在的种种犯罪事实，他坚定地要捣毁这个巨大的制毒窝点，从不畏惧和退缩，事事冲在最前，即使受伤、送命也在所不惜；在与蔡永强队长合作审判犯人时、智取林胜武藏匿的关键手机证据时等状况下，都显示出非常过人的机智和冷静，凸显了一线缉毒警过硬的业务能力；面对好兄弟的求助义无反顾、耐心照顾无依无靠的水伯、为救战友和朋友独闯敌营，这些都凸显了李飞的有情有义。同时，李飞也不是一个完美的人，他有些鲁莽、有些自负、不懂表达感谢等。这些所有的特点集中在年轻的缉毒警察李飞身上，造就了一个立体、丰满、鲜活、真实的人物。高大帅气的年轻演员黄景瑜的出演也为角色加分不少，他演出了一个年轻的毛头警察该有的模样。

2. 李维民：经验丰富、足智多谋

作为广东省缉毒局的副局长，李维民是一名有着二十多年缉毒经验的老缉毒警，也是李飞的养父。他丰富的经验、智谋和大局观，是"12·29雷霆行动"大获全胜的关键。前期局面扑朔迷离，他巧妙布局，解救出被陷害的李飞，为李飞的调查扫清障碍；中期调查受阻，他巧用计谋，佯装被纪委调查撤出东山，实际是为了令对手放松警惕，露出破绽；收网阶段，他运筹帷幄，坐镇后方指挥，布下天罗地网，成功一举捣毁了"第一制毒村"塔寨村。同时，虽然只是李飞的"李叔"，但他与李飞的感情亲如父子。比如，李飞用一个月工资送的卫衣，虽觉得过于年轻但还是爱不释手；李飞受伤他既生气又焦急。吴刚对于这个角色的诠释堪称完美，演活了李维民的城府和智谋，尤其是很多时候面对反派的冷笑、皮笑肉不笑、看透人心的眼神，非常有令人不寒而栗的效果；而跟李飞的相关互动，则演出了他具有孩子气的一面，尤其是向李飞的亲生父亲赵嘉良展示李飞送的卫衣时，演活了得意扬扬地炫耀的样子，令人忍俊不禁。

3. 蔡永强：严谨认真、无私奉献

蔡永强虽然只是一个配角，但他身上凝聚了公安民警最典型、最突出的特点。首先，作为一个外来人员，他在东山没有靠山、没有后台，一步一个脚印地踏实、努力工作，甚至付出了自己大把大把的休息时间，才成为了禁毒局的大队长。其次，作为众多制毒贩毒团伙最愤恨的人，他的妻儿常年遭受骚扰、报复甚至多次面临生命危险，为了保护他们，他只得把妻儿送出东山，并对所有人隐瞒他们的去向。蔡永强在办案过程中，只认证据、只凭证据说话，非常严谨、有逻辑，即使面对来自李飞的怀疑和上级调查组的调查，也非常沉着冷静，讲事实、摆证据，最终和李飞化解误会，成为无间的搭档。在他身上我们看到了我国广大公安民警的伟大，看到了他们对保护广大人民群众生命和财产安全所付出的巨大努力和牺牲。

（五）鲜活的"真情实感"

1. 李飞与两位"父亲"的父子情

在剧中，李维民是李飞的养父，从小将李飞带大，赵嘉良是李飞的生父，因同为缉毒警的妻子在任务中遇难，便将刚出生不久的李飞托付于好战友李维民，只身一人改名换姓去往香港，深入毒贩内部，成为李维民埋在暗中的重要线人。李飞对李维民的感情很深，将其视为自己的亲生父亲，但对自己素未谋面的亲生父亲也非常想念。李维民作为赵嘉良的好战友，定期将李飞的所有事情事无巨细地说给赵嘉良听，赵嘉良也偶尔会偷偷到学校去看望李飞。直到最后李飞才知道他一直针对的赵嘉良其实是他的亲生父亲，在赵嘉良不幸牺牲时，李飞情绪极度崩溃，让观众感受到了父子之间血浓于水的真挚情感。

2. 缉毒警之间的战友情

一线缉毒警常年在一起出生入死，彼此间都会培养出非常无间的默契、信任和深厚的战友情。在剧中，我们可以看到许多缉毒警员之间那种超乎朋友、同事间关系的亲密感情。李飞和宋杨从警校起就是好朋友，一起来到东山的缉毒大队，共同完成过许多任务，在得知宋杨只身闯到毒贩交易现场时，李飞第一时间赶到，却目睹了宋杨的牺牲，催化了李飞捣毁贩毒窝点的决心，也正是宋杨的死伴随着李飞一直的行动，给了他支持和力量；李维民和赵嘉良20年前也曾是并肩作战的缉毒警搭档，赵嘉良的妻子牺牲后，赵嘉良托孤给了李维民，成为李维民的线人，可以看出两人之间坚定的信任和默契，最终为了消灭塔寨，赵嘉良不惜以性命为赌注，成为人质，是扫毒行动得以顺利完成的关键；马云波作为李飞的师傅，虽然后来误入歧途，但他与李飞的师徒情也是非常深厚的，二人甚至可以为对方挡子弹。

3. 感人至深的爱情

同样，虽然缉毒一线的工作非常辛苦和危险，在他们背后默默支持他们的人也同样值得敬佩。公安局局长马云波的妻子曾为马云波挡下了几发霰弹，然而这些子弹深入了她的五脏六腑，因为可能会危及生命而无法取出，以至于她经常会被这些子弹折磨得痛不欲生、难以忍耐，在吗啡都已经难以缓解的情况下，不得已开始使用毒品，而马云波不忍看到妻子疼痛发作时的痛苦，才成为了毒贩的保护伞；同样，马雯在与李飞搭档一段时间后，也爱上了李飞，如同师徒二人命运的流转，在二人带着陈珂逃离塔寨村的时候，马雯为了掩护李飞上车，也身中毒贩的一发霰弹。

（六）强大的宣发力量

《破冰行动》背靠央视与爱奇艺两大业内头部平台，掌握着非常优势的资源，无论是播出平台还是宣传发行都有着极强的保障。在《破冰行动》播出时，全国各省市的公安官方微博账号都为其发布微博进行宣传。同时，剧中李飞的扮演者黄景瑜作为年轻演员中兼具实力与人气的"流量小生"，在《红海行动》中饰演的狙击手顾顺广受好评，具有非常强大的收视号召力；剧中李维民局长的扮演者吴刚作为一名实力派演员，此前在《人民的名义》中饰演的李达康书记圈粉无数，获得了广大观众的喜爱，自然也是剧目品质的保证；其他诸如赵嘉良的扮演者香港地区演员任达华、林耀东的扮演者王劲松等，也都是实力派老戏骨，这样的演员阵容官宣就收获了大量观众的期待。

（七）现实意义的反思

1. 强调毒品的危害

在《破冰行动》中，展示了太多太多因为接触毒品而家破人亡的例子。需要指出的是，电视剧《破冰行动》的创作者们并没有"入乎其内"

地陶醉于同观众之间的智力游戏中，反而以一种"出乎其外"的自觉意识，专门设置了林水伯这样一个因吸毒而彻底落魄的中学老师的形象。该形象除了展现教师的人文光辉外，还特意给观众留下了毒品一口也碰不得的警醒。[①] 林水伯的儿子因吸食毒品过量而丧命，林水伯为了帮儿子戒毒，想尝试一下毒品究竟有多难戒，却也染上了毒瘾；三房林胜武的妻子孕中吸毒，最终不但胎死腹中，也搭上了自己的一条命；马云波的妻子为了缓解疼痛而吸毒，却是饮鸩止渴，不但染上戒不掉的毒瘾，也害得马云波不得不成为毒贩的保护伞；林耀东本是做正经生意起家的，来到塔寨村之后，一手把塔寨村打造成了"第一制毒村"，在感受到制毒贩毒赚钱有多容易后，不但自己深陷其中，使村民们也都无法自拔，成为了一个集体堕落的村子。正是这些鲜活、生动的例子，警告所有的观众，毒品害人害己，一旦沾染上，终身都会受害。

2. 歌颂一线民警的伟大

通过《破冰行动》，我们看到了一线缉毒警们为了扫除毒品所做出的努力，看到了他们在与贩毒制毒团伙作斗争的过程中所付出的牺牲和代价。他们用自己的青春、光阴甚至健康、生命，换取人民群众的生命和财产安全。赵嘉良的妻子在执行任务中失去了生命，他本人也隐姓埋名、告别幼子去往香港，最终在塔寨村为了扫毒行动而失去生命；马云波的妻子遭受毒贩的报复，终身在体内留有许多子弹无法取出而遭受痛苦；蔡永强为了保护妻儿不被毒贩报复，只得把他们送出东山，无法相聚；马雯在行动中身受重伤、宋杨失去了年轻的生命，等等。这些例子让我们看到一线民警的风险和做出的牺牲，他们的精神是光荣而伟大的。

3. 现实题材内容的新探索与反思

《破冰行动》作为一部刑侦剧，属于我国电视剧市场上一向较为少有的类型，其改编自真实案件，有着很强的纪实感与震撼力，是一部精神内涵与审美风格都较为厚重的现实主义力作；同时，其丰富立体的人物塑造、明快的节奏、有冲击力的视听效果等特点，也能满足年轻观众对新鲜

---

① 陶冶：《迷局、宗族与国家形象——电视剧〈破冰行动〉的三个面向》，载《中国电视》2019 年第 8 期，第 32-35 页。

感、紧张感的审美期待。总的来说，《破冰行动》不失为网络剧中榜样的存在。

对于网络剧的良性发展，《破冰行动》带给了我们诸多启示。首先，积极拥抱现实，拓宽表现内容，突破网络剧固有的玄幻、古装等题材的局限，不能一味迎合年轻观众的审美趣味和价值取向。其次，积极拓宽剧本来源，打破对"IP"的迷信，努力原创、挖掘中国特色内容，提高文化品格和美学品格，深度开掘网络剧的精神内涵，突破网络流行文化在思想格局和精神品格上的局限与制约。同时，也要提升网络剧的制作水准，在视听层面提高质量，创新影像风格的表达；保持网络剧的特点与活力，强化网络剧的"网感"魅力，积极对接网络文化中优秀、可取的部分，求新求变，与传统电视剧互动互补，提升传媒文化的整体活力。

四、结语

现实主义的强势回归，席卷了2019年的电视剧和网络剧市场，良心网络剧频出，昭示着网络剧"精品时代"的正式到来，作为一部刑侦剧的《破冰行动》，更是成为精品刑侦剧中的佼佼者。2020年4月，又一部由真实案件改编的刑侦剧《猎狐》正式开播，虽开播不久，但隐隐有成为又一部"爆款"刑侦剧的潜力和苗头。刑侦剧作为一种稍显特殊的题材，相比于其他现实题材剧目，对剧作的现实"成分"有更高的要求，而真实案件改编而来的刑侦剧，通常能够高度还原事件、反映和折射社会现实，更易得到观众的关注和认可，从而收获良好的口碑。有《人民的名义》《破冰行动》等佳作珠玉在前，相信之后的现实题材剧作，尤其是刑侦剧的制作与开发会更加值得期待。

方法与流变：新时期警匪片创作考索

蔡东亮[*]　郑昕彤^{**}

摘要：改革开放后，国家的重心由阶级斗争转为经济发展，各种思想、价值观念面临新的挑战，这种挑战不仅来自冷战格局下西方价值观念的外部冲击，也来自"文革"时期所遗留的内部痼疾。因此，当中国打开国门，解放思想，放下长久以来所背负的政治包袱，准备迎接新秩序、新社会与新形象时，百姓紧绷的"弦"，却在前所未有的自由氛围下瞬间断裂，导致犯罪频发。然而在此背景下，警匪电影有了创作的空间，一方面"校正性主题"的引导，使观众在改革开放初期如此纷繁复杂的意识形态的冲突下也能自我愈合，走向经济建设的正轨。另一方面经济导向的社会，也为警匪电影走向商业性提供了现实基础，娱乐群众，制造"梦幻"，让观众自愿步入影院，甘心接受意识形态的调和，再心满意足地投身改革开放的伟大事业中。中国警匪电影历经岁月的淘洗，风格、样式都几经变化，但无论如何改变，充其量只是两种基本类型——公安片与警匪片内部的翻转腾挪。公安片重人物及意识形态，警匪片重情节与类型元素，把握两个基本类型的发展及特征，也就摸准了40年来大陆警匪电影的创作脉搏。

关键词：警匪片；警匪电影；公安片；新主流大片

一、对警匪片类型研究的一种方法

类型电影与国家、民族有密切联系，即使同一类型的电影在不同的文

---

* 蔡东亮，福建师范大学传播学院戏剧影视学博士。
** 郑昕彤，三明学院文化传播学院助教，硕士。

化、社会、意识形态的背景下亦有所差异。譬如，西部片，历经百年光影雕刻，业已形成相当成熟的类型样式。其中，美国西部片源于拓疆精神、美国"神话"或纪念碑峡谷等不同西部元素的融合，与美国历史、文化有天然的共通性，被视为美国类型片的麾旗。"二战"时期德国也拍摄过西部片，20世纪60年代更有意大利人拍摄的"通心粉西部片"。比较三者异同，可以明确的是，类型成规的主要部分趋于一致，但神韵却各有特色。

"当类型故事经过一再重复被改良成一个故事公式、变成惯例以后，类型的内在叙事逻辑便不再依据现实世界的经验，而是把类型经验作为基础。"① 从无到有，从惯例到经验，类型的形成需要一定的积累，而积累又因现实环境的不同而产生细微差别，通过国别、区域间的差异性而形成某一类型的自我书写，持续建构或完善外部世界与类型本身的关系，逐渐在类型的共性中凸显个性，彰显神韵。因此，本土文化对电影类型的影响促使其个性在共性中得以存在，神韵得以存留。影响大致分为三个层面，一是本土文化对类型经验的优先性影响，二是本土文化对类型经验的持续性补充，三是基于类型经验的惯例改造。以香港警匪片为例，岭南文化与海洋文化交汇而形成的内敛且开放的影像品格，与好莱坞警匪片、梅尔维尔为代表的法式警匪片在主题、风格、样式上形成差异，在东西文化的差异性裂缝中持续填充地域性文化象征，如拥挤的住宅建筑；纵深交错的高密度空间；带有世俗趣味的信仰风水等，最终实现对世界经典警匪片的突破，自成一派。安·图德在《类型与批评的方法论》中也表明了类似的观点，"区别某种类型的关键因素并不仅仅是影片自身固有的特征，而且还依赖于我们置身其中的特定文化……类型这一术语的使用方式会因时间地点的不同而在认识上产生变化。"② 因此，特定的现实语境、文化、民族、国家以及意识形态，乃至时间节点，都会影响警匪片的创作，不同的

---

① 吴琼：《当代中国电影的类型观念》，杨远婴主编《中国电影专业史研究——电影文化卷》，中国电影出版社2006年版，第298页。

② ［美］安·图德：《类型与批评的方法论》，载《世界电影》1998年第5期，第10页。

论述与生产语境亦对类型电影产生不同的影响，抛开创作语境的特殊性而纯粹地研究某一类型电影，既不符合严谨的学理性要求，也非类型电影研究的趋势。

类型研究之所以在电影研究中颇具分量，并成为坊间、业界高度认同的通用语言，其原因不外乎"类型"作为一种通用性概念，它在最广阔的层面上帮助各类群体直观地建构、解构、重构具有类似特征的电影，在三方即电影制作者、评论者、观众之间形成一种默认的"契约关系"，进而，基于共同认识经验的"契约关系"使得类型电影更容易被吸收，实现最大程度的文化传播与经济获利。简而言之，"类型是我们大家相信它该是的那种东西"。①

每当有智者尝试究其根源，探索"类型片"概念的本质作用，其"指称"性功能总被反复讨论及论证，无论是上述的通用语言、"契约关系"，还是麦特白所认为的"由制片人、观众等共享的一套期望系统"，②都从某种程度上揭示类型电影的制作、传播与研讨基于一种共同认识，即"相信它该是的那种东西"。

但问题随之而来，"类型"的甄别并不能仅仅依靠"相信它该是"此般虚无缥缈的话语而定夺，它基于何种标准或规则而形成一致的经验认同？界定"类型"的规则或标准是否泾渭分明？大卫·波德维尔与克里斯汀·汤普森在其书《电影艺术——形式与风格》中直言："大部分学者都同意，现在没有一个又准又快的方法来定义类型。"③诚然，对类型片的定义道阻且长，但放弃去定义某种类型将会造成另一种更为吊诡的现象，即"不易定义，但容易辨认"。④或许，这样模糊不清的概念对影迷

---

① [美]安·图德：《类型与批评的方法论》，载《世界电影》1998年第5期，第10页。

② [澳]保罗·麦特白：《好莱坞电影：美国电影工业发展史》，吴箐、何建平、刘辉译，华夏出版社2011年版，第70页。

③ [美]大卫·波德维尔、克里斯汀·汤普森：《电影艺术：形式与风格》，曾伟祯译，世界图书出版社2008年版，第374页。

④ [美]大卫·波德维尔、克里斯汀·汤普森：《电影艺术：形式与风格》，曾伟祯译，世界图书出版社2008年版，第41页。

或电影实务界的影响甚微，甚至模糊的类型概念更易于其实用性的传播，但却对要求学理性的电影研究造成困阻，形成外延、内涵两空泛的局面，皆不知其具体所指。因此，对"类型"的研究不应当仅着墨于其所具有的"指称"功能，更应当注重其词性天然所带有的"归纳"功能，归纳其类型范式与经验，类型文学研究如此，类型电影研究亦如此。

考虑到现实语境与时间等因素，类型电影不可能保持一成不变，如颜纯钧教授所说，"新的电影实践层出不穷，类型电影也就可能被持续建构"。[1] 因此，类型电影研究的价值应当建立于对某一种类型的即时梳理，即一种灵活、动态、具体的研究方法，它不仅强调其类型指称的即时性，亦强调其类型归纳的即时性，"电影类型不会总是保持它首次出现时的定义不变，它可以转换、变化、重叠（imbricated）和被颠覆"，[2] 也只有不断地站在新的时间点、角度重审一段时间内某一类型电影的特征，类型电影的研究才能保障其价值的鲜活生命力。因此，本文在警匪类型框架下所倡导的是一种动态、即时、具体的研究方法，夯实中国警匪电影的基础性归纳，明确其指称及具体内涵。

二、警匪电影的流变与界定

警匪片的诞生最早可以溯源至美国强盗片，由于强盗片过多逾越其时代观念界限，希望通过改良这一类型，使其符合主流意识形态，将"美国神话"从西部原野合理合法地搬迁至欲望的都市。从强盗片到警匪片，最大的改动是将塑造英雄的欲望由匪徒转移至警察，匪徒不再受人追捧，警察成为代表英雄主义的新人，着重刻画警匪间剑拔弩张的对立与斗争。影片结尾匪徒将无一例外地倒在血泊中，是美国政府经历经济危机后重建秩序，不容外界质疑的一种"政治正确"的意识形态想象。因此，最终促成警匪类型的不是对商业的渴求，警匪类型的商业价值早在强盗片的模式下得以印证，而是"正确"的意识形态孕育了警匪类型，注定它将成

---

① 颜纯均：《选择偏好优势张扬》，载《电影艺术》2009 年第 11 期，第 76 页。

② ［美］苏珊·海瓦德：《电影学关键词——类型/子类型》，侯克明、庞亚平译，载《电影艺术》2003 年第 11 期，第 123 页。

为一种强意识形态的类型电影。

"二战"后的 60 年代又是美国意识形态的一个转折点，风靡一时的侦探片脱下浪漫且绅士的"风衣"，在黑白颠倒、道义不再的社会环境下，重新穿上制服寻求正义。但警匪类型作为国家意识形态的影像化寓言，是"美国神话"在西部片后的延续，与新好莱坞气势汹汹的现代主义反神话、反英雄有明显差异，乃至对立，因此警察不得已站在秩序与反秩序、体制与反体制的混沌地域寻求更高层次的救赎，即一种"自由主义"的警察守则，依据个人行为准则及信念行事。譬如，彼得·叶茨的《警网铁金刚》（1968，美国），被誉为新好莱坞警匪片的先锋之作。警探弗兰克奉命保护重要证人罗斯，可罗斯却在警员的保护下被枪杀，弗兰克觉得事有蹊跷，决定追查真相，他克服来自体制的阻扰、黑手党的追杀、家庭的曲解，最终粉碎了罗斯的阴谋，将其击毙。影片将弗兰克成功打造为影史上第一位边缘型警察。影片的叙事模式：一个富有正义感的警察接受任务，执行途中遭遇"意外"，社会体制、匪徒的阻扰让警察与家庭产生隔阂或遭遇危险，但最终却能凭借"自由主义"精神的指引法办歹徒。这一叙事模式贯穿上世纪七八十年代绝大部分好莱坞警匪片，经《肮脏的哈里》（1971，美国）、《致命武器》（1987，美国）、《虎胆龙威》（1988，美国）等影片发展被固定为一种警匪片的经典叙事逻辑，甚至在香港警匪片《边缘人》（1981）、《跳灰》（1976）、《龙虎风云》（1987）、《辣手神探》（1992）中依稀可见其踪影，被 J. A. 布朗概括为"校正性主题"，即"这种现代神话让我们放下心来，美国文化中的好东西还在，并且将获得胜利。它是使我们改进自我和我们社会责任的课程，教我们摒弃对金钱和权力的腐朽追求，去拥抱注重家庭和社会责任的美国式理想……我们的世界曾经误入歧途，但是由于英雄们的努力，可以把它校正过来。警匪片类型是一个美国梦美梦成真的神话"。①

80 年代末与 90 年代的警匪片依旧属于美国梦的"校正性主题"，略微不同的是，新好莱坞所带来的反体制、反英雄的影响力逐渐减弱，既真

---

① ［美］J. A. 布朗：《弹雨、哥们儿和坏蛋——论"警匪片"类型》，徐建生译，载《世界电影》1995 年第 4 期，第 111 页。

实又兼具社会批判力的类型风格在消费主义的裹挟下演变为重明星、视觉奇观的商业套路。经典警匪片对社会体制的批判也具化为个人性行为，出现一批像《洛城机密》（1997，美国）将警察黑化，表现警察内部斗争的影片，警匪的二元对立被改造为好警察与坏警察的对峙。虽然匪徒的作用被压缩，甚至消失，但依旧延续了美国警匪类型的核心，即"自由主义"标准下的正邪博弈，有人将这一类影片称为"警察片"。

行文至此，对美国警匪类型可以得出几个浅显的结论。好莱坞警匪电影的主要构成方式为警匪片，而警察片是 80 年代至 90 年代警匪片的一种类型变奏，两种类型都是美国意识形态下对警匪类型的经典演绎，崇尚自由主义、英雄主义，带有西方社会一贯的思辨色彩。J. A. 布朗将警匪类型概括为五个方面。① 一是叙事模式化，主人公是一位具有崇高理想的警察，侦破案件寻找真相是他的唯一使命，他必须对坏蛋以暴制暴，又要求自己化身"白马英雄"保持"平凡与伟大的统一"，② 追求精神道德的纯洁。同时他又必须跳脱现有秩序的约束才能完成使命，最后他以自己的方法结束危险，营救家人的同时也完成自我救赎。二是图像符号化——城市与枪，警匪类型把城市作为欲望的舞台，"夜色中大雨倾盆的城市暗含着失序的力量和社会秩序的冲突和斗争，这是警匪片类型中不可缺席的存在"。③ 托马斯·沙茨把电影类型划分为两大类——秩序类型与融合类型，几乎在所有的秩序类型中，枪被指认为男性的身份象征，既是身体的，也是文化的，而在美国警匪电影的类型经验中，枪不仅代表男性怒不可遏的威严，更为重要的是，枪化身为美国"自由主义"精神的象征，是警探即使远离秩序仍可以惩治歹徒的保障，亦是匪徒实现"美国梦"的重要工具，更是警匪双方在某种层面得以对等的重要桥梁。三是人物英雄化——匪徒或警察。一般而言，警匪片只造就警察英雄，得到主流社会认

---

① 参见［美］J. A. 布朗：《弹雨、哥们儿和坏蛋——论"警匪片"类型》，徐建生译，载《世界电影》1995 年第 4 期。

② 吴涤非：《美国警匪片类型："白马英雄"的神话》，载《电影艺术》1998 年第 3 期，第 65 页。

③ 吴青青：《武侠电影的美学新变——考察 2010 年以来的武侠电影》，载《当代电影》2013 年第 9 期，第 185 页。

可的人民保护者，但随着警匪类型不断向挖掘人性深度靠拢，出现了越来越多与警察一同被塑造为英雄的匪徒形象，如迈克尔·曼导演的《盗火线》（1995，美国）就塑造了两个枭雄剑拔弩张的对决，没有刻意弱化任何一方，甚至在道义层面上，罗伯特·德尼罗饰演的匪徒头目比警察更具认同感，因为他愿意为女朋友而放弃逃跑的机会，在警察围剿下显得孤独与悲壮，更符合观众对孤胆英雄的类型化想象。四是打斗仪式化。需要特别指出的是，这里所指的打斗仪式化是对警匪片或警察片结局的总结，并不是对全片打斗风格的总结。警匪电影终将迎来一场疾风暴雨式的打斗和英雄式的凯旋，如上文所述的《盗火线》，其街头驳火堪称典范，纪实且冷静，但结尾胜负的分晓却在光影一瞬间，与之前的打斗效果相比，显得高度仪式化，诸如坠楼、葬身火海、饮弹自尽皆为此般结尾，似乎都在迫不及待地宣布一种意识形态的胜利。五是意识形态功能化。好莱坞警匪片常常表现对社会制度的质疑与批判，但不同于韩国犯罪片对体制的"全盘否定"，经过策略性改写，良性制度的缺失被转接为个人原因，匪徒或坏警察将在高度仪式化的结局中被消灭，秩序与失序、个人与集体，所有的冲突与矛盾也随即被象征性地解决，"校正性主题"得以实现，如同沙茨在《好莱坞类型电影》一书中所述：黑帮歹徒的死亡、西部人物的没入夕阳、侦探的回到办公室等待下一个案子，在诸如此类的这些解决方案中，存在着某种逻辑和对称。这些标准的尾声，每一个都含蓄地接受了该类型自相矛盾的价值，而这些尾声似乎都围绕着个人主义和公共利益之间的冲突这个核心。这种双重颂扬的、内在暧昧的目的在于，至少是部分地把努力解决一个无法解决的文化冲突的后果所形成的叙事断裂给最小化了。这种对叙事逻辑的违背本身就是所有好莱坞故事程式的基本原则，因为对"大团圆"的需求抗拒这种冲突的复杂性和深层的本质。①

　　警匪电影其实属于好莱坞或香港电影的概念，譬如好莱坞警匪电影包括警匪片与警察片，香港警匪电影包括英雄片、黑帮片、警匪片，之所以用大量篇幅讲述好莱坞警匪电影的发展历程，并简略论述美国警匪类型的

---

　　① ［美］托马斯·沙茨：《好莱坞类型电影》，冯欣译，上海人民出版社 2009 年版，第 38 页。

成规与经验，是希望通过好莱坞警匪电影构建类型参照系统，以此界定中国警匪电影的讨论范围。

百年中国电影，在漫长的岁月长河里，是否存在警匪电影？它何时潮起、何时潮落？这是阐释我国警匪电影之前所亟须解决的一个现实问题。章柏青、贾磊磊主编的《中国当代电影发展史》在"惊险电影篇"的框架里分别讨论了"反特片""历史题材惊险片""警匪片"，涉及警匪类型的有：反特片、警匪片与公安片。

反特片存在于 20 世纪 50 年代至 80 年代中期，主要产生于三个时期，① 一是"十七年电影"时期，有《无形的战线》（1949）、《羊城暗哨》（1957）、《南海的早晨》（1964）等，表现的是境外特务意图颠覆新政政权。二是 70 年代末至 80 年代初的后"文革"反特片，如《神圣的使命》（1979）、《405 谋杀案》（1980）、《戴手铐的旅客》（1980）等，表现对党内敌对分子的斗争。三是 70 年代末至 80 年代期间的反特片，如《黑三角》（1978）、《东港谍影》（1978）、《波斯猫在行动》（1986）。可以说，反特片贯穿于"红色政权"最为动荡的时期，结束于改革开放，因此反特片是一种有着浓厚政治意识形态的片种，它"包含一个基本冲突，即新生政权对敌对势力的斗争"，② 并"通过反特片的一次次演绎，使观众明白，只要时刻保持警惕，在党的领导下团结一心，那么再强大的敌人都能战胜"，③ 特务会在仪式化的结局中被消灭，为人民群众提供政治危机的想象性解决模式，从而安抚对新生政权的不确定性、不稳定性情感。从意识形态功能上看，反特片与警匪片具有相同点。但最大的不同也是意识形态，反特片的意识形态是政治意识形态，是冷战格局下人类社会两种价值观念的斗争，"冷战世界体系不是一个人类自由普及的体系，而是所有国家内部进行严厉镇压的体系。这些国家进行镇压的理由是它们人

---

① 参见章柏青、贾磊磊：《中国当代电影发展史》，文化艺术出版社 2006 年版，第 383-384 页。

② 胡克：《一种反特片模式》，载《电影艺术》1999 年第 7 期，第 45 页。

③ 檀秋文：《"十七年"反特片意识形态想象辨析》，载《南京师范大学文学院学报》2014 年第 1 期。

为地制造出的所谓的地缘政治的紧张局势的严重性"，① 而 "政治的紧张局势的严重性" 必然在国内被引申为一种文化想象，狡猾的特务与意志坚定的主角，通过不断构建与强化简单的二元对立关系，重申国家意识形态的合法性。因此，反特片必须直接反映国家意识形态，无论是人物形象、视觉符号，还是叙事模式都是浅层的符号代码，以便观众解码，达成政治意识形态的认同，在复杂的冷战背景下稳定政治局面，是一种刚性的意识形态。

香港或好莱坞警匪电影的意识形态，并没有表达某一种政治取向，无论是宣扬美国式的自由主义精神，还是惩奸除恶的 "白马英雄"，都是地域文化或经济意识形态下的书写，会随着具体的社会思潮、政治环境而改变。譬如香港警匪电影意识形态的演变。第一阶段以带有成龙作者印记的警匪片《A 计划》（1983）、《警察故事》（1985）、《A 计划续集》（1987）为代表，所表达的是 "港人治港" 的精神，《A 计划》中西人与清政府不愿意或无力维护社会治安，于是塑造了本土警察形象——"马如龙"，他风趣机智、疾恶如仇、胆识过人，类似还有来自《警察故事》的陈家驹，这类被赋予 "神性" 的警察，往往出身平凡，带有明显的市井气质，但在关键时刻却展现出极大的正义感，单枪匹马对抗黑暗，拯救香港。第二阶段是吴宇森在 80 年代中后期为代表的 "英雄片"，类型惯例与警匪片有四点不同，"（1）片中主人公悉为黑道人物，而其天敌——警察则被推到了背景（或干脆避而不写），所谓 '英雄'，便是指黑道中有道之盗；（2）改以情节奇诡取胜为情义取胜；（3）女性角色在戏中几近摆设；（4）风格相对统一。"② 上述四点，值得注意的是前两点，英雄不再是尽职尽责的警察，英雄是重情重义的黑道人物，事实上，这种转变建立于香港引以为傲的岭南文化、80 年代经济腾飞与 "亚洲四小龙" 所带来的国

---

① ［美］沃勒斯坦：《沃勒斯坦精粹》，黄光耀、洪霞译，南京大学出版社 2003 年版，第 491 页。转引自徐勇：《词语的意识形态及其表征——从命名 "反特片" 到 "谍战片" 的转变看社会时代的变迁》，载《北京电影学院学报》2011 年第 4 期，第 3 页。

② 王琛：《香港 "英雄梦" 男人灵魂深处的梦》，载《电影艺术》1992 年第 6 期，第 29 页。

际声誉。彼时港人相信，造就香港繁华容貌的是"港人治港"，希望通过溯源文化传统，塑造不同于西方的英雄形象，一个香港本土制造的英雄类别。王琛在《香港"英雄梦"男人灵魂深处的梦》一文中阐述了东西方两种英雄的差异，西方英雄独来独往，主动向恶势力挑战，而东方英雄（香港英雄）注重"桃园结义"式的集体主义精神，在忍无可忍的情景下才会主动出击。无论是成龙式警匪片，还是吴宇森的英雄片，究其根源，都是香港社会"人治"① 意识形态下的产物。1997 年香港回归祖国，于 2003 年签订 CEPA（《内地与香港关于建立更紧密经贸关系的安排》，Closer Economic Partnership Arrangement），为了适应新的政治背景、社会环境，香港警匪电影的意识形态发展进入第三个阶段——讲"法制"重反思，摄制了诸如《黑金》（1997）、《无间道》（2002）、《黑社会》（2005）、《机动部队 PTU》（2003）、《寒战》（2012）等带有明显"去经典化"的影片。《黑社会》所表现的"丛林法则"替代以往黑帮片歃血为盟的兄弟情义，香港新浪潮警匪片《边缘人》《跳灰》所塑造的"灰色警察"回归银幕。反思体制，去情义重秩序成为这一时期香港意识形态的表征。

通过与好莱坞、香港警匪电影意识形态的对比，警匪电影所潜藏的意识形态，是文化、经济取向，弥合的是国家种族与区域内的社会性裂缝，不包括国家政治意识形态的裂缝，此处"政治意识形态"应做"缩小解释"，仅指国别间意识形态的差异，以及人类社会价值观念的对立。因此，从类型电影的意识形态属性上看，反特片或与之相似的间谍片并不属于警匪电影序列，尽管其满足警匪类型的基本构成要件，即警匪、正邪与意识形态间的对立与争斗，但仍缺少警匪类型所独有的意识形态与类型经验。

"自 20 世纪 70 年代末至今，随着党和国家的工作重心由突出政治转移到经济建设上来，在改革开放的大背景和大格局之中，文艺创作也发生了观念的调整和题材、风格、样式的全方位突进。在电影界，'公安热'

---

① 许乐：《香港警匪片的现代性思辨及文化变奏》，载《电影艺术》2015 年第 7 期，第 52-53 页。

是一个引人瞩目的创作现象。"① 公安片在类型成规上和警匪片有着极大的相似性，如基本叙事模式：警察抓小偷，小偷被绳之以法，以及手枪、追逐戏、夜幕下的城市等基本视觉图谱。需要指出的是，孕育公安片的特殊时代背景——"改革开放"，邓小平同志曾在南方谈话时指出："坚持两手抓，一手抓改革开放，一手抓打击各种犯罪活动。这两只手都要硬。"事实上，邓小平点明今后中国社会发展的两条红线——经济与法制建设，而公安片就是两条路线杂糅下的产物，释怀改革开放初期所面临的未知恐惧，解决社会转向所面临的矛盾。因此无论是类型惯例，还是类型经验，公安片都切合警匪电影的类型系统，是"有着鲜明中国特色的'警匪片派生类型'"。②

"作为商业性电影，类型片的发展需要一个相对稳定的社会环境和较为固定的观众群。"③ 改革开放为公安片提供较为健康、稳定的经济取向的社会环境。不同于反特片或间谍片，孕育与成长环境的差异，注定公安片将成为一个更加"类型"的类型片种，甚至成为内地警匪片的前哨。

随着改革的不断深化，中国逐渐走向宽容性、多元化的社会，在《少林寺》（1982）等香港电影通过录像带、配额发行、合拍片等形式陆续进入中国内地，"讲究动感、节奏明快，用流畅、激烈的视觉效果给人以强烈新奇的视觉感受"④ 的香港电影，成为彼时内地人民区分电影优劣的标准，无论男女老少都被港式"神话"与"传奇"所吸引。全片以一个或几个警察的工作生活作为主线，警匪斗争作为副线，通过警匪对垒或恶性犯罪突出人民警察的光辉形象，弘扬法治精神，歌颂人民警察。宣传逐渐演化为重要属性，作为类型、商业与娱乐的部分走向式微，公安片俨

---

① 杜元明：《塑造崭新的公安人物形象——近十余年来公安题材电影创新与突破》，载《电影创作》2002 年第 9 期，第 70 页。

② 李海霞：《非典型警匪片 典型"公安片"——〈沉默的较量〉》，载《当代电影》2008 年第 9 期，第 79 页。

③ 王宜文：《浅析中国类型电影的历史与境遇》，载《当代电影》2004 年第 11 期，第 111 页。

④ 李相：《动感、节奏和视觉传达——90 年代香港电影影像的风格特征》，载《当代电影》2005 年第 7 期，第 70 页。

然"辜负"孕育类型电影的肥沃土壤——改革开放，并未抓住时代契机，使自身完全类型化、商业化，而是成为"四不像"电影——既无法同"主旋律电影"一样，把宣传教化敞开来表达，亦无法完全商业类型化，实现电影的商品属性，在宣传教育、艺术性与商业性的三方拉扯中，蜻蜓点水，各取一瓢。

事实上，这也是先天不足所造成的结果。在中华人民共和国成立后，由于特殊的政治背景，大多数的电影制作者并没有形成类似好莱坞的类型观念，即不重视类型电影的商业性，其整体甚至不如20年代的中国电影，辅之"文革"对电影语法系统造成的冲击，70年代末80年代初的类型电影并没有实现严格意义上"类型化"的现实基础。但在随后几年，我们就制作出《绞索下的交易》（1985）、《峨眉飞盗》（1985）、《蜜月的阴谋》（1985）、《飓风行动》（1986）、《最后的疯狂》（1987）、《代号美洲豹》（1989）、《女神探宝盖丁》（1989）等警匪片，抹去宣传教化的部分，加入飞车、追逐、枪战等商业元素，完善警匪类型成规，使其更符合类型经验。需要特别指出，在类型范式上，公安片与警匪片最大的不同在于，公安片表现警匪对立意在塑造警察形象，匪徒在公安片中往往是一个符号或者沦为背景，而警匪片更像商业类型，注重警匪正邪对峙的紧张氛围，匪徒亦需着重刻画，以此，从历史的角度回眸，公安片不仅是"有着鲜明中国特色的'警匪片派生类型'"，更是中国电影从反特片到警匪片的缓冲地域，一颗投石问路的石子。

警匪片作为警匪电影的主要类型，在我国于20世纪80年代中期出现，一方面由于对娱乐片的重新思考，比如1987年中国评论界对娱乐片的大讨论，无论是电影批判，抑或电影实践，都急需优秀的类型商业片为娱乐的正当性正名，反驳类似"'商业片'缺乏明确的特性，是一个不明确的概念，在我们国家使用这个概念，会引起思想上的混乱，也不利于我国电影事业的健康发展"[1]的观点。另一方面是中国市场对娱乐片的大量需求，尤其是优秀商业类型片，不少名导迫于市场压力拍摄娱乐片，其中

---

① 靳风兰：《由"商业化"想到我国电影发展的方向》，载《当代电影》1986年第2期。转引自饶曙光：《中国电影市场发展史》，中国电影出版社2009年版，第425页。

滕文骥导演了警匪片《飓风行动》，周晓文拍摄了警匪片《最后的疯狂》，"第五代"旗帜性人物张艺谋也顶不住经济转型带来的外部压力，拍了《代号美洲豹》，"娱乐片的产量实际已超越当时中国电影年产量的50%"。① 可以说，80年代中期类型电影观念及市场的转向，是公安片蜕变为警匪片的直接原因。

从类型本身来看，80年代警匪片的特点有二。一是重警匪类型的商业元素，譬如《蜜月的阴谋》，开头以流畅的都市背景配合迈克尔·杰克逊的《Beat it》，在80年代的电影中可谓是别出心裁，一种动感、时尚的商业气息迎面扑来，辅之警车追逐、夜幕枪战，警匪双方的反复搏斗，已初具警匪类型的商业结构。《女神探宝盖丁》是警匪电影在80年代的"总结陈词"，灯红酒绿的夜场、妖艳的女性以及流光溢彩的都市，成为香港警匪电影复刻在内地的视觉倒影，摩托特技、室内枪战与武打搏击等类型惯例，被娴熟运用于影片结构，充分调动观众的感官系统。二是轻意识形态的教化宣传作用，其中最典型的即为80年代出现的极少数几个"反秩序"人物，如《蜜月的阴谋》，多次侦查后发现阴谋的幕后策划者竟然是市政府的陈秘书，影片结尾陈秘书竟然在一群公安民警的"目送"中远去，即使放在现在意识形态如此多元化的社会中，这都是不可思议的电影结局，甚至有"反类型"的构思，影片的个中滋味值得咀嚼。《女神探宝盖丁》中男性荷尔蒙喷发的男警官竟是杀人凶手，尽管最后采取自杀的方式换取意识形态的调和，但内地边缘型警察的人物初次塑造，丝毫不逊色于香港、好莱坞的"灰色警察"，人性的叵测，爱欲的张狂，使影片兼具商业性与艺术性。可惜的是，这种边缘型警察在此后的中国警匪电影中销声匿迹。

80年代寥寥可数的警匪片，即使没有塑造边缘型警察或批判体制，对其描绘也是客观中肯的，没有大肆夸张或渲染"政治正确"的意识形态，将重心放在追逐的过程、演绎的过程，一切更加商业化的类型过程。

进入90年代后，内地警匪电影双线并进。一方面公安片并没有消失，

① 饶曙光：《中国电影市场发展史》，中国电影出版社2009年版，第423页。

在"突出主旋律坚持多样化"的倡导下，反而愈演愈烈，警匪类型彻底沦为空架，匪徒沦为背景，警匪间本应激烈的对抗成为仪式化的打斗，主旋律教育与艺术性成为主要考量对象，一批讴歌人民警察，表现其工作险恶、政治坚定、生活俭朴的影片应运而生，如《龙年警官》（1990）、《警魂》（1994）、《警官崔大庆》（1995）、《天生胆小》（1995）、《红杜鹃白手套》（1996）、《刑警张玉贵》《2000》等。考察这一时期的公安片，应当从两个层面入手，一是主旋律化的意识形态表达，二是纪实性的美学品格。事实上，新世纪以来的公安片，其类型模式基本沿袭90年代公安片，在意识形态的表达上，完全可以纳入主旋律电影的考量范围，一些带有作者风格的公安片，不约而同地选择用"隽永"的美学品格要求作品。因此，就本质而言，90年代至今的公安片变化甚微。

警匪片因为合拍片（协拍片）的融入而有所变化，形成两种不同风格的警匪片类型。一种是合拍的商业警匪片，如《联手警探》（1991，中国内地/中国香港）、《中华警花》（1991，中国内地/中国香港/中国台湾）、《特警神龙》（1993，中国内地/中国台湾）、《狭路英豪》（1993，中国内地/中国香港）、《天网行动》（1994，中国内地/中国香港）、《霹雳神鹰》（1995，中国内地/中国香港）、《怒海威龙》（1995，中国/菲律宾）、《追金行动》（1999，中国内地/中国香港）等。在此类合拍片（协拍片）中，中国内地与香港地区的互动最为频繁，自然打上港式警匪片的烙印，其优点在于完全商业化的类型尝试，摒除特殊语境下意识形态的干扰，于90年代形成传统意义上的警匪片。但这种跨语境下的类型复制，并没有引起类似《少林寺》轰动全国，万人空巷的局面，更没有像《英雄本色》（1986，中国香港）、《喋血双雄》（1989，中国香港）等港式警匪片，形成本土类型特色。最重要的原因在于，其忽略了类型经验的特殊性。以警匪片最重要的视觉图像"枪"为例，在香港警匪电影中，警匪任何一方都可以像"小马哥"一样，在隐蔽的角落抽出枪支决一死战，符合其持续构建的警匪类型经验，然而在90年代的合拍片中，却经常出现在深圳或广州某地，警匪双方展开激烈的街头枪战，这显然超出内地观众以往的类型经验，导致影片的真实感受到质疑，观众无法投入紧张激烈的剧情，市场必然受到影响。

另一种是本土摄制的警匪片，分为两类，一类是纯商业类型化警匪片，如《出生入死》（1990）、《猎豹出击》（1990）、《黑色走廊》（1990）、《缉枪行动》（1991）、《"冥王星"行动》（1992）、《特警出击》（1992）、《黑狮行动》（1993）、《刑侦风云》（1994）等。这一类警匪片的特征比较突出，无外乎是90年代娱乐片浪潮下跟风的产物，融入枪战、爆破以及搏斗等类型元素，但并未考虑本土警匪类型经验的特殊性，只是简单地将香港警匪片的类型元素复制拼贴，题材大都涉及跨国、跨区域犯罪，迎合彼时观众对现代性的想象。虽类型完成度不如合拍片（协拍片），却是内地首次独自摄制一定规模的商业警匪片。第二类是主旋律化警匪片，如《捕狼人生》（1996）、《缉毒英雄》（1996）、《缉毒战》（1991）、《救命48小时》（1994）。这类影片类型化程度不高，但所移植的类型元素基本符合类型经验与现实情境，并反映了一定取向的主流意识形态。

新世纪以来的警匪片，因为香港导演的"北上"策略以及本土作者的自我坚守，呈现出多元化态势，其发展更是三源并流。香港回归后的十年，是香港电影迷惘的十年，尤其是CEPA签订后，一系列制度性的框架与协议得以确定，香港电影的类型策略以及内在品格不可避免发生转型期的窘迫，从《无间道》（2002）系列以及《黑社会》（2005）系列内地角色的出现，明显感觉到香港警匪片对内地意识形态的处理无从下手，只能将内地角色置于"制高点"，听其号令，就像《黑社会》的结尾，"经历了传统礼法与现实利益激烈博弈之后的主人公坚定地做出了'北上赚钱'这一时代性抉择"。① "北上"意味着以港式警匪片为代表的香港电影需要在新的文化语境下创作，事实证明这条"北上"的路并不顺畅，直到《毒战》《2013，中国内地/中国香港》的出现，香港警匪片才找到与内地文化语境共存的切入点。因此，第一源流就是带有"港味"的合拍警匪片。除去林超贤、陈木胜、杜琪峰、麦兆辉、庄文强等擅长拍摄警匪片的

---

① 孙佳山：《华语警匪片的"北上"与"南下"——〈绑架者〉的类型意义与华语电影的困境》，载《电影艺术》2017年第3期，第46页。

香港名导外，曹保平、丁晟、高群书等带有"红色基因"的导演也成为了一支不密小觑的力量，一批带有作者印记的警匪片陆续登场，如《西风烈》（2010，中国内地）、《心迷宫》（2014，中国内地）、《白日焰火》（2014，中国内地）、《烈日灼心》（2015，中国内地）、《解救吾先生》（2015，中国内地）等。第二源流即为内地导演拍摄的带有作者风格的警匪片。第三源流为新主流警匪片，代表作《湄公河行动》（2016，中国内地/中国香港）。

三、从博弈到分立再到融合的大陆警匪电影创作

如上文所界定的，内地警匪电影其实就是公安片与警匪片两种类型的翻转腾挪。改革开放的背景下，中国经历了一次政治主导型社会向经济主导型社会的转变，在"解放思想，实事求是"的倡导下，长期被"政治高压"束缚的中国民众突然获得了空前的自由，无所适从的茫然感油然而生，大批下乡或待业青年走向街头，引发社会、经济秩序的混乱，犯罪的激增。因此，为了经济转型的顺利完成，影视作为一种大众媒介必然承担引导、疏通之功用，于是公安片携带着强烈的意识形态在 80 年代初首次登场。但另一个值得注意的现象是，早在 80 年代初，在经济改革的浪潮下，合拍片《少林寺》（1982，中国内地/中国香港）、《垂帘听政》（1983，中国内地/中国香港）、《火烧圆明园》（1983，中国内地/中国香港）在中国内地产生巨大影响，尤其《少林寺》1982 年在内地上映取得 1.6 亿人民币的纪录，商业意识的种子从此开始落地生根。两种社会现象对应两种诉求，商业性与意识形态成为缠绕公安片的两股麻绳，在缺乏相关类型经验的基础上，公安片的创作者试图兼得，必然造成"四不像"的结果。随着改革开放的深化，经济话语权得到不断提升的同时，削弱的是政治意识形态的话语权，在席卷而来的娱乐片狂潮下，比公安片更加类型化、商业化的警匪片应运而生，时尚化的视听元素成为警匪电影商业化的表征。

古语有"两虎果斗，大者伤，小者死"，两种诉求的博弈必然束缚警匪电影的手脚，导致商业性与意识形态间无果的缠斗。在"突出主旋律，坚持多样化"的倡导下，公安片走向意识形态宣教的创作路线，通过描

绘人民警察的生活与工作状态，传递主旋律价值观念。而警匪片则在港式警匪片的影响下，以合拍片或协拍片的方式，在追求商业性的道路上一往无前。

进入新世纪后，警匪电影的创作，因加入曹保平、高群书、丁晟的作者化创作风格，而变得更为复杂，甚至是商业、艺术与意识形态三方间的拉扯。艺术与主旋律倾向的警匪电影，在类型上缺乏可复制性，在获得口碑的同时也失去商业性。而作为商业片代表的港式警匪片，因内地社会语境与审查机制的差异，也遇到自身发展的尴尬，即所谓"港片不港"的进退两难。种种迹象无一不显示出警匪电影创作瓶颈阶段的来临，需要一个具有更大包容性的话语平台融合各种诉求，而中国近十年翻天覆地的变化，正好提供了时代契机。于是，包含传统主旋律价值观、西方普世性价值观、中国新形象与"中国梦"等时代核心命题，并兼容商业性、国家意志的新主流话语或新主流大片，在一片欢呼声中高调亮相。而基于新主流理念所制作的警匪片《湄公河行动》也自然将警匪电影的创作提升到新高度。

可以预测的是，公安片作为主旋律电影的一种重要表达方式将继续存在，2018 年上映的《片警宝音》将视角对准偏远地区的警察，以一种新颖的角度继续讲述人民公安为人民的故事。而警匪片会逐渐呈现两种趋势，一是内地导演作者化风格的警匪片创作，二是港式警匪片逐渐融入更具普适性、包容性的新主流电影创作。令人担忧的是，警匪电影因新主流话语的普适性与包容性变得没有棱角，进而演变为一种类型与风格的自说自话。

桌面电影对刑侦电影的叙事影响

——以《网络迷踪》为例

洪珊珊[*]

摘要：作为桌面电影与刑侦电影结合试验之作的《网络迷踪》获得不俗口碑的同时，也为刑侦电影的创新开辟了全新的道路。桌面电影是极具特点的新形式，突破了传统的镜头摄录方式，将摄录镜头转换为电脑的前置摄像头、监控摄像头，这将改变刑侦电影惯有的叙事方式，对传统刑侦电影类型化叙事元素、叙事系统以及叙事美学三个方面产生了极大影响。具体而言，在叙事元素的选取上，"人""事""物""时""空""痕"六刑事案件构成要素的选取与呈现方式受制于桌面电影所具备的网络化特征；在叙事系统的架构上，桌面电影的有限镜头下刑侦电影叙事目的之实现往往依靠电影化语言、隐喻式叙事等叙事技巧的运用；在叙事美学的构建上，桌面电影形式无法沿用传统图像美学实现路径的情况下，拓展出"桌面电影形式与刑侦电影内容的和谐"及"刑侦电影叙事体的完整"两种影视美学效果的路径。

关键词：桌面电影；刑侦电影；叙事元素；叙事系统；美学

近年来，刑侦电影以悬疑、推理元素为特色深受观众喜爱的同时，电影创作者不断尝试突破刑侦电影的模板化创作模式，致力于重塑刑侦电影，但不得不承认的是刑侦电影作品目前仍面临着不少批判：缺少真实性、犯罪细节的过多渲染破坏了美学的基本规范、警匪形象的脸谱化以及

---

* 洪珊珊，华东政法大学刑事司法学院硕士研究生。

变形的犯罪指南。而 2018 年，由阿尼什·查甘蒂创作的《网络迷踪》以桌面电影为形式与以刑侦电影为内容的小成本影片全球票房突破了 3000 万，[①] 荣获圣丹斯电影节两项重要大奖，影片的不俗口碑无疑为创作者创新刑侦电影拓展了新路径。

桌面电影是以屏幕为镜头，以网络日常生活的虚拟世界为背景，通过电脑屏幕摄制承载故事情节的一种新影像构建形式。[②] 刑侦电影一般定义为展现警匪之间矛盾，通过发现侦查线索，还原案件事实的一种事件内容类型。需要明确的是，事件内容是依据形式元素的脉络及创作者对它的认知而塑造出来的，[③] 刑侦电影内容的展现同样附带着具有刑侦色彩的形式，但这种形式是依附于刑侦故事这一内容而存在的，将刑侦电影定义为内容更为妥当。以桌面电影的叙事形式展现刑侦电影的故事内核是一种新的尝试，而《网络迷踪》则是两者结合的实验作品，应当接受理论界的审视。一部优秀的影片必然有着独到的叙事系统，桌面电影的新形式突破传统电影叙事视角的选择、改变了传统的银幕承载物，选择将电脑桌面作为表达空间，那么在此情况下，刑侦电影的叙事是如何开展的呢？是否影响到了刑侦故事的独立表达呢？本文以标杆之作的《网络迷踪》为例，将从形式与内容的角度探讨桌面电影对刑侦电影叙事的影响，以打开创作者创新刑侦电影的思路。

一、探讨桌面电影的形式对刑侦电影的叙事内容影响之必要

目前，理论界学者就桌面电影新形式这一话题谈论较多，[④] 较少讨论形式与刑侦电影内容间的关系，这要归根于电影界一直盛行的"形式主

---

① 《网络迷踪》以桌面为荧幕，更适宜线上观看，线上播放量未能统计入票房数据。影院票房数据来自于艺恩文娱大数据网（原 CBO 中国票房），载 http://www.endata.com.cn/BoxOffice/，2019 年 12 月 18 日访问。

② 苏洋：《桌面电影的视听叙事策略和审美内核》，载《当代电影》2019 年第 6 期。

③ ［美］大卫·波德维尔、克里斯汀·汤普森：《电影艺术》，曾伟祯译，北京联合出版公司 2015 年版，第 67 页。

④ 笔者以"桌面电影"为关键词于中国知网搜索，共有论文 19 篇，均为探讨桌面电影形式对电影理论产生的影响，数据截止到 2019 年 12 月 25 日。

义"。俄苏形式主义认为，创作根本宗旨不在于"反映了什么"，而在于"表达了什么"。① 但是，电影学理论的发展离不开哲学思维的指导，在马克思主义哲学中，形式与内容是一对重要范畴，内容受到了形式的约束，形式则是内容的进一步发展。而概括电影创作者实现电影美学路径大多是通过搭配特定电影元素、构建组织系统，以构成辩证的、统一的电影整体。那么在桌面电影与刑侦电影这一对特定的形式与内容之下，为何要进一步地探讨两者间的相互关系呢？其原因在于，桌面电影突破了传统的镜头摄录方式，将摄录镜头转换为电脑的前置摄像头、监控摄像头，已然深入地影响了整体的传统刑侦电影叙事的方方面面。

其一，影响了传统刑侦电影叙事元素的选取。传统刑侦电影的叙事元素以现实物为载体，强调纪实性，往往使用多个镜头切换，展现案件的全貌。比如，在《唐人街探案 2》中用俯拍、全景、局部特写等多种镜头展现案件现场的地点以及所处位置所带有的特殊含义。桌面电影则局限于 Windows 或 Mac 系统界面，天然具备网络化特点，所能展现的只能是与网络日常相关、符合人物认知的网络化元素。因而，在这种形式下，叙事元素选取范围减小的局限性下，如何尽可能地展现情节所必需的元素并以符合网络日常的方式呈现便成为本文探讨的内容之一。

其二，影响了传统刑侦电影叙事系统的组构。传统刑侦电影在叙述人的选择上往往以专业的侦查人员为视角，展现具体的侦查措施推动情节的发展，在叙事方式上可以来回切换外认知聚焦、内认知聚焦和观众认知聚焦三种认知聚焦方式，在叙事时间、叙事空间上可以剪辑不同时间点或同一时间点不同叙事空间，在人物的塑造上依靠台词演绎、演员表演，种种叙事系统的组构方式可以极大增强刑侦电影必需的悬疑感。但在以桌面前置镜头为主要镜头的桌面电影中，镜头技巧的运用面临困境，摄影角度以及人物塑造上必须符合网络日常生活的惯例，因此创作者必须在限定镜头的常规使用技巧情况下，保持叙事完整、情节推动合理、镜头剪辑不露痕迹以及满足观众对于刑侦电影的基本期待，创新出满足刑侦电影基本叙事

① ［法］托多罗夫：《俄苏形式主义文论选》，蔡鸿滨译，中国社会科学出版社 1989年版，第 24 页。

要求的技巧。

其三，影响了常规美学的构建。镜头的黄金比例、画面构图的角度选择等传统刑侦电影有着定型的、常规的美学实现路径，这依附于传统的图像思维美学，追求画面的和谐、统一。而桌面电影所模拟的是人们日常生活的网络社会，展现的数字媒介时代，在这种新的摄影方式下，传统美学路径被解构，数字媒介时代下刑侦电影美学如何实现呢？

正是在桌面电影新拍摄方式影响下，刑侦电影叙事发生全盘颠覆性的改变，这不得不让人疑惑：桌面电影的形式是否会妨碍刑侦电影的叙事表达？又是如何通过运用桌面电影叙事技巧形成形式元素的脉络，从而进一步塑造刑侦电影的事件内容的呢？这些改变能否更好地服务于影片主题呢？这些问题恰恰是笔者所意图探讨的、刑侦电影理论发展必须审视的命题。

二、桌面电影形式下刑侦电影叙事元素的选取

类型化电影往往涵盖相同或相似的元素，托马斯·沙茨认为，一部类型电影，都是由特定的、熟悉的、单一面向的角色在一个熟悉的背景中表演可以预见的故事模式。[①] 刑侦电影一般以本格推理为主，以侦查人员为叙事视角，沿着故事脉络，在不断发现的侦查线索中推演、证实案件真相。有学者认为刑侦电影的真实感实现路径是与现实中刑事案件侦查的证明犯罪事实的基本路径相吻合的，[②] 一部合格的、真实感十足的刑侦电影的基本模式是"逐步发现案件构成要素—串联案件构成要素—还原案件事实（甚至达到排除合理怀疑的证明高度）"，而大多优秀的刑侦电影创作者实际上则有意无意地将案件构成要素作为基本框架选取叙事元素。因而，在探讨桌面形式对刑侦电影叙事元素的影响时，笔者认为也应将刑事

---

① ［德］托马斯·沙茨：《好莱坞类型电影》，冯欣译，上海人民出版社 2009 年版，第 21 页。

② 林曦：《刑侦电影创作中"电影真实"的实现路径》，载肖军主编《刑侦剧研究》（第一卷），群众出版社 2019 年版，第 89 页。

案件构成要素"人、事、物、时、空、痕"作为基本框架,① 具体分析日常网络生活背景下的元素选取和元素呈现。

（一）作为叙事元素的"人"

叙事元素中的"人"包括犯罪人、受害人以及知情人,桌面电影形式之下的刑侦电影镜头局限于电脑屏幕,无法承载过于复杂的人物关系,很难直接表现犯罪人与侦探之间的矛盾冲突,因此不明确具体的犯罪人,让观众与侦探对其处于未知状态更贴合于桌面电影的叙事模式。《网络迷踪》在故事展开时,未明确设置具体犯罪主体,甚至在第一个情节转折时让观众误以为女儿 Margot 可能畏罪潜逃,引导观众怀疑 Margot 的失踪可能并非犯罪事件,既突破了传统刑侦案件的惯有情节设定,又在一定程度上弥补了桌面电影形式局限性在叙事元素上的单一。

这种不明确具体犯罪人的叙事元素选取方式同时还要考虑整体刑事案件的完整性,以抽象形式存在的犯罪人应当贯穿电影始终。换言之,创作者应通过其他叙事元素指引观众犯罪人是真实存在的,不能忽略建立犯罪人与其他叙事元素之间的密切联系。在 Margot 受害当晚,她曾多次反复以多种渠道联系 Kim,暗示 Margot 失踪的不同寻常,实际为后续"戳破女警探 Vick 的谎言——编造 Margot 畏罪潜逃"这一剧情反转呈现足够多的叙事元素:Margot 深夜的多次来电、Margot 异常的资金流动、Vick 警探隶属硅谷警局而案件发生于加州等线索。这让观众对于 Margot 畏罪潜逃的事实处于惊讶、内心却无法相信的矛盾情绪,直至发现案发现场、明确 Margot 系被害后,观众内心的期待得到了满足。这悬疑感的实现不仅仅归功于叙事组织系统的巧妙构建,更是创作者合理选取充足的叙事元素以确保犯罪人这一"人"的叙事元素始终或明或暗地体现在屏幕细节之处。

（二）作为叙事元素的"事"

刑侦电影中叙事元素的"事"往往包括事件性质、刑事案件的类型和性质、犯罪过程以及犯罪后果。变格推理类和本格推理类电影都聚焦于

---

① 《网络迷踪》中叙事元素"时"与"空"更多的是为了展现 Kim 家庭情况,服务于"网络时代家庭成员沟通"和"亲情"主题,而专属于助推主角还原案件事实的"时""空"叙事要素较少,此处不作探讨。

犯罪人的犯罪过程，分歧之处在于变格电影是以犯罪人为叙事视角，在影片开始时便明确了具体的犯罪人，而本格推理关注犯罪过程的还原，一般以明确事件性质作为故事逻辑的前提。比如，《唐人街探案2》中唐人街教父七叔的孙子吴志豪死于灶王庙中，心脏被人拿走，无疑排除了自杀或意外的可能。然而，在桌面电影特殊的形式下，《网络迷踪》必须维护真实的网络生活，对犯罪行为实施过多的描述只会陷入电影形式与内容不匹配、"两层皮"的尴尬局面，不得不放弃复杂的犯罪行为实施过程制造悬疑感的模式。这种新的元素选取方式让我们看到刑侦电影悬疑性来源的更多可能性，创作者选择在 Margot 失踪这一事件性质上做文章，在观众认为自己得出了"Margot 为人所害"的结论时，警探 Vick 抛出 Margot 转移资金、伪造了假身份证的信息，根据已知的叙事元素，观众不得不推翻原有结论认可 Margot 畏罪潜逃的说法，而后父亲 Kim 发现 Margot 失踪地点，又再次推翻观众心理认知的"真相"。利用事件性质不断反转，观众所认知的真相不断被推翻，将悬疑的氛围推向了高潮。

（三）作为叙事元素的"物"和"痕"

叙事元素中的"物"和"痕"① 往往是"案件事实还原"的依据，是印证主角逻辑推演的现实依据，它包括犯罪人实施犯罪时所使用之物及受害人遗留的物品、痕迹等。桌面电影主要通过网络发现与案有关的物品和痕迹，因此在选取满足刑侦电影的叙事元素"物"时，应当模拟网络信息挖掘的惯常做法，贴近人们的网络生活，而与之相对的现实感较强的叙事元素应当极力弱化。这在一定程度上不符合人们对于刑侦电影的认知，比如刑事案件现场几乎是所有刑侦电影的重要场景，《唐人街探案2》中用大量的镜头展现吴志豪（唐人街教父七叔的孙子）死亡地点灶王庙，案发现场的血腥、残忍与庙宇的神秘、宗教色彩的碰撞，营造出恐怖、离奇的氛围；而《网络迷踪》对 Margot 的汽车（案发现场）却未过多呈现，

---

① 在刑事案件构成要素中"物"和"痕"分别独立地作为一种构成要素，对现实的刑事案件侦查而言有其合理性，但在刑侦电影中叙事元素"物"和"痕"往往是伴随出现，多数情况并不作具体区分，且不区分对于故事情节的推动并无影响，因此将两者结合分析更符合电影语境中的元素选取规则。

将现实化叙事元素（如 Margot 车辆中的痕迹物证等难以网络化的实物叙事元素）大量删减，以保有观众网络世界的浸入感。

如果说弱化现实感极强的叙事元素，可能会减弱刑侦电影所追求的悬疑感，是桌面电影形式之下刑侦电影的局限之处，那么这种形式与刑侦电影结合对于叙事元素影响的最大亮点就在于将叙事元素的"物""痕"通过网络媒介的合理形式直接传递给观众。桌面电影极力模拟人们日常的网络生活，镜头即桌面屏幕，观众可以直接获取与主角相同的信息。比如，父亲 Kim 破译 Margot 直播平台 Youcast 的账号，观众与主角看到相同的视频，基本与主角同步了解到 Margot 常常去往城外巴博萨湖；通过网络、新闻媒体，观众与主角一同发现警探 Vick 是硅谷警局警探而非 Margot 出事地点的加州警局警探。这种直接性、同步性的程度之高，观众的浸入感、挖掘信息的参与感之强远远超越了同类刑侦电影，当然，创作者意图产生这种出奇效果的前提就是必须将"物""痕"无痕地嵌入人们日常的网络生活中。

三、桌面电影形式下刑侦电影叙事系统的架构

"复杂系统中的单个要素，并非因其本身而具有意义，而是通过元素之间相互作用的模式而获得意义。"[①] 叙事系统则是将叙事元素以一定的规律、方式组合的整体性叙事模式，是清楚讲述电影内容的表达方式。"讲好故事是电影的宿命"，[②] 叙事系统关注和讨论的是如何通过合理叙事编排好故事，故事的基调、感觉是怎样的等问题。在桌面电影形式有限的情况下，刑侦电影叙事系统构建不仅要体现一般电影叙事表达的基本要求，还应在契合桌面电影叙事习惯的前提下，展现刑侦电影的故事内核，以完整的方式保有刑侦电影的叙事惯例。因此，在探讨桌面电影形式下刑侦电影叙事系统的构建时，笔者未选择叙事系统构建的传统范式，不从叙事空间、叙事时间、叙事视角、叙事结构等方面分析，而选择从刑侦电影

---

① ［南非］保罗·西利亚斯：《复杂性与后现代主义理解复杂系统》，曾国屏译，上海科技教育出版社 2006 年版，第 170 页。

② 林黎胜：《讲故事是电影的本质》，载《当代电影》2018 年第 5 期。

的类型化叙事特点、刑侦电影叙事的基本任务的角度，分析桌面电影如何在叙事系统构建上影响了刑侦电影叙事特点的表达和叙事任务的完成。

（一）呈现刑侦电影的专属悬疑感

1. 特殊的叙事视角选择。刑侦电影特殊的叙事视角下，观众所感知的正是细致的信息搜索、过瘾的思想推理实验以及实体正义的价值实现。在多数的本格推理类刑侦电影中，往往以侦查人员或侦探（在双轨制侦查体制的英美法系国家侦探可以进行有限制性地侦查）的内聚焦叙事视角，观众与主角获得相同信息的情况下，参与侦查分析，经过缜密的逻辑推理发现犯罪人。这类刑侦电影的主角往往拥有异于常人的逻辑思维、专业知识或特殊的信息获取渠道，与真实的现实活动拉开了距离。在《唐人街探案 2》中的黑客 Kiko 可以通过黑客技术获得专属于侦查人员的监控视频资料，这一设定是常人所不具备的。在桌面电影形式之下，刑侦电影在一定程度上突破了异于常人的"超能力"主角设定视角的限制。《网络迷踪》中的父亲 Kim 通过日常的网络生活发现了女儿不为人知的一面，完全凭借信息的发现、搜集和逻辑分析完成案件的侦破。这种新视角的尝试同样实现了特殊叙事视角下的悬疑感，甚至由于与常人无异的主角能力设定以及信息解读的平常化反而大大增强了推理的趣味性和情节反转的悬疑感。在《唐人街探案 2》中秦风发现多起案件与镇灵符之间的关系，观众解读信息的能力远远低于主角，让影片的悬疑感有所下降；而《网络迷踪》的父亲 Kim 通过网页图片比对发现网友炸鱼薯条的头像并非本人，信息解读的难度大大降低，观众仿若亲身经历般的毛骨悚然，悬疑程度进一步推向了高潮。

2. 侦查认识活动的可能性之体现。侦查认识活动并不是单线定位的简单思维，而是多线、多方位、多角度的综合性思维，这一特点是由于认识活动逆向探索和案件因果关系往往具有多态性和复杂性。[①] 刑侦电影追求故事内核的悬疑和复杂，往往比现实中的许多刑事案件更为离奇，在还原案件事实的过程中其涉及的可能性之多可想而知。案件因果关系的多样

---

① 任惠华、马方：《侦查学教程》，法律出版社 2014 年版，第 55 页。

性与叙事的平衡性是考验导演功底的试金石，不少刑侦电影创作者利用侦查认识活动多样的可能性创造出经典的反转情节，在《唐人街探案1》中在思诺养父李死后，秦风前往医院看望思诺，回忆起为人忽略的其他刑事案件构成要素，得出另一种离奇却又可以串联所有案件构成要素的案件真相：思诺才是幕后一切的主使者，情节的离奇、影片的悬疑均达到极致，思诺那诡异的一笑更是成为影片的经典镜头。而在《网络迷踪》之中，创作者不仅从事件性质角度解析侦查认识活动的多维性，警探 Vick 串联案件构成要素（后发现不少案件构成要素为警探伪造）得出 Margot 涉嫌洗钱，被发现后伪造身份证件潜逃，还从犯罪实施角度给出了另一种可能性，警探 Vick 以 Randy Cartoff 的自首视频和车内血液分析（后证实为 Vick 伪造）对社会公布 Randy 为真凶。桌面电影形式之下对于侦查认识活动多维性的运用显然也给出了一个不一样的叙事模式，突破了以往仅就犯罪实施还原环节反复制造悬念，尝试在事件性质上挖掘制造悬念的可能性。

（二）促成案件构成要素为情节发展的动力因

1. 多样化地显现案件构成要素，以案件构成要素的发现推动情节。刑侦电影情节推动的方式多种多样，但运用较多的是发现新的案件构成要素及通过串联案件构成要素得出新案件事实。在发现新侦查信息这一点上，传统刑侦电影以侦查人员重勘现场为典型方式，如《唐人街探案2》重勘案件现场发现镇灵符及凶手为左利手等关键性案件构成要素，为重现案件事实打开了新思路。桌面电影形式之下，案件构成要素更多地以符码的形式，且不再依赖于主角解读传递信息，更多地由观众自发地挖掘每一符码与其他符码串联后所代表的含义。比如，警探 Vick 提到 Margot 的车最后出现在开往城外的监控中，Kim 通过直播网站的视频发现 Margot 常去巴博萨湖，两个叙事符码的连接，观众自发确信 Margot 并非逃往其他城市而是再次去往巴博萨湖，这种利用叙事符码的隐喻式叙事方式在《网络迷踪》中得到了反复使用。当然，令两个特定叙事符码产生引导观众得出特定信息的作用还有赖于信息出现的间隔时间设定及镜头切换的符号引领等。

2. 以构成要素的串联还原案件事实，促成刑侦电影叙事逻辑的自洽。刑侦电影的魅力在于叙事逻辑性极强，观众跟随主角视角，通过串联刑事案件构成要素，逐步"拼接"出完整的案件事实。逻辑推演、事实还原的依据是刑事案件构成要素，一个事实的成立与否取决于是否会和已发现的构成要素相矛盾，如果相矛盾往往需要进一步分析矛盾的成因。在桌面电影形式之下，串联构成要素可以依靠符号的引导、镜头的切换等由观众自发地完成，而非一味地由主角拼出完整的事情真相。父亲 Kim 在串联案件构成要素、还原事实的过程中以台词演绎的方式解读构成要素的情况极少，观众往往与 Kim 接收完全一样的信息，在创作者有意引导下，同步甚至比主角更快地推理出案件事实的另一种可能性。这种效果的达成与语言叙事策略是分不开的，传统刑侦电影大量依靠语义叙事的方式完成事实还原的思维逻辑推演，依赖于台词写作，一旦出现台词与画面重复、台词与人物身份性格不符、逻辑关系不合理以及语言不符合具体情境等问题，① 将破坏尽心尽力营造的真实感。在桌面电影形式下刑侦电影叙事讲述不得不大量运用电影化叙事手法，而恰恰是这种手法的运用不知不觉中调动了观众的主观思考，主动感受影片中某一特定事物所传递的特殊内涵，趣味性油然而生。

（三）实现刑侦电影的真实感

电影的真实性来自于观众的主观感受，刑侦电影依据各地的侦查制度具有极强的现实感，但其同时也面临着更苛刻的标准。有学者认为刑侦电影的真实性不仅在于侦查制度、侦查措施等叙事元素真实，还体现在叙述距离、叙述结构、叙述逻辑等叙事组织系统的真实性。② 不少刑侦电影赋予"调查者"精英式的能力，以圆满部分叙事逻辑，比如《唐人街探案2》中秦风运用"曼哈顿计量法"推动情节的发展，试图用专业性极强的推理方式圆满叙事逻辑，反而陷入了真实性质疑的困境中。桌面电影形式之下情节的发展和推理以网络生活符号作为案件构成要素，回避了专业性

---

① 王旭峰：《论电影中的语言叙事与电影化叙事》，载《当代电影》2012 年第 6 期。

② 林曦：《刑侦电影创作中"电影真实"的实现路径》，载肖军主编《刑侦剧研究》（第一卷），群众出版社 2019 年版，第 92 页。

强但创作者运用往往不得当的侦查措施，既适度呈现案件构成要素，也帮助逻辑推理从以往过于繁复、"专业"的枷锁中挣脱，回归到最为原始的状态，返璞归真后反而进一步凸显了真实性。

刑侦电影的真实性可以来源于现实状况的吻合，同样也依赖于创作者营造的叙事逻辑。一般而言，普通人很难发现连专业侦查人员也很难发现的案件真相，以常理推断父亲 Kim 很难不依赖侦查人员的力量发现女儿失踪的事实，但女儿的设定是一位孤僻但在网络上活跃的年轻人，这为 Kim 运用网络搜索发现真相提供了现实支撑。这些得以实现的关键在于，创作者先设定主角信息承载物的特定性——网络，再契合网络日常生活的常态——人人均可使用网络查询信息。如此一来，叙事逻辑在特定的情境下得到自洽，让看似不具备操作可能性的行为在创作者营造的特定刑侦电影语境中变为了可能，并且完美地融合了桌面电影这一电影形式。

四、桌面电影形式之下刑侦电影美学的构建

"电影美学是对电影进行思考的一种方式，而且是一种具有特殊意义的思考方式。学习电影美学的目的是掌握这种思考方式，从而提高作为艺术的电影创作和欣赏的自觉性。"[①] 探讨叙事元素选取、叙事系统的架构都是为了"如何更好地讲述故事"而服务的，探讨刑侦电影美学则是尝试回应"何种美学有助于人们对于电影主题的理解"这一问题。因此，探讨桌面电影形式之下刑侦电影叙事审美的基本规律是研究刑侦电影基本理论的应有之意。美学分析着眼于电影作品的表现效果的机理分析，从影片作为审美对象形成的规律分析和电影作品整体复杂构成的系统性分析。[②] 不同电影类型和创作者风格所侧重的美学倾向不同，张艺谋等形式主义创作者以构图均衡表达美，科普类电影的美学特征来源于科学美，[③] 刑侦电影更倾向于故事内在逻辑性美、叙事完整之美等叙事结构的美学。因此，对桌面电影形式下刑侦电影的美学探讨，应当关注的是桌面电影形

---

① 王志敏：《现代电影美学体系》，北京大学出版社 2006 年版，第 1 页。

② 王志敏：《现代电影美学体系》，北京大学出版社 2006 年版，第 104 页。

③ 刘立中：《关于科普电影美学的几个问题》，载《当代电影》1992 年第 3 期。

式和刑侦电影内容和谐之美与叙事体完整之美。

（一）桌面电影形式与刑侦电影内容的统一

黑格尔认为艺术的内容就是理念，艺术的形式就是诉诸感官的形象。[①] 桌面电影的形式将故事讲述背景限定在日常网络生活，表现形式的有限性与故事内核呈现的无限性相冲突，无法通过直接的镜头、台词设计表现人物之间的矛盾冲突，更加注重每一叙事符码背后的象征意义，反复利用客观事物暗示和象征具体情节信息。父亲 Kim 利用搜索引擎调查警探 Vick 的基本信息，图片、新闻及个人博客的信息展示，为父亲 Kim 信赖警探 Vick 奠定基础，实际上暗示警探 Vick 身上的疑点。电影化叙事方式的巧妙运用，不露痕迹的镜头切换，将符号学的理论成功运用于影片中，既符合观众对网络生活的真实感预期，又以丰富的符号学信息引导观众推动影片情节，在形式和内容中寻找到了巧妙的平衡。

但是，象征与内容的一致仅是部分的，客观事物的符码背后还有着许多无关的含义，这使得在某些特定镜头之下，象征与背后的意义无法完全协调、相对应，这是桌面电影类象征性艺术的先天缺憾。Kim 发现朋友 Peter 与女儿 Margot 的失踪似有关联，通过监控摄像头直接表现 Kim 质问 Peter 时角色之间的人物冲突，叙事视角从内聚焦视角切换到外聚焦视角，创作者意图规避一味隐喻的叙事方式及惯用的叙事视角所带来的单调乏味，却突破了网络日常生活的背景设定，一改内敛的隐喻式叙事，反而让观众无法适应浅白直接的表达，过分拘泥于镜头形式感造成故事内容的张力不足，人物冲突背后的象征意义变得模棱两可，难免给人以镜头负载了过重的功能（既塑造人物性格又推动情节发展）的不协调之感。

（二）刑侦电影叙事体的完整

叙事体故事是刑侦电影的主体，意指通过对人物发展和连绵不断的故事情节两大部分的完成，向人们讲述主角逐步发现侦查线索的过程中还原案件真相、确认犯罪人的故事。分析叙事体的学者认为，每一叙事体故事

---

① ［美］黑格尔：《美学（第一卷）》，朱光潜译，商务印书馆 1975 年版，第 87 页。

分为核心与附属。① 核心主要是指促成事件发展的关键叙事时刻，功能多表现为危机、对抗或大团圆，而附属的功能在于帮助人们了解故事的背景，关注于叙事体故事的细节部分。一部优秀的刑侦电影应当具备权重平衡的核心和附属，这就意味着核心与附属之间应处于相辅相成的状态，关键场景的核心应当表现充分，而附属场景运用的时机得当、间隔频率适当，两种场景交替使用的和谐。《网络迷踪》中核心场景为"Vick 认为 Margot 畏罪潜逃""Kim 发现案发地点""Randy 自首""Kim 发现 Vick 身上存在疑点"及"Kim 认为 Margot 并未死亡"，核心场景不论是从时间跨度的均衡性，还是情节反转的悬疑度来看，镜头呈现充分，实现了危机性或对抗性的功能。与核心场景相连接的附属场景基本实现情节的预示、构成要素的引入及一定量地释放观众的紧张情绪等作用。两者的衔接、转换运用得当，使注重逻辑体系的刑侦叙事体故事讲述明了、清晰又不乏趣味性。

① ［美］M. J. 波特、D. L. 拉森、A. 哈斯考克、K. 奈利斯：《叙事事件的重新诠释——电视叙事结构分析》，徐建生译，载《世界电影》2002 年第 6 期。

互联网金融信息不对称的困境

——《窃听风云》引发的金融监管思考

高嘉品*

摘要：《窃听风云》的豆瓣评分达到 7.5 分，名利双收的同时反映出互联网时代金融业存在的信息高度不对称困境。在金融深度融入普通民众生活的今天，如何应对信息不对称困境进而保护消费者是亟待解决的问题。对此，从信息披露主体、方式、范围三方面切入进行解决。金融监管的主要目的是防止系统性金融风险、维护金融市场高效稳定运转、应对信息不对称、保护消费者。面对世界范围内不同的金融监管范本，中国在深化金融体制改革的过程中形成了独具特色的金融监管体系。资金的高效流通永远是金融的根本出发点，金融绝不能脱离和背离实体经济存在，否则金融危机的发生将不可避免。

关键词：互联网金融；信息不对称；信息公开；金融监管

一、影片简介与问题提出

影片《窃听风云》取材于金融业蓬勃发展的香港股市，主要讲述由杨真（古天乐扮演）、梁俊义（刘青云扮演）、林一祥（吴彦祖扮演）三名警员因利用监听过程中获取的内幕交易信息非法获利，后为了掩饰罪行而伪造证据，遭到反派马志华（王敏德扮演）报复后最终复仇的一系列故事。从讲好一个能为内地所接受的故事这点来看，应该说该片是港片适

---

* 高嘉品，重庆邮电大学网络空间安全与信息法学院 2017 级研究生。

应内地环境的一个标志。《窃听风云》将证券行业信息的高度不对称性展现得淋漓尽致，其中有三个情节体现得尤为明显：（一）片中三名警员（影片设定了三名警员分别处于不同困境，特别是杨真急需要钱给自己治病）通过监听过程中获得的内幕交易信息低价买入风华股票并高价卖出获得暴利；（二）片中老太太因看到众人纷纷买入风华股票后跟风买入却因未及时脱手而亏损，最终无法承受并跳楼自杀；（三）风华国际的股票涨跌其实全由以马志华为代表的幕后集团（片中称"老板"）操纵，其通过控制股票价格涨跌达到洗钱、牟取暴利的目的。影片折射出金融行业存在的突出问题——信息不对称。

互联网时代，金融展现出了前所未有的活力，信息技术和金融的结合诞生了互联网金融。人们对于互联网金融这一新生事物表现出极大热情，认为通过大数据信息系统、移动互联网和云计算等技术，可以实现支付清算和资金融通等领域内的信息对称、金融脱媒及降低信用风险的目标。①然而事实却并非如想象中的那般美好，随着众多 P2P 公司集体爆雷，许多民众的投资血本无归，困扰金融业的信息不对称问题再一次被千夫所指。互联网金融公司在初期利用监管空白飞速发展，以高利为诱惑吸引民众大量投资，并用艰深晦涩的专业术语制定动辄几十上百页的格式化用户协议，使用户无法对其中的条款进行有效解读。信息不对称使得投资人面临信用风险，其投资行为将变得更加谨慎，造成融资门槛被迫提升，极大阻碍资金在供求双方的流动速度和效率，从而阻碍金融业的稳定高效运行，最终影响整个经济的健康发展。因此，信息不对称的困境已成为互联网金融急需解决的问题。

二、互联网金融信息不对称的成因分析

金融本意指资金的融通，即资金从供应者向需求者流动。现代社会金融的覆盖面十分广泛，一般认为金融的外延应包括货币、银行、证券、保

---

① 杨东：《互联网金融的法律规制——基于信息工具的视角》，载《中国社会科学》2015 年第 4 期。

险等内容。① 理想的情况下，资金能够迅速流动并达到供需平衡的状态，此时的金融就是高效率的。金融是基于信用而建立的，信用的程度越高金融市场就越发达，反之亦然。互联网时代使得信息的传播更加便利，陌生人之间通过第三方平台作为中介而建立信任，普通民众的大量加入极大扩展了资金供应的规模，使资金流通更加便捷。但实际情况却并非如此，因为金融是建立在信用的基础之上的，而互联网金融由于信息不对称的广泛存在使得该信用基础遭遇极大挑战，具体原因分述如下：

（一）互联网平台自身的逐利性

互联网金融虽然形式上是创新的产物，但其产生的内在驱动力仍源于市场的逐利性。互联网平台作为互联网金融的核心中间环节，本应承担对融资者资质的严格审查、平台运营信息的持续披露等一系列义务。但在实践中由于平台自身的逐利性，平台为了吸引更多融资者而不断降低融资门槛，使得许多信用明显不良的融资者在没有担保或凭借极其有限担保的前提下拿到超额融资。同时，平台又为了吸引更多投资者而不得不对投资者隐瞒融资方的真实情况以及平台自身的真实运营状态（包括平台的现金流、负债情况等信息）。在此过程中，互联网平台在追求利润的途中更多地体现出短视性，抱着"捞一把就走"的心态肆意侵犯投资人利益，平台运营过程的封闭性、投资人分散造成的监督乏力等因素共同构成平台与投资人之间高度的信息不对称状态。基于此，原本由互联网平台建立的信用基础遭到严重破坏，把信息不对称难题赤裸裸地摆在投资者与互联网平台之间，融资者难以获得有效的融资，投资者则变得更为谨慎，最终使得资金融通变得愈发困难。

（二）普通民众的识别能力有限

作为新型金融业态，互联网投融资成为普惠金融的典范，其不仅为中小微企业提供低成本、高效率的融资渠道，还为广大投资者提供低门槛、多选择的投资渠道，对接投融资双方的现实需求。② 互联网金融将金融普

---

① 韩龙：《金融法与国际金融法前沿问题》，清华大学出版社 2018 年版，第 42 页。

② 赵吟：《金融安全视域下互联网股权众筹监管法律体系构建》，载《江西社会科学》2019 年第 3 期。

惠向前推进了一大步，但带来便利的同时却存在隐患。伴随金融普惠的力度不断加大，越来越多的普通民众卷入金融行业，成为资金的供给方。但是，金融普惠的过程并未将相关专业知识和技能普及普通民众，而普通民众本身并不具备金融、法律等相关知识和技能，这就使得一些看似已经公开披露的信息无法被投资者有效解读。部分投资者通过跟风他人（或是亲戚朋友，或是通过网络结识的陌生人）进行投资，试图将信息的识别错误风险转移给一些"行家""高手""理财达人"等，这种行为无异于赌博，具有极大的偶然性，一旦被跟风者投资过程中疏忽大意或有意为之则很容易出现共同亏损的情形。此外，因为普通民众的分散性使得信息的提供者难以针对每个单独投资者的疑问及时解答，信息传播受阻使得许多公开披露的信息无法完整地传达给信息的接收方，更无法被真正地理解，进而加剧信息的不对称程度。

（三）监管走向放任不管与矫枉过正的两极

在互联网金融诞生初期，法律规范由于自身存在的滞后性而不能在第一时间对市场予以回应，创业者利用创业初期的监管空白赚取了第一波监管红利，此时监管者基本处于放任不管的观望状态。经过初期的监管空白后，相关法规出台为互联网金融设置若干法律红线，以非法吸收公众存款罪、擅自公开发行证券罪等现有法律条文为互联网金融设置法律红线，体现出强硬的立法态度，具体表现为"一刀切"式的做法，故而出现了2014年、2015年众多P2P平台集体爆雷、破产跑路的情形。监管部门的矫枉过正使得本就处于萌芽阶段的互联网金融遭受重创，在打击利用法律空白进行套利的同时也打击了这一新生事物。官方态度的摇摆和不确定使得市场缺乏信心，各种小道消息、谣言等信息的影响力被互联网成倍放大，投资者、融资者、平台各方主体对真实信息的掌握程度呈现出较大的不对称性，导致互联网金融的合法性遭到广泛质疑。在强硬立法背景下为数不多存活的互联网金融平台虽然相对具有了合法性，但因为缺乏足够的竞争者极易迅速占领市场并形成市场垄断，平台具有的垄断地位则会反过来加剧平台与用户之间的信息不对称程度。

三、信息不对称困境破解

一般认为，解决信息不对称的基本方法是信息公开，在上市公司中又称为信息披露。显然，信息公开面临如下基本问题：其一，由谁公开？其二，采用何种方式公开？其三，公开哪些信息？以下分别予以阐述：

（一）信息公开主体

信息的公开者必须以拥有信息为前提，互联网金融中信息的直接拥有者为互联网平台，其次监管部门在监管过程中也能获取大部分信息，可视为信息的间接拥有者。若完全由互联网平台进行公开，弊端是存在平台自我隐瞒的道德风险；而优势在于其拥有最完整的第一手信息。反之，若完全由监管部门通过官方渠道进行公开，弊端在于监管平台需要利用极为有限的监管资源对所有监管对象的信息进行审核并对外公布，可操作性较低；优势在于通过监管部门公布的信息可信度高，对信息的需求者而言具有较高的参考价值。证券行业现行做法是由上市公司制作报告并在证监会指定的专业报刊或网站进行公开披露，证监会则采取定期报告事后审核，临时报告事前审核的方式进行监管。但存在披露内容前后不一、对自身问题的披露避重就轻、不能按时兑现报告中的承诺等乱象。

即便如此，考虑到信息公开的可操作性，监管部门在实践中无法做到逐一核实平台相关信息后再予以公开，故互联网金融中信息公开的主体还是应以互联网平台为主，监管部门作为监督者应将监管重心放在信息公开的范围上。

（二）信息公开方式

如前所述，证券业现行信息公开的方式主要通过将报告刊载于指定的报刊和网站。而对互联网金融而言，信息公开的方式选择众多，可以通过金融平台的官网、手机 APP、微信公众号推送等方式进行。虽然获取信息的途径众多，但需要认定一个官方的信息公开网站，最好由监管部门运营管理并实时更新，防止不同方式所公开的信息不一致时信息接收者难以辨别真伪的情况出现。

在时间跨度上，参考证券业分为定期公开和临时公开。由于互联网金融尚不成熟，定期公开的频次应当更高，以便用户能够及时地获取相关信息，宜采取月报、季报、半年报告、全年报告的方式；临时公开的报告则应涵盖所有重大事项并在事件发生后最迟不超过 24 小时公开。

（三）信息公开的范围

信息公开的范围需要合理界定，过大则存在事无巨细、难以突出重点、给互联网平台设置过多过细的公开义务的弊端，太小则无法实现信息对称的基本目的。港交所关于企业社会责任的披露规则具有一定借鉴意义，其引入"不遵守就解释"（comply or explain）的半强制性披露规则，要求对被列为"不遵守就解释"的指标都应当进行披露，否则企业就需要在 ESG 报告中进行详细解释，并对信息公开的范围采取强制性与任意性结合的方式。①

对于互联网金融而言，可公开的信息种类主要包括：1. 平台信息；2. 融资人信息；3. 投资人信息；4. 合作机构信息四大类。具体而言，平台信息包括平台的资质信息、信用评级信息、现金流量情况、风险管控方式、客户损失备付金情况、负债情况、主要股东构成、组织结构信息等；融资人信息包括姓名或企业名称、信用评级、负债情况、资产情况、用于担保的财产范围、借款额度、借款主要用途、还款期限等；投资人信息包括姓名或企业名称、投资金额大小；合作机构信息主要包括提供担保的保险公司相关信息等。在以上可公开的信息范围中，应当采取强制性公开的信息包括平台信息中除组织结构以外的全部信息，融资人信息中的信用评级、负债情况、用于担保的财产范围、还款期限，合作机构信息中的保险机构相关信息。除了上述信息以外的其他信息则可以采取任意性公开的方式。对于强制性公开信息的违反（主要包括未按时公开和公开信息不实）采取发现后警告并责令限期公开，若仍未按时公开则采取罚款、降低信用评级直至关停的惩戒措施；对于任意性公开信息，根据公开的范围大小、信息的真实程度相应调整信用评级。

---

① 冯果：《企业社会责任信息披露制度法律化路径探析》，载《社会科学研究》2020 年第 1 期。

四、对金融监管的反思

现代社会金融在整个经济中的地位举足轻重，早已深深地嵌入到社会生活的各个方面。因此，金融监管的主要目的是防止系统性金融风险、维护金融市场高效稳定运转、应对信息不对称、保护消费者。

（一）金融监管的世界范本

如上所述，为实现金融监管目标，世界各国或根据自身特点或借鉴他国经验，主要在机构监管（The Institutional Approach）、功能监管（The Functional Approach）、双峰监管（The Twins Peaks Approach）、综合监管（The Integrated Approach）四种金融监管模式中作出选择。四种监管制度各有优劣：机构监管在 1933 年诞生于美国，特点在于通过国家行政执法机构来监管金融机构并体现为双层多头监管结构或者是一层多头监管结构。[①] 功能监管因机构监管无法适应金融出现混业经营的局面而得以流行，其对金融功能进行划分，并以此为依据设置对应的监管机构和措施。[②] 双峰监管认为应把金融监管一分为二，即宏观审慎监管与具体行为监管，[③] 两者互相结合、互为补充，澳大利亚是双峰监管的成功实践者。综合监管最早以英国为代表，发展到德国、新加坡等国家，其特征是由一个单一的超级监管机构承担所有金融监管职责，其出现可看作是为了应对监管竞争、监管套利等监管困境的产物，但其自身却存在因为监管权力过大而极易失控的风险。四种监管制度各有自己的市场，这些监管制度往往是在已有制度出现明显漏洞后为了弥补其他监管制度出现的弊端而生，但其自身又因为存在新的弊端而面临被替代窘境。

监管制度的不断推陈出新也间接反映出金融的复杂性，金融发展到今天已经与社会经济的各方面深度结合，加之全球化的大势早已不可逆转，

① 杜一华：《金融监管体制改革论纲——全球主义关照下的国家主义立场》，载《河北法学》2019 年第 6 期。

② Robert C. A Functional Perspective of Financial Intermediation [J]. Financial Management, 1995, (4): 23-41.

③ 王兆星：《机构监管与功能监管的变革》，载《中国金融》2015 年第 3 期。

一旦某一区域的金融出现危机特别是系统性的金融风险，则将很快波及所有置身其中的市场主体，最终造成难以估量的后果。但金融的复杂性并非指金融无法被有效地监管，相反，各国通过不断尝试改进自身金融监管体制，在面对全球性金融危机中已经取得了许多成就。

（二）金融监管的中国选择

我国发展具有中国特色的社会主义经济，在高度结合自身发展特点下形成了独有的金融监管模式，分别由央行、金稳委、银保监会、证监会共同组成。在上述监管模式中，央行主要负责金融的宏观调控、制订发展与改革规划，金稳委负责党对金融工作的领导和不同监管部门间的合作，后两者则主要针对各自行业开展具体监管。我国现有的金融监管模式是在不断深化的金融体制改革中逐步形成的，金稳委、银保监会的成立、新《证券法》的实施都是改革的成果，目的在于加强宏观审慎监管，进而防止系统性金融风险。

然而，金融体制改革的背景是我国日益复杂的金融现状，影子银行、互联网金融、金融衍生品等新生事物的不断发展以及我国作为世界第二大经济体与全球经济日益紧密的联系，这些时刻都在对我国金融监管提出新的问题与挑战，要求我国金融监管制度的设计者保持清醒的头脑、敏锐的目光，从国家整体的高度进行通盘考虑，交出金融监管的中国答卷。

结语

世界经济高度融合的今天，任何国家都无法选择关上国门进行"闭门造车"式的发展，如何更好地融入世界经济并在其中充分发挥自身作用成为各国共同面临的考题。金融在发展过程中应当始终将资金融通作为根本的出发点，把便利资金在供需双方间的流通作为不变的追求。金融危机的历史一再证明，金融必须建立在实体经济之上，一旦虚拟经济脱离实体财富，危机的发生就难以避免。金融监管是国家对金融发展进行干预的必要手段，并不是随意地限制金融自由，而是为了金融市场能够保持健康稳定，更好地服务于整体经济发展。

电视剧《猎狐》中夏远形象评析

蔡一然*

摘要：电视剧《猎狐》是我国首部聚焦经济案件而展开叙事的经侦剧，该剧的故事线"一案到底"，在创作上有空间展现出主要人物和部分次要人物的多面形象。作为国内经侦剧的开山之作，为了在剧情开始阶段牢牢抓住观众的神经，编剧选择了以一起跳楼事件和两起谋杀案作为经济案件的切入点，这样一开始便让身为刑警的主角夏远入局，更有效地推进剧情发展。毫无疑问，夏远是全剧纲领性质的人物，与很多刑侦剧（涉案剧）不同，编剧没有把夏远塑造成一个负责案件侦破才存在的刑（经）侦警察，而是赋予了他多重成长困境，迫使他进行一系列的人生选择，从而摆脱了在涉案剧中时常出现的正面人物形象过于片面化的问题。《猎狐》中夏远的人物形象具有以下三个层面：一是作为普通人的人物成长层面；二是作为警察的职业层面；三是作为作品主旨外化的象征层面，本文将围绕这三个层面对夏远的形象进行评析。

关键词：电视剧《猎狐》；人物形象；剧作结构

一、非传统成长型主角特质

近年来，传统成长型的人物在刑侦剧中并不少见，如《如果蜗牛有爱情》中的女主角许诩，《重生》中男主角秦池的助理路铭嘉等，都是刑侦剧中的成长型人物。这些人物的成长往往集中在作为刑警的专业性技能成长和对刑警这一职业的深刻认识上，因此笔者将他们归于"传统成长

---

* 蔡一然，上海戏剧学院戏剧与影视学方向硕士研究生。

型"，与他们相对的是《猎狐》中的夏远，他是一个"非传统成长型"的刑（经）侦警察，在剧集中夏远的成长不是专业知识技能方面的成长，而是作为一个个体的人的精神层次的成长。在第一集中通过夏远抓捕犯罪嫌疑人，阻止钱程跳楼等行动表现了他作为一个从业数年的刑警的专业素质，同时又通过夏远个人生活的相关情节表现了他稳定的感情生活。毫无疑问，剧集初始阶段夏远是一个生活幸福，工作积极，年轻气盛，偶尔有些急躁的专业刑警，但随着剧情的发展，他的个人生活和工作内容都发生了巨大的变化。

在剧中对夏远的成长起到关键性作用的人物是他的未婚妻于小卉，于小卉是一个有远大理想的年轻白领，想要在风起云涌的金融市场大施拳脚的时候遭到了荐股人郝小强的利用，而夏远在于小卉被人诱惑之时就认为郝小强给她灌输的思想是在试探法律的底线，他担心自己心爱的姑娘误入歧途，因此对她加以劝说。但于小卉认为夏远过多地干涉她的选择，否定她的理想，最终决定与夏远分手。夏远与于小卉认识二十年，相爱八年，已经到了试婚纱、定酒席的阶段了，和未婚妻分开对夏远来说是第一重打击。

在许多刑侦剧（涉案剧）中也会写到刑警的情感生活，但往往主角的另一半都是搭档同事，或者处于剧情需要让伴侣卷入案件中，极少有他们的伴侣是犯罪嫌疑人的事件架构。在《猎狐》中，于小卉不仅触犯了法律，而且被卷入了夏远正在调查的案子，撞在了夏远的枪口上。

夏远逮捕于小卉这一事件是人物成长的关键，该行动是夏远主动申请的，尽管在案件调查期间他的领导和同事试图照顾他的情绪，延缓他进入案件调查的脚步，但在布置抓捕任务时夏远主动请缨前往抓捕于小卉。编剧有意识地安排夏远主动逮捕于小卉，让人物间复杂的情感达到充分碰撞、交织，从而更大程度上发挥了戏剧的张力，刺激观众的感官。同时这一行动设置也大大提升了夏远的形象，在面对曾经的恋人涉嫌违法时他没有徇私，没有帮于小卉脱罪，而是勇敢地直面了这一戏剧性的伤害，体现了他作为一名刑警的正义感。

在于小卉被判刑后，夏远做了一个决定——他选择从一名刑警转向经侦警察。促使他做出这一决定的原因主要有两方面：一方面是夏远在于小卉踏足证券行业之后就多次劝说她小心，不要被他人利用，甚至在案件追查过程中还主动找到于小卉，给她机会坦白从宽，但他还是没能拉住曾经心爱的女人。于小卉入狱对于夏远来说是一个重大的打击，但他由刑侦转向经侦后，可以阻止更多像于小卉一样被人利用、误入歧途的人，可以拯救更多的"于小卉"。另一方面，虽然于小卉等人被捕，但"克瑞案"的主谋王柏林出逃海外，整个案件的调查陷入了僵局，但是这不代表案件的追查就此停止，夏远从刑侦转入经侦，吴稼琪从北江市局调入公安部，他们都没有放弃对王柏林及其他涉案人员的追查，目的就是为了将他们绳之以法，给千万股民一个交代。这是夏远选择转换工作内容的深层原因，也表现了警察角色在案件侦破过程中的使命与担当，这一转变就是人物在剧中最大的精神层次上的成长。

在许多刑侦剧（涉案剧）中，由于情节容量大、曲折多，探寻个体人物内心世界的叙事空间较少，于是创作者很容易忽视对正面人物的个性塑造与情感抒写，容易直接把警察特别是刑警描写成"神探"一类的工具人，这样的警察形象过于单薄，也不真实，甚至观众对他们的喜爱程度有时还不如反派角色。但在《猎狐》中，编剧为夏远构建了一条完整的情感线，并且将这条线融合进侦办案件的主线叙事中，让夏远做出对他的人生、对整部剧的发展都有重大影响的选择，从而使人物形象更加贴近于普通人，更容易引发观众的共情。

"人物真相只有当一个人在压力之下作出选择时才能得到揭示——压力越大，揭示越深，该选择便越真实地表达了人物的本性。"① 夏远的选择就是放弃自己从事数年的刑侦方向，转为经侦警察，原本看见数字、账目就头疼的他花了六年的时间学习了经济法、国际法等相关知识，练就了一口流利的英文，改变了急躁的性情，成为一个睿智深沉，能够独当一面的领导人物。这表现了人物纯粹的正义性和持之以恒的精神品质，作为一个正面人物，夏远的形象在剧中是可以牢牢立住的。从另一方面来说，夏

---

① ［美］罗伯特·麦基著：《故事》，周铁东译，中国电影出版社 2001 年版，第 118 页。

远的这一选择也是人物人性化的选择，当下刑侦剧（涉案剧）中对于正面人物的塑造不再局限于"高、大、全"的完美形象，更多是从人作为个体的视角出发，将英雄请下金字塔，放置在与普通人一样的坐标系上，让其经历与普通人类似的情境——夏远被于小卉抛弃、于小卉涉案——从而步步揭示人物的终极目标和价值信仰。将正面人物以普通人的视角进行塑造，也要重视他们个人情感的抒写与渲染，如在分手后夏远也会像普通人一样去酒馆买醉，这让人物形象更加贴合现实生活，也更能为观众所认同，并产生情感共鸣。

二、警察形象的对照组

除夏远之外，《猎狐》中塑造的另一层次丰富的警察形象是他的师傅老警察杨建群。而杨建群的人物行动又与夏远相互照应，两个人物在警察身份层面的形象形成了对照，这种对照关系中有警察精神的传承与发展，也有杨建群对警察荣誉与信仰的背离和夏远对正义的维护。

剧情的前半段多次表现了在日常工作中杨建群与夏远之间深厚的师徒之情，比如当夏远犯错的时候杨建群主动提出由自己来反省写检查，在夏远办案不顺利丧失信心的时候，杨建群也主动拉他喝酒，帮助他重拾信心。在后半部分的剧情中，夏远还对吴稼琪谈及了自己上警校和初入警队时对杨建群的崇拜，以及自己在执行任务的时候被杨建群救下等事件。创作者有意地利用夏远的主观视角，为观众勾勒了杨建群当年英勇坚韧的刑警形象，而这些事件都加入夏远本人"回忆式"的滤镜，更能表现出他们之间深厚的情谊，从而为夏远怀疑、调查杨建群时强烈的内心挣扎埋下伏笔，扩大了戏剧冲突。

杨建群是《猎狐》中人物转变最大，形象最为复杂的角色，前期杨建群在公安局里是一名好警察、好领导，在家里也努力扮演着好丈夫、好兄长等角色。但因为妹妹杨建秋卷入"克瑞案"，为了不让妹妹受牵连，他不得不动用职权关系，亲自开车带王柏林越过警方的排查关卡使其成功偷渡出境，这是杨建群转变的关键点。

在警方得知王柏林出逃之后，夏远凭借多年的刑侦经验很快就怀疑警队里出现了内鬼，而杨建群此时诱导夏远先去调查自己，并且以其出色的"反侦查"手段抹去放走王柏林的痕迹，从而消除了夏远对他的怀疑，直到六年之后孙铭归案，夏远又找到了当年送王柏林偷渡的蛇头，才把怀疑的目光重新落在了杨建群的身上。

在剧中，六年前夏远调查杨建群是一次排除嫌疑的行为，他是根据杨建群"你不是怀疑我吧？"的心理暗示，依循正常办案时的逻辑思路，先调取了杨建群的车辆通过高速路出口的监控记录，然后找到他开的警车后仔细检查了一番却一无所获，从而暂时打消了对杨建群的怀疑，这一连串的侦查动作既是写实的调查行为，同时也是经过创作者编排、调度后放大、突出的戏剧性动作，很好地体现了涉案剧的二重性。但是，在剧中设定六年后，夏远对"克瑞案"最大的疑惑仍是王柏林当年是如何逃出警方的天罗地网的，夏远虽然转为经侦警察并当上了队长，但在办案的时候仍始终保持着刑警的思路，他对当年旧案细节上的执着追寻，也表现出了作为一名优秀警察，对案件真相锲而不舍，一追到底的精神品质。

相较于六年前"洗脱嫌疑"性质的调查，六年后杨建秋涉案被传唤，杨建秋的上级孙铭和赵海青外逃的时候，夏远又重新审视这些涉案人员之间的关联，并且对自己搭档吴稼琪坦诚称这些人之间似乎少了一个关键人物，他身上所具有的刑警的敏锐嗅觉已经带领他重启了对杨建群的怀疑，并且努力构建出其中的逻辑链条。作为一个警察来说夏远是冷静理智的，但同时，他是杨建群一手带出来的徒弟，与他共事多年，他现在的调查是"确认嫌疑"的调查，人物内心的矛盾、挣扎、纠葛可想而知。为了外化人物此时这种复杂的情绪，剧中设计的是夏远与吴稼琪回到警校，夏远一面向搭档兼"恋人未满"的好友诉说了自己在警校时对杨建群的崇拜，而后又冷静地陈述了在孙铭被劝返后杨建群的异常行为，这种理性与感性的交织表达体现出了人物深刻的复杂性与现实性，擢拔了夏远人物形象的高度。

编剧在对夏远重启调查杨建群的行动过程进行叙述的时候，主要是以夏远的主观视角展开，并且有意地引导观众对通过一定量的情节铺垫对杨建群的形象进行"误读"，从而构成视角上的"错位"和"临界背反"的戏剧效果。夏远对杨建群重启怀疑的事件点是在杨建群帮忙为孙铭的儿子联络重点中学，并且当着孙铭的面答应接送他的儿子上下学开始，孙铭担心杨建群对自己的儿子不利，向夏远提出让自己的儿子转学。夏远从孙铭的反应中判断出孙铭（以及赵海青）和杨建群之间有某种联系，而后又机缘巧合地抓到了当年偷渡王柏林的蛇头，并且拿着杨建群的照片让蛇头指认。这两个事件虽然构不成可以直接指证杨建群的实质性证据，但是却足够让夏远与杨建群有意识的疏离——处于上帝视角的观众在此时容易在情感上把杨建群划归到"反派"的阵营中，认为他会进一步"黑化"，进而与夏远形成对立。

无疑，夏远此时的内心世界是矛盾、挣扎的，但他没有办法直抒胸臆，编剧利用了同事雷子的旁观者视角说出了夏远此时的心声："我从进警局的第一天起，杨局就是我们心中的传奇，是我们学习的榜样，如果连他……那我们还能相信谁？"由是，观众的思路会依循着夏远的主视角对剧情进行跟进，一直到杨建群得知赵海青已经被押解回国，自己当年放走王柏林的录音握在赵海青的手里，人物遭遇到了全剧最大的困境，此时这一困境带来的压力迫使他必须做出选择。

赵海青本以为自己手上握有杨建群放走王柏林的铁证，就可以迫使杨建群动用社会关系帮他减刑，没有想到杨建群对赵海青下套，让赵海青交代了所有罪行的同时也暴露了自己渎职、协助犯罪嫌疑人外逃等行为。这一段情节仍是以夏远的视角展现的，当杨建群主动提出自己单独审赵海青的时候，夏远对杨建群表现出了极强的不信任感，这与杨建群之后套出赵海青口供并计划自杀的选择形成对冲力量，更让观众为人物的选择所打动，从而也形成了两个人物行动线上的互相照应，表现了人民警察的责任与担当。

在夏远与杨建群对峙、劝其不要自杀的一场戏中，夏远的扮演者通过自身对文本的解读和技巧，呈现出了角色在这一规定情境下的"时间叠加"效果，即劝说杨建群的夏远的人物状态既是"过去的夏远"也是"当下的夏远"二者的叠加。这样的一种重叠是影视剧叙事的物理时间与角色的心理时间的叠化，"心理时间与纯物理时间的不同之处，在于它的无时序性，过去、现在、将来在心理时间中可以随意逆转，相互渗透，另外，心理时间从本质上来说是虚的，只存在于人的意识中，与人的作为现实存在的时间相对立。因而，表现心理时间往往意味着频繁的时态转换。"[1] 夏远在劝说杨建群不要自杀的时候所表现的就是这样的状态，表演者在处理"杨建群，你死了我怎么办？""你不想上班，我还想上"等一系列台词的时候，所设计的语气、语调承接的是六年前的夏远的说话方式，附着的是六年前的夏远的人物性格，而台词所承载的信息是当下的夏远——一个成熟老练有智慧，又十分了解杨建群的警察——运用"以退为进"的谈话技巧，从理入情攻破了杨建群的内心防线，此处"时间叠加"的戏剧效果增强了人物行动的感染力，使人物更加完整、丰富。同时，夏远与杨建群两人在警察身份上的对照，也达成了最终的圆融。

三、主角塑造与作品主旨的关系

在刑侦剧（罪案剧）中，作为主角的警察不仅需要以全然正面的形象出现，更是代表了作品的主旨思想，往往在案件侦破、抓捕犯罪嫌疑人的时候需要通过他们点明和升华全剧的主旨。由于主角的形象与作品主旨是紧密相连的，比如夏远的名字就取自"犯我华夏者，虽远必诛"。在特定情境中主角甚至可能成为了主旨精神的实体化形象，具有一定的象征意义。如在《猎狐》的末尾王柏林被押解回国，下飞机的时候对夏远说自己看不清路，夏远给他的回答是"放心吧，有我们在"，这句话的潜台词是国家为这些迷途知返的"红通"人员指明了正确的道路，夏远在这一情境中象征的是国家的意志与力量。

从宏观上来看，夏远的行动线与剧中案件的发展有着紧密的联系，全剧案件的抽丝剥茧、层层递进是以夏远的视角展开的，剧中无论是刑侦案件还是经侦调查，夏远都在第一线冲锋陷阵。剧情的前半段主要是从一起跳楼事件和两起刑事案件展开，随着王柏林的外逃，案件侦查的重心由刑侦转向了经侦，而夏远也是在这个时间点上选择开始学习经侦知识，之后

---

[1] 汤逸佩：《叙事者的舞台——中国当代话剧舞台叙事形式的变革》，中国戏剧出版社2006年版，第144页。

渐渐转向经侦并担任支队长。可以说，夏远这一人物的成长（变化）轨迹是与剧作的整体结构紧密相连的。

从剧作的叙事来看，无论是底层（个人）叙事还是案件（国家）叙事，夏远在办案过程中的具体行动都在表现作品的立意与精神。

与主旨相关的底层叙事主要体现在夏远办案的细节上，如夏远在追查失踪的涉案人员马世才的时候走访他的家，但为了不让马世才的老父亲害怕恐慌，于是佯装派出所的工作人员上门与老人家"聊家常"，从而"聊"出了案件关键线索。在马世才被老虎咬死后，夏远还特意交代同事不要告诉马父马世才的真正死因，照顾了受害者家属的情绪。这些行动不仅展现了夏远作为刑警的业务能力和办案技巧，也表现出人民警察在办案过程中对群众的情感关照。之后夏远调查"孟伟案"时找到了载凶手进被害人小区的司机师傅，夏远看到他的母亲瘫痪在床，本人腿脚不便，于是就向他推荐了公安局食堂的相关工作，希望能够缓解底层群众的经济困难。这些细枝末节不仅展现了夏远的性格与闪光点，也体现了人民警察在办案时的人性化思路和创作者的人文关怀。

全剧的后半部分主要呈现的是夏远等经侦警察对"克瑞案"的侦办以及在国外对涉案人员进行劝返和抓捕，编剧对四名涉案人员的回国之路都进行了个性化的设计，体现出案件的复杂，进一步表现了人民警察在境外办案的艰辛和他们在"猎狐"路上锲而不舍的崇高品质。

虽是经济案件，但在境外追逃的过程中，面对四名涉案人员，警员们的行动主要依循的还是侦办刑事案件的思路。作为一名有丰富刑侦经验的老警察，夏远成为了每一次行动的实际组织者，在多次海外执行任务的过程中，夏远充分发挥了早年侦办刑事案件时的经验优势，在追踪犯罪嫌疑人、攻破他们的心理防线等方面展现其专业素质，这也是该剧现实性和现实意识的体现。

夏远等人第一次境外劝返行动的对象是北江银行的行长孙铭，鉴于孙铭的家庭背景和性格特点，夏远希望孙铭能够主动自首，于是他和吴稼琪两人一面为卧病在床的孙父安排好医院，一面联系在美国的孙铭之妻，说服她劝说孙铭早日迷途知返。而后当夏远等人远赴美国要与孙铭见面之时，孙铭被同伙赵海青绑架挟持，中美警方协力找到了孙铭并成功将其劝返回国。孙铭是有自首的主观意志的，编剧有意将他的劝返之路写得跌宕曲折，侧面体现了警察在外办案的不易。

之后夏远前往捷克和非洲抓捕赵海青和唐洪，与孙铭不同的是这两人是亡命之徒，并没有劝返的余地，夏远等人要在国外抓捕犯罪嫌疑人必须得到当地警方的大力配合。在抓捕赵海青和唐洪的过程中，夏远等人在当地都受到了阻力：赵海青被布拉格的黑帮绑架，唐洪斥巨资请了肯尼亚当地的武装保镖对自己进行人身保护。由于在外国办案的一系列特殊性，夏远必须用最少的人力、财力完成任务，于是警方两次都是通过"演戏"的策略来瓦解当地势力对案件构成的阻力，表现出了人民警察的智慧。

而当夏远要面对"老狐狸"王柏林的时候，他先一步掌握了王柏林夫妇在美国犯有洗钱罪的证据，进而采取心理战术，通过他的妻子和女儿攻破了他的心理防线。并且夏远多次在王柏林面前直接强调作为"红通"人员的他所要对抗的是整个国家的力量，人物在此时就具有了象征意义，在适当的情境中点明主题，升华主旨。在劝返王柏林的过程中，夏远并不是一味地向王柏林施压，比如当王柏林的女儿过生日而他的银行卡已经被冻结时，夏远主动掏钱为他结账；王柏林最后请夏远和吴稼琪吃饺子，三人在感慨家乡的味道时王柏林替两人都夹了饺子，夏远也为王柏林夹了一个，这样的细节所展现出的人性特质是在刑侦（罪案）作品中难得一见的。

古装刑侦题材电视剧女性形象分析

——以《少年包青天》为例

杜文娴[*]

摘要： 以《少年包青天》《大宋提刑官》《神探狄仁杰》为代表的古装刑侦题材电视剧对女性形象的刻画有别于现代刑侦剧，这类电视剧塑造的女性生动灵气，卓尔不凡，带有侠女风范，打破了封建社会中根深蒂固的二元性别观和对女性气质的刻板印象，给了女性新的释义。本文以《少年包青天》为例，用女性主义理论的框架重构生理性别和社会性别的多重性观念，以三种女性为对象，从女性本体、身世、社会等建构刑侦题材中女性人物的定位与解读。运用社会学研究与文本相结合，窥探古装刑侦题材电视剧中对女性塑造的别样发展，以及在后现代主义影视中如何呈现古代文化语境中的刑侦活动。

关键词： 性别；女性；古装刑侦剧；少年包青天

一、女性地位的演变与古装剧中的女性形象

随着远古母系社会的逐渐消退，社会劳动力成为衡量男女"功用"的指标，男性以其健壮的身体机能要素迅速掌控两性的话语权，逐渐形成以男性为主宰的社会。封建社会男性仍然占据主体地位，女性仅是被身体化的代名词，性别等级观念的产物，两性天平发生倾斜，女性的权利和自主性被社会地位的自卑捆绑。工业革命的到来，打破了封建社会的小农经

---

* 杜文娴，重庆大学美视电影学院研究生。

济，劳动生产力发生变化，社会两性之间的不对等关系开始在风起云涌的反叛浪潮中被讨论、质疑、重新定义与权衡，中国更是在坚船利炮的侵犯下促进了女性意识的觉醒，她们开始抵制对于女性的歧视、物化与压迫，呼吁建立平等的两性权利关系，争取女性的基本权益，追求人性的尊严和自我解放。

影视艺术是以工业革命为契机的产物。影视作为一种表象性的电影语言和大众化的娱乐形式，一定程度上受意识形态的约束，中国影视直至20世纪20年代初才逐渐出现女性角色，但一般处于弱势地位且不被认同为独立的个体，女性被描绘成为"无性、无色、无情、无爱、无欲望"的个体，形象趋于扁平，抹杀了女性的性别特征。到了40年代，银幕中的女性开始带着具有中国传统女性的优良品德的符号，走向正面表达。90年代后，随着社会向市场化的转型，电视作为重要的媒介和文化的载体，开始与女性主义结合，"1995年世界妇女大会的召开，西方女性主义的观念才真正进入到中国各个阶层，并产生一定的影响""中国政府庄严宣告：'把男女平等作为促进我国社会发展的一项基本国策'，用实际行动表示了中国政府贯彻联合国社会性别主流化的态度"。① 可见，女性作为"陪衬"或者"景观"的社会话语体系引起了新世纪对性别理性的呐喊，影视中开始表现女性在生活中的真实活动。电视剧《渴望》对刘慧芳的塑造掀起了女性形象丰满度的热潮，女人的出现不再是单一的模型、叙事的配角，而是鲜活的生命、动人的故事、引人入胜的真善美，她们的奉献与牺牲，责任与担当，赢得了对女性的尊重。

古装题材影视剧对女性形象身份的刻画，大致可以分为四种"顶峰处的胜利者、等级制度的拥护者、权力下异化者、父权制的牺牲者"，② 其中拥护者是贤妻良母，异化者是被权贵蒙蔽牺牲自我的人，牺牲者是作为国家间和平的"保障品"，而胜利者往往是具有独立意识的女性角色，通过自我的攀爬，达到了理想的顶峰，这类角色也往往是主角，是我们所

---

① 彭程、刘坚：《影视与性别研究综述》，载《民族艺林》2017年第3期。
② 宋秀焜：《社会性别视角下女性主角古装剧的女性形象研究》，浙江师范大学2019年硕士学位论文。

探析的觉醒的女性形象。这四种女性形象中，女性被判定是商品化的，女性没有财产，一般作为嫁入豪门，以联姻的形式成为金钱、利益、政治的牺牲品，或努力攀爬，追逐财产和权力的顶峰。女性一旦与金钱、利益相连，便成了与商品等同的概念，物化为特殊商品。女性的商品化是一种性别文化现象，暗示着两性不平等地位，反映出具有支配性的男性眼光和价值取向，这个对女性的有色眼镜在刑侦剧中被颠覆。

二、古装刑侦题材电视剧中对女性身份的颠覆

刑侦剧在一定程度上从属于悬疑类型，主要是以悬疑手法获得注意力而释放好奇心赢得观众青睐，但刑侦剧并非完全意义上的类型片，不特属于悬疑剧，而是呈现不同类型杂糅的倾向，如与恐怖片、爱情片、古装片相结合。一般古装剧中女性的出现常常是承担着"爱情分量"，成为副线的噱头，来缓和剧情的紧张，而在刑侦题材古装剧中，女性人物是双重身份的叙事构建，人物不仅承担着爱情线，保持着女性如母性、妻性的本体特性，也承担着推动故事发展的重要因素，女性以其自主性参与到行动中去，与男性共同对话，甚至是主人公身边超越男性的得力助手。

由于古装剧中有着异性恋正统的框架，受制于社会性别的观念，女性身份的定位趋向平面化，一般古装剧中女人应"相夫教子""遵循三纲五常"，这在古装刑侦剧中被基本打破。另外，女子有才有德，带有传统女性气质且美若天仙，也并非刑侦题材古装剧的塑造目标，而是活泼机灵、冰雪聪明、大大咧咧，甚至是会武功的新女性形象。她们重新确立了女性形象的多样化，不再被动地商品化，此中女性角色皆身有所长，能够在关键时候画龙点睛、化险为夷。

从医和从武便是两个典型的女性特征。刑侦剧是以意外的不断发生及犯罪来推动情节的，不乏死亡和受伤，而从事医学的人物便具备了侦破案情的理论基础，无论是法医验尸还是救治伤者，医与法都难以相分。《少年包青天》中，庞飞燕由于是神医陆明的弟子，在隐逸村案件及殿前扬威案件中都及时地帮助了包拯对于案件的侦破。古装剧又是侠女的衍生地，行侠仗义、惩奸除恶的侠义之气也被赋予到女性群体中去，它改变了

传统的女性价值，代表了善恶分明、重情重义且不可或缺的新女性伴侣。女性参与出谋划策，参与动刀抗敌，将性别的含义扩伸到男性气质，颠覆并重新定义了女性的社会身份。凌楚楚父系家族是武将出身，自小生活在刀场的她自带着一种习武人的敏锐，更是跨越了性别习得一身好武功，在遇到手无寸铁的小艾受欺负之时，凌楚楚便以侠女的形象救小艾于水火，完成了第二气质身份的塑造。

三、电视剧《少年包青天》对女性的塑造

（一）《少年包青天》里的女性性格特点

《少年包青天》拍摄于 2000 年，是中国电视剧与新时期女性主义结合的伊始阶段，虽然早期中国电影中仍有女性人物的塑造，但都是为了反抗封建社会对女性的压抑与不公，在 1995 年新时期女性主义传入中国，与中国的影视实践相结合，在这一时期创作的《少年包青天》便成为了窥探创作者对女性意识的认知较好的范本。剧中女性人物众多但不紊乱，有条理地刻画了三重女性意识，在 21 世纪初起到了一定的思想教育价值和审美认知价值。

女性人物的塑造大多以命途多舛为特点。苦难是人性的试金石，它要么成全、要么毁灭，所以造就女性人物品格向好或坏的方向发展。好则独善其身、保家卫国，坏则招摇撞骗、危害一方，本剧中大多数女性人物都是心本善念，却落得惨败收场。唯有一例犯罪女性人物，即《魔法幻影》案中的康乔，剧中并未交代康乔的身世和经历，作者只是片面以"性感尤物"的视角将其建构于一起犯罪案件中，该女性人物的塑造是视觉的廉价符号，本文不再赘述，它不是本文的重点。

《少年包青天》中以命途多舛为特点的多为女性人物，展示了不同文化环境造就的不同女性性格。笔者把她们分为三种性格：1. 甜美可爱型，以小艾、常雨为代表，她们温柔贤惠，白璧无瑕，楚楚可人，温文尔雅，在社会中处于弱势，常有让人怜爱之柔性美。2. 活力张扬型，以凌楚楚为代表，她蕙质兰心，外柔内刚，冰雪聪明，至真至纯，拥有独特的女性气质，常常吸引到别人且恰如其分地展示个人魅力和智慧。3. 热情奔放

型，以庞飞燕为代表，她活泼叛逆，口齿伶俐，能言善辩，处事洒脱，甚至带着一点野性与不羁，在思想上寻求突破，有着执着的力量。当与他人达到不合之时，善于赢得话语的主权，得到大家的信服。

这三种类型的区分并非绝对，每个人物的性格往往呈混溶状，归类只是突出表现的性格，便于人物形象的整体把握，比如行事形象比较豪放的女性，内心有时也会害怕胆小，但整体呈现的是潇洒的。性格是女性气质的深层特点，是浮于形象、动作、言语的表征，通过性格的分析，我们可以更好地理解《少年包青天》中女性人物的分析。

（二）从"生理性别"刻板印象到"社会性别"重新定义

李银河认为，性别是以生理性别为基础的社会建构，个人生而为男为女，并没有天生的性别认同，他们是在成长过程中获得性别认同的，在经过社会的建构之后才成长为男人和女人，社会性别是社会和符号的创造物。庞飞燕不仅完成了从生理性别到社会性别的分离，还动摇了权力对社会性别的强制性秩序。身为庞太师的三女儿，地位堪比公主，却一点都不矫揉造作，带着一股原始的冲动劲，横冲直撞的，率直又野蛮地打破了性别陈规，塑造了新的银幕形象。

"如果一个人'是'女人，这当然不是这个人的全部；这个词不能尽揽一切，不是因为有一个尚未性别化的'人'，超越他/她的性别的各种具体属性，而是因为在不同历史语境里，性别的建构并不都是前后一贯或一致的，它与话语在种族、阶级、族群、性和地域等范畴所建构的身份形态交相作用。因此，'性别'是不可能从各种政治、文化的交会里分离出来的，它是在这些交汇里被生产并得到维系的。"① 《少年包青天》中的女性人物，仍是以生理性别划分，从生理性别到社会性别的蜕化，女性达到了自我的完整表达，是异化生理的绝对进化，成为独立的个人。在这个蜕化过程中，即社会化过程中，人的身体性能不能只是被物化的机械的升级，而应该是与文化意义相连，完成新的塑造。早期的女性主义者波伏娃

---

① ［美］朱迪斯·巴特勒：《性别麻烦：女性主义与身份的颠覆》，上海三联书店2009年版，第4页。

也有句名言，"一个人不是生来就是女人，而其实是变成的"。① 凌楚楚起初接近包拯是由于包拯的破案能力有助于隐逸村案件的揭露，她开始时爱憎分明，惩奸除恶，天真果敢，无忧无虑的形象深入人心，经历了隐逸村案件，即凌楚楚部落的复杂仇恨的展示，她痛失父亲、痛失亲友，心灵由此得到了洗礼和再铸，她开始变得成熟、稳重、内敛。社会事件的演变赋予她性格的再塑造且产生深远的影响，分化了生理性别和社会性别的定位，并重新阐释两者的关系是相互折射、相互限制的。"弗洛伊德指出，在一个人失掉他所爱的人的经验中，自我会把那个他者合并到自我本身的结构里，接受这个他者的属性，并且通过神奇的模仿行为'延续'这个他者的存在。"② 事实上，凌楚楚的社会性别是通过"部落文化"的遗存和影响，将其内化并继承了他者的属性，他者变成了自我的一部分，反过来重构凌楚楚的社会性别。

还有一个不得不讨论的问题，女性形象是否要构建成为不食人间烟火，一味模仿男性行事原则来树立女性的主体地位呢？这恐怕会对性别认同错位认知，甚至是极端的无我式的无性化，人物失去人物特征，抽象成为一种文本符号、政治符号，存在的意义便完全消失了。女性形象仍然要保留女性特质，爱欲、真情、孝念，她仍是生活中生动的存在，承担女性社会责任的提升，达到双重的身份认同，是女性角色从"生理性别"过渡到"社会性别"的确立过程。

（三）从"他定义"到"自定义"

《少年包青天》中剧作者用三种形象完成了女性人物的进化，从"他定义"走向"自定义"的性别特质进阶。

第一层是以"狼女"小艾为代表的人物，她们仅出现在单个剧情中，常常伴随着案件的揭发随之牺牲。在《名扬天下》分节中高丽太子来宋和亲，在庐州境内被行刺，嚣张跋扈的八王子不断声讨庐州府尹，并试图占领民女小艾；另外，除了浅层的被占有、被消费，小艾深层次的情感寄

---

① ［法］西蒙娜·波伏娃：《第二性》，西苑出版社 2009 年版，第 301 页。
② ［美］朱迪斯·巴特勒：《性别麻烦：女性主义与身份的颠覆》，上海三联书店 2009 年版，第 79 页。

托是一个男性个体庐州捕头沈良，小艾的意识缺失，成为社会关系中红颜薄命的脸谱化代表，是活在男性凝视之下的扁平人物，是政治牺牲品的符号。《血祭坛》案中的常雨，年少时期经历灭门惨案，多年后长兄蒙放将杀人凶手一一报仇，常雨也成为了帮凶，她虽然未做犯法之事，却是依从蒙放的所作所为，她是失语者，默认着惨案的再次发生，并于案件水落石出之时中箭而亡。《殿前扬威》里明冲的夫人庞惜燕，在丈夫明冲犯下的杀人案被一一侦破时，并没有阻止得了明冲的死亡，便也跟着殒命。这些女性形象是以一种美人尤物的视角，对女性的外貌景观化，并在思想层面物化女性身体，变成男性人物试图泄欲的对象或是附属品，她们是与兄、与夫、与爱人合则成就意义的人物，分则是扁平化、刻板化的配角。她们代表着一种原始的女性形象，没有独立意识，没有身份确认，依靠"神化"的保佑而得以存活，是霸道男权与卑微女权的对抗，在该层面女性地位存在着极大的不对等，失去了主体性行为和文化生产的可能，无意识的坚守着男权意识。

第二层女性是凌楚楚的形象，活泼好动，机灵古怪，做事义气且坦荡，包拯欣赏她，暗恋她。凌楚楚成了包拯侦破案件的得力助手，她的话语被包拯重视，并且往往成为案件的关键，如给包拯披披风让包拯骤然想起常雨和蒙放的童年阴影；系错带子让包拯明白考试试卷的错位。凌楚楚的行动与包拯的实际行动处于同等的分量。凌楚楚是思想自由且不受束缚的代表，女性的进步意识开始加强，与男性达到了对等状态，她已经有了清醒的女性意识。但《隐逸村》案件中揭示了她家族内部的矛盾与两代恩怨，楚楚失去了多位亲友，从小一起长大的兄长竟是杀人凶手，如此大的变故改变了楚楚的性格，除了仍有的活泼与乐观，多了一份沉稳与顾全大局的成熟女性形象，如每在包拯受到他人扰乱之时，便知心地告诉旁人"你不要打扰他，他在沉思，他就是这样的，一想到关键问题的时候就会入神，谁叫他都不会答应的"。虽然楚楚有着自由独立的意志，但仍然固守于父权制度之下，因为父氏家族的影响，让她的性格无法从社会环境中独立出来，而成为内化了父权制度的新的自我。她有父权制的烙印，在一系列经历中重塑自我而达到一种行为惯例。

而庞飞燕却是女性社会性达到成熟的一个形象，她是一个才华出众，挑战性别陈规的女性形象，她不仅思想独立自由，而且"资源多，地位高"，在小团体里甚至成了主宰者，在困难面前帮助主角突破艰难的时刻。飞燕有着行动自由、权利自由、爱情自由三重标杆，她不再为两性的不平等而担心，而是享受着女性该有的权利和乐趣，倾向于创造浪漫和情感的联系。另外，她在行动和话语中时不时超越男性的存在，一方面她经常"嘲笑"包拯和公孙策，如："别以为你出的是好主意，哼""没见过这么漂亮的女生呀，你瞪着我干吗"，达到了一种女性气质的绝对自信，行动上对喜欢的人积极霸占，经常抱着、搂着男性，一定程度上消解了性别之分，跨越了性别之线，颠覆了规制性别的文化霸权、权力话语。庞飞燕的设定，拥有着权贵，在本质上抹去了商品和物化的性别歧视，有着更大的独立和尊严，更加公立的参与到叙事中去。庞飞燕代表着对现代女性地位的一种新的认知，一种性别的思想启蒙，男性开始有阉割焦虑。她丰富了古装女性形象的多样化，逐渐摆脱文艺作品中的符号化定位，独立、自主和自爱的人格魅力成为了闪光点。

结语

女性的书写固然脱不开封建的传统女性气质或外观因素进行女性价值的评判，但本剧女性人物不再局限于此，而是从能力和内在的深层的精神内核来审视女性形象，强调回到女性气质、特征以及跟男性的差异化。《少年包青天》中女性角色从"生理性别"跨越到"社会性别"的审视，以及逐渐走向自我定义的女性身份，消解了混合异质的性与性别观念，展示了后现代主义影视对古代刑侦活动、女性意识、女性话语的刻画和认同，瓦解了"电影中对女性创造力的压制和银幕上对女性身体的剥削"。[①]

古装刑侦剧虽仍是以男性为主要叙述对象，但力图解构男性凝视，让女人成为存在主义的主体，叙事视角逐渐转向女性，女性叙事比重逐渐上升，打破了固有的二元性别观念带给女性符号化的束缚，剧中女性的塑造

---

① 杨远婴：《电影理论读本》，世界图书出版公司 2011 年版，第 520 页。

和存在也不是谴责父权制度，而是追求两性和谐且突出女权意识的崛起，建立更加接近妇女审视角度和情感体验的电视剧。自《少年包青天》之后的古装刑侦剧数量较少，如此鲜活的人物也同样鲜有，不失为一种遗憾。该类古装的女性角色塑造的形象代表着觉醒的权利思潮，对性别研究、刑侦剧研究有着重要的参照和启迪意义。

剧本研究

西南政法大学刑侦剧研究中心自 2019 年 12 月发起重庆市高校涉案剧剧本大赛活动以来（截止到 2020 年 4 月底），共收到重庆各大高校学生创作剧本 13 个。2020 年 5 月，我们邀请了校外实务部门专家、剧本创作专家、研究涉案剧学者作为评委，根据评分标准确定了名次。

本次大赛的评分标准除了参考一般标准外，还加入了涉案剧特色标准，如在主题内容方面，提出"思想内容是否能紧紧围绕刑侦主题"以及"内容是否充实具体、侦查手段措施策略是否运用得体"等标准；在语言表达方面，提出"语言是否够专业（侦查专业术语）"等标准；在人物刻画方面，提出"对人物心理（犯罪心理、侦查心理）是否有深刻解读、能否给人深刻的印象"等标准；在故事情节方面，提出"情节是否完整连贯，有无侦查逻辑漏洞"等标准，在整体结构方面，提出"案件最终有无侦破或者留有悬念以及有无创新"等标准。

最终，来自西南政法大学新闻传播学院的褚煜森、常歆玥创作的剧本《追杀》以及来自西南政法大学法学院的梁浩然、刑事侦查学院的王林伟创作的剧本《关于茉莉的一切》分获一、二名。本部分登载上述剧本及评分标准，供今后比赛参考。

剧本评分标准

序号	评分项目	评分要点	得分
1	主题内容（20分）	思想内容是否能紧紧围绕刑侦主题，内容是否充实具体、侦查手段措施策略是否运用得体；思想内容是否健康向上且特色鲜明、有启发性，价值观是否积极、是否宣扬了正能量	
2	语言表达（20分）	剧本语言是否精练优美、富有感染力，能给人启迪，人物对话语言是否精彩、能够深入人心；语言能否表现作者所要表达的主题、准确表达剧中人物的内心世界，内容的表现程度上是否达到要求，语言是否够专业（侦查专业术语）	

序号	评分项目	评分要点	得分
3	人物刻画（20分）	人物刻画特点是否鲜明，对人物心理（犯罪心理、侦查心理）是否有深刻解读、能否给人深刻的印象；人物刻画是否既具有共性也具有个性，共性展现了人的精神特质，个性展现人物内心世界	
4	故事情节（20分）	故事情节是否有戏剧性，多种手法是否灵活搭配使用，情节是否完整连贯，有无侦查逻辑漏洞；是否具有较强的感染力、吸引力和号召力，能较好地与观众感情融合在一起	
5	整体结构（20分）	整体架构是否完整，是否有矛盾冲突之处；剧本的开篇是否新颖、收尾是否点睛，案件最终有无侦破或者留有悬念以及有无创新	
总分			

追　杀

第一幕

夜，巷子口。

张科在巷子口躲了半个多钟头，不知道地上的冯远还有没有气。

张科走上前推了推："兄弟，兄弟。"

冯远只是迷迷糊糊抿了抿嘴。

冯远身后的血泊里，躺着被割喉的郑三。

张科背起冯远："走，去诊所。"

临走前，他啐了一口痰，吐在了郑三脸上。

这时候牛大华正从巷子口走进来，撞见张科背着伤痕累累的冯远，又瞧见远处血泊里一动不动的郑三。

牛大华发了火："老子就打个电话，你就弄死郑三吗？你站着莫动，我等警察来逮你。"

背着奄奄一息的冯远，张科没工夫扯皮，绕开了牛大华："人不是老子杀的，快爬起！"

牛大华看他嘴硬，更是强横，张开双臂死死拦着张科。

张科："老子让你爬起，你他妈聋了吗？"

牛大华："你杀了人，你不能逃。"

张科："人不是老子杀的，他就躺在这里。"

牛大华："放屁，这里只有我们几个，你自己跟警察讲吧。"

张科既焦躁又恼火，一脚踹倒了牛大华。

牛大华一屁股坐在地上，吃了痛，冲上前一把揪起他的衣领。

张科重心不稳，被拽倒在地，吃了一嘴灰，冯远也从身上掉了下来。

张科对着牛大华脑袋就是几拳："×××，你找死吗？"

牛大华不甘示弱，翻身把张科按倒在地。

这时，瘫倒在一旁的冯远睁开了眼，朦胧中看着两个人扭打在一起，一个是张科，另一个好像是郑三。满腔的仇恨让他来不及清醒，他掏出怀里的匕首，晃晃悠悠地起身，趁两人不注意，一刀捅进了牛大华的后心。

鲜血溅了张科一身。他来不及思考，搀起冯远就准备跑。

冯远："别碰我，我要弄死那个郑三！"

张科："快走，快走，咱们犯事了！"

第二幕

夜，公路上。

摩托车一路向北，田大山骑了将近1000公里，距终点差不多还有1/3的路程。

他选择骑行，尽管他知道风餐露宿，路途艰难。年岁逐增，很多梦想会被生活泯灭，而年少时，他曾幻想骑车周游世界。

田大山的妻子苗晶是贵州A县人，6年前，在广东B城打工与田大山相识，结婚后，田大山沉迷赌博，输得倾家荡产，他借了高利贷，追债人隔三岔五就来家里讨债，弄得鸡犬不宁。

田大山的脾气就是这个时候变得暴躁的，他习惯用拳脚来回应妻子的吵闹，他也是在这个时候发现妻子外面有人的，有一次，他半路杀了个回马枪，在宾馆抓了个现行，把妻子打得半死。

日子充满怨恨和暴戾，妻子提出离婚，但他始终不同意。一年前的一个深夜，妻子跑了，她蓄谋已久，抛下他和年幼的女儿。

田大山四处打听，得知妻子回了贵州老家。

他电话联系到妻子的娘家人，询问她的下落。

小舅子："你个××，你问我，老子问哪个？"

此后，小舅子一听到田大山的声音就果断挂断电话。

田大山来贵州A县要去一个叫"乌罗"的寨子，那是妻子的老家。

他要把事情作个了结。

第三幕

第一场

夜，学校外。

冯远买了一把匕首。他决定，如果郑三再欺负他，他就用匕首捅他。

一个月前，冯远在操场打篮球，郑三大摇大摆地走过来，让他把鞋脱下来。是的，明目张胆地占有，赤裸裸地挑衅，冯远早就知道郑三是县城有名的恶棍，而自己外乡求学，无依无靠，有什么办法？他只有把刚买的NIKE运动鞋脱下来，郑三穿上，丢下一双破皮鞋得意扬扬地走了。

冯远觉得，郑三抢走了他的运动鞋，他能忍。但关键是，郑三也喜欢程安，而且放话要得到程安。这个，他不能忍。

程安是冯远的同班同学，冯远喜欢她，她也喜欢冯远。

郑三警告冯远："再看到他和程安在一起，见一次打一次。"

郑三言出必行。有一次下晚自习，冯远和程安刚走出校门，郑三就把他拖到巷子里揍了一顿，等程安哭哭啼啼把学校保安牛大华喊过来时，郑三这群人才大摇大摆地离开。

第二场

日，学校外。

冯远决定，郑三再打他，他一定要摸匕首杀他。

朋友张科劝冯远："你要是把他杀了，你是什么后果？你这辈子就完了，况且，郑三歹毒，你要是有个什么闪失，值得吗？和这种人拼下去，你只有吃亏。"

冯远："那该咋办？"

张科（坚定地说）："江湖上的事必须是江湖上的人才能解决，找雕哥！"

江湖上有很多关于雕哥的故事，听说，他曾单枪匹马把一群人砍跑，他和县城很多有头有脸的人是平辈兄弟，还听说，他有一把枪，开枪打过人。

冯远："我一个外地人，和雕哥无亲无故，人家肯定不会帮我。"

张科："听说他很义气，但是，这两年都没听到他的消息了，不晓得是不是退出江湖了。"

第三场
日，雕哥家。

冯远和张科在一个简陋的巷子里找到了雕哥的住处。

冯远摸出 200 块钱毕恭毕敬地放在桌上："雕哥，请你抽烟。"

2000 年年初，200 块钱不算少。

雕哥看看桌上的钱，听了冯远的诉求后。

雕哥淡淡地说："小郑三嘛，我和他大哥是兄弟。"

冯远："雕哥，事后我还会感谢你。"

雕哥："你去吧，我给他大哥打个招呼就是。"

雕哥的话似乎起到了作用，有好几天，郑三没再骚扰他们。

第四场
夜，学校外。

但是好景不长，一天晚上，郑三在学校门口嬉皮笑脸地拦住程安，冯远跑过去阻拦，郑三和几个人劈头盖脸又是一阵打，冯远被打蒙了头，往腰上摸匕首，才想起忘带了。

学校保安牛大华赶过来制止："你们搞哪样？！"

郑三朝牛大华吼："滚开！"

牛大华果断转身走了。

围观的人很多，但没有一个人敢上前阻拦。

郑三拍了拍冯远的脸说："老子前段时间是忙，你喊谁来求情都没用。"

第四幕

第一场

夜，A 县城。

田大山到达 A 县城的时候已经是晚上十一点了。

他骑了两天三夜的车，全身酸痛，又困又饿，在路边吃了一份炒饭，喝了三瓶啤酒，找到一个小旅馆安顿下来。

第二天，他骑着摩托车熟悉了 A 县的各条街道。

第三天早上九点，他退了房，在一家早餐店吃了碗牛肉粉，到加油站，给摩托车加满油，又把携带的十公斤装的塑料桶灌满汽油。他本可以办完事再回来加油的，但这一路，油是如此重要，在广西的国道上，他曾推着摩托车走了十几公里，后来苦苦央求，花 50 块钱从一个货车司机那儿抽了一点油才得以起步。

所以，能加油时，全部灌满心头才稳当。

田大山向加油站的员工打听乌罗往哪里走。

员工给他指了路，大约个把钟头的路程。

第二场

日，苗晶家。

田大山到了乌罗，四处打听，终于找到了妻子苗晶的家。

田大山把摩托车停在路边，院子里一条狗朝他恶狠狠地叫。

田大山喊："苗晶!"

没人回应。

田大山又喊，一个赤裸上身，黄发文身的年轻男子开门，朝他看。

田大山："弟弟!"

田大山依稀记得，他是苗晶的弟弟。

小舅子很不友善地问："你找哪个?"

田大山："我找你姐姐。"

小舅子关了门："她不在。"

田大山径直走过去，狗对着他狂吠，但他没有理睬，继续敲门。

刚刚躺到沙发上的小舅子极不耐烦地吼道："我×××，滚！"

田大山继续敲门："你先开门。"

小舅子从沙发上爬起来，骂骂咧咧地开了门。

田大山："弟弟，我从广东来，骑了几天的车，很辛苦，她在哪里，你告诉我。"

小舅子："她不在这里，喊你滚！"

田大山推门进来："我进去看看。"

田大山把每个房间看了个遍，也没看到一个人影。

小舅子："看完没有？看完就赶紧滚！"

田大山："她在的，我看到她的衣服了，她在哪里？"

小舅子："你走不走？"

田大山："我不走，她不出来我就不走。"

小舅子："我×××，你找死是不是？"

田大山："你不要骂人！"

小舅子进厨房拿了一把菜刀，气冲冲地指着他："骂你怎么了？"

小舅子呵斥："你这个××，在广东欺负我姐，你还有脸来找她，老子一刀砍死你信不信？！"

田大山被轰出来，小舅子准备关门的时候，田大山一把推开门，摸出匕首，朝他的脖子连捅三刀，快进快出，刀刀致命。小舅子躺在地上，抽动几下，血流如注，不再动弹。

田大山拿着血淋淋的刀走过院子，狗看到他突然就不叫了，灰溜溜地躲到一边。

田大山自言自语，面无表情："为什么要躲我？为什么要躲我？"

他发动摩托车，准备离开，又下车，提着那桶汽油进了屋。

三分钟后，躲在对面山上的苗晶和母亲看到房子熊熊燃烧，浓烟滚滚。

田大山骑着摩托车走了。

第五幕

第一场

夜，雕哥家。

冯远只有再次找到雕哥。

雕哥："郑三这是不给我面子啊！"

冯远："我们要不要报警？"

雕哥："报警，哈哈，让人家看笑话是不是？"

雕哥从床下拿出一把刀，刀刃修长，刀尖锋利，只是尘封已久，有些锈迹。

雕哥叼着烟，蹲在地上，刀在磨石上来来回回，发出"沙沙"声。

雕哥边磨刀边咬牙切齿："我当年出来混的时候，郑三他算个××？看到我都要躲，我本来都不混了，看来又得重出江湖！"

雕哥突然起身，举刀对着窗户，恶狠狠地说："老子要砍死他！"

冯远："雕哥，你的枪呢？"

雕哥："枪？哪样枪？"

冯远："我听人说你有枪。"

雕哥："我有个卵的枪。"

冯远："雕哥，郑三人多，我怕我们吃亏。"

雕哥犹豫了片刻。

雕哥："这个事肯定要火拼。"

冯远："雕哥，那该怎么办？"

雕哥："嗯，你有钱没有？"

冯远："有一点。"

雕哥淡淡地说："我带几个兄弟去处理，你晓得的，烟酒钱多少要花点。"

……

冯远把1000块生活费拿给雕哥。

雕哥拿过钱说："你放心，郑三这个事我会给你处理好的。"

第二场

日，学校内。

有雕哥作坚强的后盾，冯远仿佛吃了颗定心丸。

冯远义正词严地对郑三说："郑三，请你不要纠缠程安了。"

郑三诧异："你作死是不是？"

冯远："我就是作死。"

郑三甩了他一拳，被冯远用手挡了回去。

冯远说："郑三，你以多欺少没意思，你约个时间，我把我的人喊上。"

两人约了时间。

郑三哈哈大笑："谁不来谁是××。"

第三场

日，学校外。

冯远把这件事告诉了雕哥，雕哥愣了一下。

雕哥："你应该先和我商量一下。"

雕哥又说："没事儿，你先回去，我到时候直接过来。"

第六幕

夜，牛大华家。

保安牛大华正在和家人吃饭，虽生活在同一个地方，但弟弟牛小勇工作特殊，一家人难得一聚。

牛小勇："以后打架这种事，你最好不要管，免得自己吃亏。"

牛大华："我不管就是失职。"

牛小勇："学校里面的事你可以管，学校外面的事你报警就是。"

牛大华的弟弟牛小勇，在县公安局搞刑侦。

保安虽没有公安体面，但牛大华认为，性质大同小异，都是在保护人民群众的生命财产安全。

牛大华点了点头。

……

饭还未吃完，牛小勇的电话突然响了，他接通，脸上一下子乌云密布。

牛小勇起身准备离开："好好好，我马上到。"

母亲问："又是哪样事情啊？"

牛小勇："乌罗有人杀人放火。"

牛小勇说完，匆匆离开。

第七幕

第一场

夜，乌罗。

田大山骑着摩托车从乌罗回县城，绕过一座山头，一个巨大的湖泊映入眼帘，正纳闷儿，来的时候怎么没看到？

以前听妻子说，家乡有个很大的湖叫"乌罗"，村寨以湖的名字命名，想必应该就是这里。乌罗镶嵌在群山峻岭中，像一颗沉睡的琥珀，又像一滴孤独的眼泪，仿佛被施了魔法，遗落在人间。

他停下了车，顺着崎岖的山路走了下去，他洗净匕首和身上的血迹，那些血渍在水中，像薄薄的雾，像轻盈的梦，很快被水稀释、溶解，消失得无踪影。

他看不清自己在水中的面容，脑子里却冒出一个念头，干脆如这血渍一般消失在这池深水中，一了百了。

他洗了一把脸，深吸一口气，又感到无比的恐惧，骑着车走了。

第二场

日，A 县城。

田大山回到县城，街上人来人往，他反而感到踏实和安全。

他饿了，把摩托车停在一个小吃摊前，要了一碗凉粉。

汽车修理学徒猫儿远远地看到了这辆摩托车，这种摩托车在县城很少见，至少要值好几千块钱。

田大山正埋头吃粉，猫儿环顾四周，走过去又仔细看了看摩托车，虽然钥匙不在车上，但车没有锁，他很自然地推走了。

猫儿将车推到修理铺，用砂皮子磨掉车身部分漆，做了轻微的改装。

第二天，郑三在街上看到了猫儿骑着一辆体面的摩托车，马上来了兴趣。

郑三："拿给我'骚'一下。"

猫儿："我现在有事要办，改天行不？"

郑三没说话，瞪了他一眼。

猫儿识趣地下了车，郑三上了摩托车，载着两个兄弟拉风地骑远了。

田大山还在为前天丢失摩托车而懊恼，他站在旅馆窗边，恰好看到郑三骑着车在街上经过。发动机的声音，车型都与自己丢失的车极吻合，只是颜色有点不一样。田大山赶紧出了门。

郑三在不远处停下，田大山在一旁观察，他确定就是自己的车。

田大山怒火中烧，他正准备抓个现行，但看到对方几个人，面相凶恶，不是善类，他伸手去摸匕首，却发现落在了旅馆里。

田大山正迟疑该怎么办，郑三一脚油门，摩托车开远了。

个把小时后，郑三把玩够了，才依依不舍地把车扔给猫儿。

第八幕

第一场

日，公安局。

乌罗杀人事件第二天就传到县城里，沸沸扬扬，人心惶惶。

虽然已确定凶手为田大山，但那时县城还没有监控，警方只有在进出县城的各个路口设置关卡，将外来口音人员设为重点排查对象。

A县域面积将近两千平方公里，有十几万人口，二十几个乡镇，与贵州七八个县市接壤，不排除凶手已逃窜到其他地方的可能，局里要求必须火速破案，捉拿凶手，作为刑侦队中队长的牛小勇压力很大。

第二场

夜，雕哥家。

郑三和冯远约好火拼的那天晚上，张科急促地敲响了雕哥的门。

张科："雕哥，郑三他们把冯远带走了，你快去！"

雕哥关了门，冷冷地说："我不认识郑三，也不认识冯远，你找错人了。"

张科央求："雕哥，你不能不管啊！"

雕哥吼道："滚！"

拿到冯远给的1000块钱后，雕哥找到郑三，拿出500块钱希望和解。

郑三把钱推了过去，摇头晃脑地说："雕哥，那厮主动约我，我把话都放那里了，我不去吗？这也不是钱的问题，他抢走我爱的女人，你要管，就是冲着我郑三来，我郑三先把话放在这里。"

雕哥没有说话。

张科走后，雕哥点了一支烟，心里七上八下。

门外响起摩托车的声音，是雕哥的兄弟猫儿来找雕哥喝酒。

猫儿把几瓶啤酒往桌上放。

猫儿："刚才看到郑三他们拖了一个人，可能又要摧残人家。"

很明显，郑三并未给雕哥面子。

上次雕哥给郑三的大哥打招呼，显然是不管用。

这次，雕哥亲自找上门，还奉上500块钱，但郑三还是没给他这个面子。

第三场

夜，学校门口。

雕哥没有如约而至。

冯远孤零零地站在学校门口。

郑三大笑："你的人呢？"

这次，郑三决定要给冯远一点深刻的教训。

郑三他们把冯远带进一个巷子，恰好被猫儿看到。

第四场

夜，雕哥家。

雕哥和猫儿开始喝酒。

猫儿问："我搞了一辆新车？你要玩一下不？"

雕哥没说话。

猫儿："怎么不高兴啊？"

雕哥严肃地问："猫儿，我混社会这么多年，我丢过脸没有？"

猫儿如实回答："你没丢过脸。"

雕哥将一瓶酒一饮而尽。

雕哥放下酒瓶说："猫儿，你把车钥匙拿给我。"

猫儿："你搞哪样？"

雕哥："我出去办点事。"

猫儿："我和你一起。"

雕哥："你在家等我，我马上回来。"

猫儿把摩托车的钥匙递给了他，看到他从床下拿出了刀。

雕哥把刀别在身上，发动摩托车，将油门拧到最快。

第九幕

第一场

夜，保安室。

张科被雕哥拒绝后，跑到学校保安室找到了保安牛大华。

牛大华："这个事我管不了，你去报警。"

张科："我刚打电话没打通，你晓得的，等警察到要出大问题。"

牛大华："那也没办法，这是学校以外的事，我只负责学校里面的事。"

张科："你就是怕，你就是不敢。"

第二场

夜，巷子内。

张科管不了了，他鼓起勇气朝一条漆黑的巷子里钻进去，他知道冯远在里面。

张科看到冯远的时候，冯远一动不动，正躺在地上。

郑三边踢边说："还敢藏刀在身上，来来来，杀我！"

冯远怀里的匕首还没摸出来，就被郑三一伙人瞧见了。

他死死地握着匕首，蜷缩在泥泞的墙角，被一阵拳打脚踢，啤酒瓶、铁棍伺候。

张科还未开口，牛大华的声音响起："你们在搞哪样？"

原来牛大华也跟了过来。

郑三点燃打火机，凑过去，看到是保安牛大华，哈哈笑起来。

郑三问："傻保安，你又要管闲事是不是？"

牛大华受到侮辱，生气地说："老子今天就要管！"

张科补了一句："郑三，做人不要太绝了！"

啪啪啪，郑三二话不说，几拳甩过去，牛大华和张科狼狈地跑了出来。

牛大华冲郑三他们喊道："你们等着！"

郑三捡起一块石头朝他们砸过去，没砸中。

郑三："我×××！"

牛大华走到学校门口，掏出手机，拨号。

郑三又回到巷子，却发现一个人跟了进来。那人呆呆地站在郑三面前。

郑三又点燃打火机，看到一张陌生的脸。

郑三问："你搞哪样？"

田大山用生硬的普通话说："把我的摩托车还给我。"

田大山本打算趁着夜黑，偷偷逃出县城的，但他看到几个人耀武扬威地走在街上，一眼认出了郑三，他本不想追究这个事了，但看到郑三骄横跋扈的样子，他的愤怒突然就被点燃了。

他想，必须要找郑三讨一个说法。

郑三懵了："什么车？"

田大山说："我的摩托车。"

郑三不耐烦地说："嘿，你这××！滚！"

田大山一手逮住他："还给我！"

郑三一拳挥在田大山的脸上："嘿，我×××！"

一旁的几个兄弟围上来，准备拳脚伺候。

田大山一把抓住郑三的头发，一把掏出匕首，哗哗哗，准确有力地朝郑三的脖子进出了三下，郑三倒在地上挣扎了几下，不动了。

其他的人吓丢了魂，面面相觑。

田大山抄起脚下的酒瓶，狠狠地摔在地上，他们立刻作鸟兽散。

冯远愣在巷口的角落，不知所措。

第十幕

第一场

夜，巷子口。

这天晚上，牛小勇从乡下回来，案子还没有新的进展，他焦头烂额。

刚进家，手机就响了，他接通，是他哥哥牛大华打过来的。

牛大华："小勇，我被人打了，你管不管？"

牛小勇："你在哪里嘛？"

牛大华："学校附近，你快来！"

牛小勇："怎么回事嘛？"

牛大华："学生被打了，我去拉，哪晓得这帮杂种连我一起打。"

牛小勇："你报警啊，都说了叫你不要去管……严重吗？"

牛大华："我现在打电话给你就是报警，你必须来一趟。"

牛小勇："哎呀，没得事就等警察来处理，我刚到家……"

牛大华："老子喊不动你是不是？"

牛小勇："好好好，我过来。"

牛大华："你搞快点，我在这等你！"

......

第二场

夜，公路上。

雕哥骑着猫儿的摩托车刚出门没多久，就在一个路口，被一辆飞驰的卡车撞出十几米远，重重地摔在地上。

驾驶卡车的正是田大山，他杀死郑三后，从容地往北门方向走，他的经验是，凡事不能慌乱，一慌乱就会露出破绽，他必须想办法离开，越快越好。

在一个公共厕所附近，他看到一辆载货的小卡车停在路边。车内的灯亮着，但是驾驶室没有人，他走过去，看到钥匙在点火开关上还没取下来，便果断拉开车门，发动开走。

驾驶员在对面公厕里拉肚子，浑然不知。

地上的雕哥想站起来，但几番挣扎后，没了动静。

田大山下车，看到那人躺在地上，身上的刀深深刺进了自己的肚皮，他又看到倒在一边的摩托车，愣了一下。

田大山骂了一句："我丢你老母个嗨。"

他转身准备上车。

第十一幕

夜，公路上。

猫儿的声音传来："站住！"

雕哥走后，猫儿眼皮跳个不停，莫名慌乱，一种不好的预感，让他坐立不安，他从雕哥的床下掏出一根钢管，随即出了门。

猫儿追上来正好看到躺在地上的雕哥，一摊血在他身下蔓延，像朵正在盛开的花。

猫儿提着钢管朝田大山跑过去："我×××！"

田大山掏出匕首，短兵相接，猫儿却打起了退堂鼓。

他一边挥舞钢管，一边大喊："杀人了！杀人了！"

田大山心想，这厮太聒噪，干脆给你来个痛快。

猫儿感觉自己不是对手，扭头就跑，田大山杀红了眼，紧追不舍。

跑出几十米远的时候，牛小勇骑着摩托车恰好经过这里。

猫儿求救："救命啊！杀人了！"

牛小勇停车呵斥："在搞哪样？住手！"

田大山根本不理睬。

牛小勇怒火中烧，心想，太不把警察当回事了。他骑着摩托车追了上去。

田大山追猫儿，牛小勇追田大山。

猫儿逃跑无路，便翻过路口一侧的施工栏杆往里跑，不曾想下面的电网没铺完，他径直掉进了深不见底的洞口，田大山见状转过头，拿着匕首朝牛小勇刺过来，他已经丧失了理智。

牛小勇丢下摩托车，赶紧避让。

牛小勇的声音有些颤抖："把刀放下，听到没有？"

他想，自己没穿警服，难怪这厮不怕。

田大山再次袭击过来，牛小勇觉得眼前这个人有些面熟，他走了神，避让不及，手被划了一刀。

他迅速跑出数十米远，转身拔出了身上的"六四"式配枪。

牛小勇厉声呵斥："蹲下！蹲下！老子开枪了！"

田大山丝毫不理睬，举起匕首又刺过来。

砰——

牛小勇果断开枪，田大山倒地，不再动弹。

他愣了一下，突然想起什么事，不敢犹豫，骑上摩托就走。

第十二幕

夜，巷子口。

刚到巷子口，牛小勇就看见自己的哥哥牛大华被冯远一刀捅中了后心。

牛小勇："你×××！"

砰——

冯远脑袋中枪，倒在血泊里的郑三身上，溅起一摊鲜血，洒了张科满脸。

张科没见过枪，怕得不行，来不及抹开眼前的血，就径直往前跑。

牛小勇喊道："你别动，给老子举起手来，老子今天也不差再搞死一个！"

砰——

张科腿部受伤，脚下踉跄，扑通摔倒，跌在了田大山摔碎的酒瓶上面，玻璃碎片扎了一脸，顿时没了声。

牛小勇掏出手机朝局里打了个电话，然后挂了电话。

他点燃一支烟说："老子看你们搞哪样?!"

……

第十三幕

日，乌罗。

三年后。

这个案子后续的跟进交给了市公安局，破了案子的牛小勇也受到嘉奖。

他有了自己的家庭，一个贤惠的妻子，一个可爱的女儿。

一天，牛小勇带着女儿在乌罗度假。

女儿突然对他说："爸爸，那个满脸疤的叔叔好吓人啊。"

牛小勇皱了皱眉，不远处走来一个穿着帽衫的男人，脸上都是疤痕，腿好像受了伤，一瘸一拐的，好像以前在哪里见过。

张科把枪对准了牛小勇："好久不见，牛警官。"

张科去找雕哥求助未果，便用自己的性命要挟，拿到了雕哥的转轮手枪。

田大山的意外出现让他放弃了开枪射击的计划，并把枪埋在了巷子口的角落。

这不，刚出狱，他就匆匆上路，干什么？追杀呗。

砰——

牛小勇开了枪。

剧本阐述

1. 角色简介

田大山：苗晶的丈夫，喜爱赌博，经常家暴，腹黑老练，心狠手辣。

冯远：程安的追求者，学校学生，生活上懦弱隐忍，遇事则血气方刚。

郑三：程安的追求者，学校学生，街头混混，热衷暴力，目中无人。

雕哥：乌罗过去的老大哥，不服老，好面子，有血性。

猫儿：雕哥的手下，汽车学徒，喜欢小偷小摸，重兄弟情义。

张科：冯远的朋友，学校学生，行事机敏，沉着干练。

牛大华：牛小勇的哥哥，学校保安，胆小怕事，关键时刻正义无私。

牛小勇：牛大华的弟弟，地方刑警，勇敢果决，但总有自己的私心。

2. 剧情解析

这个故事有三条线，田大山这边一条线，冯远、郑三、张科、猫儿和雕哥他们一条线，牛大华和牛小勇这边是第三条线。第二条线的线索人物串起了这三条线，合并了整条故事线。

正如剧名，这个故事是在讲追杀与被追杀。

田大山：因为婚外情而追杀苗晶，因为伦理冲突杀了她弟弟；后撞见郑三开了猫儿偷他的摩托车，追杀并杀死了郑三；因为误杀雕哥引来猫儿的决斗，误杀了猫儿。最后被牛小勇撞见，导致了自己的死亡。

冯远和郑三：因为与程安的三角恋产生矛盾，因为社会斗争而矛盾升级，相互追杀。郑三追杀冯远，被来寻仇的田大山杀死；冯远找雕哥帮忙不成，受辱后想要追杀郑三，却误杀了牛大华，最终被牛小勇杀死。

张科：这个人物看起来很不起眼，但也在执行着追杀者的角色，他串联了冯远和雕哥，牛大华和冯远、郑三；他的追杀更是持续到了剧终，因为牛小勇对他的朋友冯远，对自己的伤害，在三年后追杀并引火烧身。

雕哥：他的追杀，便是通过冯远和张科，针对郑三，不料中途被田大山误杀。

猫儿：除了串联田大山和郑三之外，也针对田大山误杀雕哥进行追杀，导致了自己的死亡。

牛大华：一直充当着冯远、郑三的调停人，也加强了牛小勇与田大山、张科和冯远他们的联系。不料因为田大山杀死郑三，误认为张科犯罪，开始"追杀"张科，被冯远误认为郑三杀死。

牛小勇：作为刑警，在田大山杀人放火之后"追杀"田大山，并意外撞见并杀死了他。为了救哥哥牛大华，杀死了冯远，弄伤了张科；最后了断了张科的追杀。

如果想突破单纯的男性犯罪，用女性塑造男性的阴暗心理，完全可以调动苗晶、程安和田大山的三角关系，或者雕哥、苗晶的私交情节等。

还可以把程安变成一个想象的角色，他们几个追杀，就是因为每个人心里想象的程安都不一样，田大山想象的程安教他放火杀人，雕哥的程安鼓起他的不服老，冯远和郑三又是不一样的……

这个剧本还是偏文学本一些。要是做成分镜和剪辑本，可以做一下平行调度或者平行蒙太奇。

3. 命题立意

码字之前，我画了很久的关系图才想好怎么安排人物关系和情节走向。当然，烧脑不是我的根本目的。

我想设置足够的故事情节反转，突出生活的复杂和真实，强调命运的因果轮回。

一是为了让人们对"犯罪"有深刻的了解和体会，在追杀和被追杀，在戏谑和荒诞的情节中感受复杂而真实的乡村犯罪，还有杀伐报应，因果循环的命运价值观。

二是为了让人们通过他人的犯罪透视人心，了解到人性本恶的道理。

除了上述人物之间复杂的联系，追杀与被追杀情节之外，追杀的故事也体现了人们的执着、阴谋、暴力，最终形成了犯罪与犯罪、犯罪与正义的冲突。

三也许是为了让人们对犯罪产生恐惧而远离犯罪。怎么说呢，虽然整篇剧本布满了冲突、暴力、戏谑、挑战，可我内心一直偏向光明，整个剧本的出发与回归点也是正义。田大山的复仇被法律正法，冯远和郑三最终倒在了一起，雕哥和猫儿因为自己的过去得到了报应，牛大华为正义英勇就义，牛小勇的光明终结黑暗。

我们对世界的认知好的坏的应该一起看，不应以偏概全。改变黑暗只有光明才能做得到。如果你想要改变黑暗，那就应该向别人展现光明，而不是执着于向别人阐述黑暗。世间不美好的事或者过往太多，我们的价值是理解它然后找到更完美的方向，并去追求它。正确的阐述远比单纯的指责更有价值和意义。

关于茉莉的一切

人物简介：

许知远：市三中高三年级十五班学生，阿斯伯格综合征患者。

许惠：许知远之母。

廖咏梅：筒子楼房东。

周立：原十五班班主任。现高三年级十五班班主任。

张主任：三中高三年级主任。

尹深：刑警。

王国豪：刑警队队长。尹深的师傅。

郑玲：李招娣原室友。

陈丽：李招娣原室友。

沈丽佳：李招娣原室友

吴明天：凶手，高三年级十五班学生，和李招娣有过短暂恋爱关系。

李招娣（李茉）：已死亡，高三年级十五班学生。

李向娣：李招娣之姐。

黄韵佳：上一届高三学姐，跳楼自杀，已死亡。

第一章节

序幕：

【旁白，尹深】李茉活在这个世界上大概一年时间，死的时候十八岁。

1. 2012 年 8 月 12 日—A 市三中旁废弃公路．外

少女本能地向前爬动，一只手忽地从后方揪起她的头发，致使少女整个头被提拉起来。

凶手：都是你逼我的，都是你逼我的，都是你逼我的……

少女的双腿被牵起，内裤被一双手脱下来。

少女：咳咳咳……

镜头定格在少女的手表上：18：30。

2. 2012 年 8 月 12 日晚—高三十五班．内

教室内的时钟：18：30

高三十五班教室内还发出喧哗、打闹、嬉戏的声音。

男女（笑）：张主任好！

男女赶紧跑开。

张主任（无奈地）：嗯。

3. 2012 年 8 月 12 日晚—高三十五班阳台．内

阴暗的天空偶尔闪过几道刺眼的光，这是下暴雨的前兆。

许知远靠着阳台，冰激凌的奶油滴在运动鞋上。

许知远（蹲下擦拭）：怎么搞得……

4. 2012 年 8 月 12 日晚—A 市三中高三十五班．内

许知远回到座位上，捡起刚刚被嬉戏的人随意拍落的书本，把冰激凌放在同桌的桌柜里。

镜头定格在许知远桌上散落的一根圆规针上。

5. 2012 年 8 月 12 日晚—A 市三中高三十五班．内

上课铃响了，他的同桌依然没有来。

班主任周立径直走到讲台上，在黑板上写下本次周考年级平均分，各

科的平均分。

周立：大家看看，找找差距。

讲台下暗涌着议论和嬉笑声。

周立：本来，每次周考升班我都觉得没有必要在大家面前念。因为我们班成绩一向稳定，台下的都是熟脸。

台下的嬉笑声更甚。

周立：但是，这次一共有两个人通过周考升班。

众人目光突然锁定了许知远。

周立：许知远！

许知远：到！

周立：下节课到高三（六）班报道。

周立：李招娣！

窗外一声巨响的雷鸣，像一颗炸弹，有几个胆小的女生发出尖叫。

周立：李招娣！人呢？

好事者（幸灾乐祸地）：老师你叫错她名了，人家叫李茉。

周立：你闭嘴！她叫什么名不都在成绩单上写着的吗？

众人目光聚集在许知远和他旁边的空桌上。

周立：请假啦，我怎么没看见假条？我记得只有吴明天请了晚自习的长假。那，许知远，你下课后帮着把李招娣的书搬到高三（六）班去。

许知远：好！

6. 2012 年 8 月 12 日晚—A 市三中教学楼．内

张主任和十五班周立行色匆匆，一脸紧张，和许知远打了个照面。

周立：许知远，你先停一下。

周立：你今天看见李招娣了吗？

许知远：我……

其他老师：张主任，出事了。

7. 2012 年 8 月 12 日晚—A 市三中校门口．外

许惠：小远，这里！

许知远循声走去。

许惠：考试怎么样啊？

许知远：我到六班了。

许惠（释然）：那就好，那就好，我还以为你上高三会不会就……

许惠停下了说话，母子俩离开校门往回走，到一个分岔路口，其中一条分岔路口已经被一条布围住，告示牌上写着：此处施工，禁止入内。

8. 2012 年 8 月 12 日晚—筒子楼 3-2 室. 内

许惠：饿吗，要不要吃面？

许知远一打开门就向房间的小阳台跑去。

许惠便不再等待他的回答，走进厨房烧了一壶开水，冲好一杯牛奶。

许惠：来，把牛奶喝了。

许惠：慢一点，别噎着了，喝完之后就去洗澡，啊？

许知远看见对面下层的一个房间，张主任提着手电筒和房东太太打开了某个房间。

廖咏梅（害怕）：我的天啊，上次就是跳楼，这次又是失踪？老天爷。

许惠（无奈）：小远，看够了吧？该睡觉了吧？今天怎么了，看外面看这么久。

夜晚的筒子楼被瓢泼的雨水包围着，墙身被雨水疯狂地击打。

9. 2012 年 8 月 13 日早—废弃公路. 外

几个工人早早来到工地上，天刚蒙蒙亮，浮动着惨白的晨雾。

工人甲沿着路向前走，散落的校服扔在公路旁的茉莉花丛上。

工人甲（嗔怪）：娘的什么破学生，校服都乱丢。

工人甲忽地被什么东西绊倒了身子。

工人甲：哎哟，疼死老子咯。

他的手向后支撑整个身子立起来，却接触到了一块柔软但冰凉的物体。

工人甲（定睛一看）：儿哦，啥子东西哦。

工人甲：我的妈呀，杀人了！杀人了！

10. 2012 年 8 月 13 日早—高三六班教室. 内

警铃声呼啸而过，由远及近，再逐渐远离 A 市三中。

许知远紧皱眉头，拿出一把圆规，一只手捂住耳朵，另一只手在空白的草稿纸上一圈一圈地画圆。

11. 2012 年 8 月 13 日早——废弃公路旁茉莉花丛中．外

王国豪（点燃一根烟，远远站在一旁）：小尹，你去看看怎么回事。

尹深靠近女尸，收集证据的人自觉地为他留出一条道路。

女尸约莫 18 岁，侧着身子，闭着眼睛，神情安详，飘泼的大雨冲刷了她身上可怖的血迹，只有额头、皮肤表面、双腿内侧的大片淤青暗示着其生前遭受了非人的暴力。

王国豪：你应该是第一次看见杀人现场吧？

尹深点点头。

尹深：师傅，这好像是……强奸杀人的现场？

王国豪：那得看这个人的阴道内是否能提取出精液来，不过昨晚下了这么大的雨，检不检测得出来都不一定。

侦查人员：请让让。

侦查人员把女尸移动使其平躺，她的上半身赤裸，散乱的湿发经脖子分为两缕挡住了她的胸部。

王国豪（意味深长）：好看吧？

尹深（脸红）：没有，没有……

王国豪：她确实是我见过的死人里面长得最好看的一个。

尹深沉默。

王国豪：但是好看，在这个年纪却不一定是什么好事。

尹深：师傅是说……

王国豪：青春期的孩子总是对那一小部分"不同"的人怀有极大的敌意。

尹深：这里没有摄像头，什么安保装置也没有。

王国豪：你认识她的。

尹深顺着王国豪手指的方向看去，少女白皙的胸部有一块结痂。

12. 2012 年 4 月 8 日晚——"歌来美" KTV 包房．内

包房里一片狼藉，燃了半根的香烟甩在桌边正冒着火星，燃起细细的烟丝。

队员甲：警察例行检查。身份证拿出来。

队员乙：会不会没人啊？

队员甲：怎么可能啊，你看那桌上是什么？再看厕所，灯开着，门关着。

队员丙：吸毒？

队员甲：估计吸嗨了。

队员甲安排队员分成两列，蹲守在门口。

队员甲：小尹，你站在中间，等会儿一脚踹开，然后我们一起冲进去。

队员甲（大声）：我知道有人在里面，啊，现在给你们十秒钟时间穿好衣服出来，不然我们一会儿采取强制措施了！

队员甲（大声）：十、九、八、七、六、五、四、三、二、一。

众队员：手举起来！

尹深：等一下！

眼前一名少女赤脚站在厕所地板，浑身赤裸着，冷冷地与他们对视。

少女锁骨下方有一块被烟头烫过的伤痕。

尹深：愣着干什么？还看啊，去拿衣服！！！

13. 2012 年 4 月 9 日凌晨—派出所．内

尹深：当时，你和谁在一起？

少女沉默。

尹深：是被人强迫的吗？

少女沉默。

尹深：几岁了？

少女：今年 6 月份满 18 岁。

尹深：这么晚了有谁来接你吗？

少女摇头（哭）。

尹深：别哭了啊，如果是有人强迫你，记得报警。别闷在心里。

少女点头。

尹深在公路旁拦了辆出租车。

尹深坐在副驾驶，少女坐在后排。

尹深：家住哪里？

少女：三中旁边的筒子楼。

尹深：多久高考？

少女：明年六月份。

尹深：哦。

少女消失在夜色之中。

14. 2012 年 8 月 14 日—市公安局．内

王国豪：死者李招娣，女，18 岁，在市三中上高中，高三。

警察甲：勘查过程中我们发现了三中校服、女性内衣，还有一把圆规。

王国豪：圆规？死者生前反抗过？

警察甲：应该是。但是，这把圆规上面的尖我们没有找到。

法医：死者胸部及腹部有多处外伤，特别是在肚脐的斜右上方处，有曾被强烈踢过的伤痕。从解剖的结果来看，死者肝脏破裂。

王国豪：大腿内侧，也就是……

法医：阴道？虽然根据案发地点的资料，死者生前大腿有被拖拽的迹象，内裤也被拽了下来。但没从阴道内检测出精液，连她的处女膜都是完好的。

王国豪：性无能？猥亵？……

王国豪：小刘，多注意下"歌来美"最近有没有反常的情况。

小刘：是！

王国豪：小尹，和我去一趟市三中高三部。

尹深：是！

15. 2012 年 8 月 14 日—市三中年级办公室．内

张主任：所以……李招娣确实出事了？

周立：王警官，学校不许抽烟的。

王国豪：不好意思。

尹深：我们需要了解李招娣平时都和哪些人接触。

周立：但是王警官，现在高三复习阶段很紧张，恐怕……

张主任：我们应该配合人家的工作。这样，你现在马上把李招娣以前的室友找来。

16. 2012 年 8 月 14 日—市三中楼道．内

张主任从包里掏出烟来，递给王国豪、尹深。

张主任：老周就是这个德行，当时我还比他晚来几年，和他一样当了班主任，我现在都成年级主任了。

王国豪：你说李招娣有室友？

张主任：对啊，她是高二下学期才申请从学校搬出去在外面住的。

王国豪：哦。

张主任：上高三之后，整个年级实行的是流动管理，从一到十五个班按照每周周考成绩排名，越靠前的就分在越前面。

17. 2012 年 8 月 14 日—市三中年级办公室．内

张主任：郑玲，你过来，和王警官他们仔细说说当时李招娣在你们寝室的时候是什么情况？

张主任（小声）：这是郑玲，是李招娣搬出去前寝室的寝室长。

王国豪：郑同学，别紧张。我们是警察，李招娣最近出了点事情，我们想找你了解下情况。

郑玲：她……死了吗？

王国豪：为什么这么确定呢？

郑玲：她打我，和她男朋友。

王国豪：男朋友？是谁呢？

郑玲：我不知道，我不知道……

王国豪：那你怎么会确定打你的是她的男朋友？

郑玲：当时一进门……那个人就蒙住了我的眼睛，那力气……一定是男人吧？错不了的……错不了的。

18. 2012 年 3 月 20 日—市三中女厕所门口．内

李招娣：过来。

郑玲：怎么，还想打回来？

郑玲：来来来。打啊！

李招娣直愣愣瞪着她，眼里仍然有一丝犹豫。

郑玲：别以为搬出寝室了，就厉害了，就能耐了。

话音刚落，李招娣的一巴掌狠狠落在郑玲右脸上。

郑玲（震惊）：你干吗？

李招娣没听见似的，抓起郑玲的手臂往女厕所最里层隔间拽。

郑玲：你再动，我就叫啦。

隔间的白色塑胶门打开，郑玲被隔间里的人抱进去。

李招娣面无表情地关上了门板，瘫坐在地上，没有笑容。

19. 2012 年 8 月 14 日—市三中年级办公室 . 内

郑玲：她仗着自己长得不错，一定在外面找了其他混子报复我！

王国豪（追问）：为什么要报复你呢？

郑玲：我不知道，她看我好欺负呗。没有什么原因的，警察叔叔，这是校园暴力！你们赶紧把她抓起来。

周立：真的吗？我以前怎么不知道，我一直以为她是个好学生，怎么会？

郑玲：老师，真的。她可会来这一套了，我和你说，前几次周考她都是抄人家的。因为被老师抓了作弊所以才被叫进办公室，那天我们都知道了。

周立：行了，行了。

王警官：李招娣现在在医院住院，等会儿我去问问她。还有什么想说的吗？

郑玲：没有了。

周立：好好好，回去上课吧。

十五班周立：现在的孩子怎么这么会添油加醋？

陈丽刻意躲开尹深的眼睛，怯生生地和王国豪对视。

王国豪：陈丽，在你看来李招娣是怎样的人？

陈丽：我不知道，平时她不经常说话，我觉得她很怪，很孤僻。

20. 2011 年 9 月 15 日—女生寝室．内

李招娣：陈丽，我们一会儿一起去吃饭吧。

陈丽拿着镜子，又是如往常一般"血肉模糊"的脸。

陈丽：都是因为这个东西，我都不敢看我喜欢的男生。

她又抽出一张纸来擦脸。

陈丽：招娣，你擦什么啊，脸上这么干净。

李招娣：我不知道啊，你放心吧，过了这个年龄就会好的。

陈丽：你先去吧，我今天不想吃饭。

李招娣走后。陈丽偷偷打开李招娣的柜子。

陈丽：装什么装，我来看看你用的什么护肤品。

此时，门虚开一条缝，李招娣忘了拿什么东西，与陈丽打了个照面。

李招娣：陈丽，你在干什么？这是我的东西。

陈丽：你要是告诉我用的什么护肤品，我也不至于亲自翻啊。虚伪！

21. 2012 年 8 月 14 日—市三中年级办公室．内

沈佳丽：李招娣原本挺爱说话的，不知道什么时候，就不愿意和其他人沟通了。

22. 2011 年 12 月 12 日—女生寝室．内

李招娣：天，怎么忘了带毛巾进来。

李招娣（大声）：小丽，帮我拿一下毛巾，可以吗？

卫生间门外说说笑笑，似乎并没有意识到李招娣的求助。

李招娣：小丽？

一阵凉风吹过卫生间，李招娣打了个冷战。

无奈之下，她光着身子出了浴室门。沈佳丽从自己床上抽出毛巾来甩在她脸上。

沈佳丽：很好看？

陈丽：就是。

沈佳丽：擦完了别还给我，脏！

23. 2012 年 8 月 14 日—市三中年级办公室．内

周立：王警官，上课了。再这么问下去要耽误孩子的学习了。

王国豪：好，不能耽误孩子的学习不是？你先回去吧。

沈佳丽走后，尹深在记录本写下：孤僻、冷漠、校园暴力。

王国豪：你刚才说第一个女生在撒谎？

周立：是的，李招娣当时被叫到老师办公室不是因为作弊，而是写错了名字。

王国豪：名字？什么名字？

十五班周立从自己办公室里找来一张试卷。

王国豪：李茉，这个名字对于她有什么特殊的意义吗？

周立：不知道，从第一次周考开始她就会挑一个科目写错名字，她成绩本来不至于一直待在十五班，但是名字一旦写错就没有成绩了。

王国豪：那你知道李招娣有男朋友吗？

周立：我不太清楚……好像许知远和她的关系有一点……

王国豪：许知远？

周立：但是……不太可能啊，许知远来到这个班只有两周，就算再怎么有感觉，两周……而且，我知道这孩子的，他先前就是我班的学生。他很乖的。

王国豪：或许，你不应该拿成年人的视角来衡量未成年人的感情。

周立：我似乎记得，他第一次来到十五班是因为没考好，第二次仍然留在十五班的原因是，写错了名字。

王国豪（笑）：看来这俩孩子挺有缘分的。

周立：本来，如果没有发生这件事，或许她现在已经和许知远一起转到六班了。

24. 2012 年 8 月 14 日—警车．内

王国豪：把你的笔记给我。

王国豪拿出笔圈出冷漠、孤僻两词，校园暴力用箭头指向圆圈。

王国豪：从性格来看，她怎么都不可能成为施暴者呢。

尹深：冷漠、孤僻。好像是那一类容易被罪犯盯上的人。

尹深：许知远也是一个疑点。

王国豪：你在高中的时候谈没谈过恋爱。

尹深（羞涩）：……有过。

王国豪：在那个时候，你会愿意为爱情牺牲一切乃至生命吗？

尹深：生命倒不至于，但那种感觉好像再也没有了。像是一生就有一回。

王国豪：一种印记？

尹深：可以这么说吧。

王国豪：许知远与李招娣有某种特殊的情感。

尹深：我也这么觉得，感觉许知远的到来给了李招娣某种希望。

王国豪：那，如何破灭的呢？

尹深：很奇怪。

王国豪：怎么了？

尹深：从两人离开高三十五班的方式来看，他们抵抗命运的方式太像懦弱又隐忍的好学生了。

王国豪：她的家人呢？

25. 2012 年 8 月 14 日—筒子楼．外

许知远站在阳台外，观察着从李招娣租住房间进出的人。

中年女人情绪异常激动，另一名年轻女人抱着一个嗷嗷待哺的婴儿呆呆站在一旁。

尹深（小声）：师傅，看。

两本笔记本，一本比较新，另一本比较旧。

王国豪：我要和 XZY 一起离开这个地方。

尹深：这本笔记本的封面署名是李苿。

王国豪：另一本呢？

尹深：许……知远。这是许知远的笔记本！

王国豪：上面写的什么？

尹深：全是名字，后面还写着类似喜好、性格的形容词，像是一本小说的设定集。等等?! 廖咏梅。

王国豪：房东的名字。

尹深：师傅，还有这个！

尹深又从桌子里翻出一大堆答题卡。

王国豪：李茉这个名字，出现的时间比想象得早。

王国豪忽然抬起头，望向对面上方的阳台，阳台门开着。

王国豪：看来有人一直在看我们俩。

尹深：有人在吗？

无人回应。

26. 2012 年 8 月 14 日晚—派出所．内

王国豪：小尹，把你那本给我。

尹深：怎么了师傅。

王国豪：女孩子太喜欢做暗号了，我早就没有共情的能力了。或许你看得懂一些。

尹深：哦，给，师傅。

尹深翻开新笔记本，默读上面的字句。

第一条：我遇见了他。

第二条：以后，日子会好过一点吧。不会再有那些烦人的事情了吧。

第三条：(上面粘着一朵风干的茉莉花)

　　　　小茉莉　是否你会把我忘记

　　　　小茉莉　请记得我　还在这里

　　　　小茉莉　在枝头上　自然美丽

　　　　小茉莉　请记得我　不要　把我忘记

第四条：我讨厌我不是那个人的附属品，我恨他，我讨厌我的一生将要被他寄生。

他……简直是个寄生虫！

第五条：说谎的人，要吞一千根针。

第六条：他帮我了，所以我也要帮他。

第七条：怎么回事，他还没有过来，还没有过来，他也在骗我吗？

第八条：他是真的爱我，一定要振作起来啊！

第九条：理想大学：(写好了之后，又被划掉) 学习计划：……

第十条：我要和 XZY 离开这个地方。

尹深：师傅，我是男的啊，太弯弯绕绕了。

王国豪：你读出了什么？

尹深：那个人，给了她希望，又让她做了些她不情愿的事情。

王国豪：领悟到这一点已经很不错了。

尹深：许知远似乎是这一切的钥匙。

王国豪：第二把。

话音刚落，王国豪摊开旧的笔记本，中间有两页被撕了下来，最后一页，用不同于先前的字迹上写着，李茉：世界超级无敌美少女！

尹深：许知远和李招娣早就认识了。

27. 2012 年 8 月 15 日早—三中年级办公室．内

许知远的食指在裤子上一圈又一圈地画圈。

王国豪：孩子，别紧张，我们只是了解基本情况。

王国豪：你和李招娣的关系是？

许知远：同桌。

王国豪：那天，李招娣和你说过什么吗？

他沉默。

王国豪：不会说话吗？

周立：这孩子就是这样的，以前他在我班的时候就是寡言少语的。

王国豪：那是或不是总会回答吧。

他点头。

王国豪：那把圆规是你的吗？

他点头。

王国豪：为什么这么确定呢？

他沉默。

王国豪：她有告诉你那天下午要去那条公路吗？

他点头。

王国豪：做什么知道吗？

许知远抬起头来，目光停在尹深身上片刻。

许知远：知道……不、不知道。

尹深：你再好好想想。

他继续沉默。

王国豪：行吧，你去教室收拾一下东西。

王国豪走出年级办公室的大门，拿出手机来交代什么。

28. 长镜头

许知远收起几本书，聚在教室后门的警察越来越多。

校门外，他看见一辆警车在前方。

出校门的一刻，警察们追上去，把他押上车。

第一章节　完

第二章节

1. 2012 年 8 月 15 日—白色房间. 内

许惠脸上没有半点血色，也没有表情。

审讯人员：我们从你的儿子那里知道，李招娣死亡前手里握着的是他送的圆规。

审讯人员：你有没有发现你儿子最近有什么异常？尤其是关于女孩子。

审讯人员：许女士，你儿子和我们聊了许多，所以，我们认为你儿子和这件命案有很大关系。

许惠（笑）：你觉得，是我的儿子杀了她？

审讯人员：从你儿子所说的，我们不排除这种可能性。

许惠（笑）：你们在骗我。他不可能说这么多话。

审讯人员：所以我们需要你配合工作。

许惠（怒）：什么工作？骗人吗？还是套话？

审讯人员：请注意你的言辞，许女士。

许惠：我注意言辞？你们把证据拿出来，你们凭什么抓我的孩子，连母子之间你们都在挑拨，配合什么工作。

许惠（歇斯底里）：我就知道，我就知道……我当时就应该和小远搬去省城的，不应该在这里读书，这里太乱了，太乱了……什么乱七八糟的人都有。

王国豪进入房间，许惠飞扑上去，抓住他的衣领。

许惠（质问）：就是你把我儿子带走的对吧？你有什么权力？你有什么证据？

王国豪：我们已经确定你儿子和这宗命案有很大关系。

许惠：什么关系？

王国豪放出录音来。许惠的情绪才开始平复。

许惠：我的儿子呢？我要见儿子，我的儿子说"是"说习惯了，你们警察也不能凭借这个定罪啊。

王国豪：你儿子就在外面。还有……

2. 2012 年 8 月 15 日—大厅 . 内

许知远等着，运动鞋的鞋带松开了。

许惠走过去，熟练地跪下，系好鞋带。

许惠：这么大的人了，怎么鞋带都不会系好呢？

许知远眼睛忽地充满了异样的光亮，喘着粗气。

许惠：怎么了？小远，已经好久都没有这样了。

一个邋里邋遢的男人，斜靠着桌面，身边跟着一个岁数略小于许知远的男孩，抱着手机头也不抬。

许惠：你怎么把他找来了？王警官，我儿子和他已经没有任何关系了。

男孩：这就是那个傻子。

话音刚落，许知远灵活地绕过众人顺手拿起一个姓名牌向男孩甩过去。

许惠：有谁来拦着小远，快来人啊。

王国豪：一起上，把他压住！

警察蜂拥而上，压住暴怒抽搐的许知远。

等到他反应逐渐消减下去，众人移开，只剩许惠倒在他胸口。

【镜头重合】

六年前，许惠也是以同样的姿势压住儿子。

许知远的手上拿着一把刀，刀面有着淡淡的血迹。

男人：妈的，疯婆娘生出个疯儿子来。

男人带着男孩出了门。

王国豪拦住正要去追赶的警察。

王国豪：算了，反正他也没有帮到什么忙。

尹深：许女士，需要帮忙叫车吗？

许惠扶着许知远的手臂，一步一步地踱步，头也不回。

王国豪（小声）：跟着他们俩。

3. 2012 年 8 月 15 日—筒子楼 3-2. 内

许知远：妈，我累了。他已经走了吧。

许惠无言，双手紧紧攥着他的手。

许惠：都怪我，应该走得再远一些，再远一些……也怪我，我不应该教你要经常说"是"，也不应该叫你不要撒谎。

房屋里传来隐隐约约的女人的啜泣，尹深站在门边叹了口气，走下楼，睡在楼下的黑色面包车里。

4. 2012 年 8 月 15 日—卧室. 内

卧室内只有一张大床，许惠将床用移动书架隔开。

许知远平稳地呼吸着，许惠沉浸在痛苦的回忆里。

5.【字幕】2000 年　春节前夕

许惠从理发店出来，她很高兴。

她穿过人群，上了楼，小孩的哭声由远及近。

许惠心情紧张，拿出钥匙。

许惠：老公？小远怎么……

她新做的头发转眼被男人攥在手里，身体重重撞在地板上。

镜头定格在桌面上的一张检查报告单，上面写着：阿斯伯格综合征。

6.【字幕】2006 年

（黑屏，只有声音）男人：你他妈的疯了，我×！

男人捂住腿，冲出大门。

许惠扑倒在许知远的身上，他拿着刀，血一点一点地砸在地板上。

【旁白许惠】就这样，我离婚了，带着小远。

7.【字幕】2009 年

7.1 医院诊室．内

医生：你儿子这种病，不会影响智力发育。

许惠（惊喜）：真的吗，医生，太好了。

医生：但是他在人际关系方面会有很大的问题。可能需要你多努力一点了。

许惠：好的，谢谢医生。

医生：或许你可以考虑给你儿子办一个残疾人证件。

7.2 证件办理处

许惠牵着小知远的手，驻足犹豫着。忽然她攥紧小知远的手，决定离开。

7.3 家．内

【多组镜头闪回】

（1）小知远手上捏着冰块，水滴在地板上，他涨红了脸。许惠不忍，将《哈佛女孩刘亦婷》扔在一旁。

（2）许惠把人际交往关系抽象为公式，写在黑板上。许知远在这个时候开始在笔记本上记笔记，记录下每个人的性格，并尝试得到他们的欢心。

（3）许惠帮许知远系鞋带，很多次，从小到大。

（4）许知远第一次自己系上鞋带，许惠十分欣慰。

（5）闪过许知远小学、初中、高中的合照，许知远活泼地笑着，像一个开朗的少年。

（6）在租住的房子里，隔着一张桌子，许知远正对着一名女生（不露脸）。

想到这里，许惠的微笑渐渐凝固起来。

8. 2012 年 8 月 15 日—卧室内

书柜的另一面，发出一阵奇怪的响动。

许惠通过书与书之间的缝隙看见：

许知远痛苦地闭上双眼，嘴唇微张，手藏在被子里上下蠕动着。

9. 2012 年 8 月 16 日

一大早，许惠带着许知远去了 A 市精神健康中心。尹深跟在身后，在大门前停下了脚步转身离去。

10. 2012 年 8 月 16 日—市三中年级办公室．内

镜头闪过不同学生的正脸，每个人都在说着什么。

王国豪与学生交谈。尹深手里拿着原高三（十五）班学生的名单，一个一个勾掉。

到最后，名单只剩下：吴明天。

王国豪：问到后面，大家的描述越来越大同小异了。

尹深：从他人的描述来看，许知远好像完全没有沟通方面的障碍。甚至他很开朗、很善解人意。

王国豪：或许，这就是这本笔记本的意义。

尹深：吴明天。还差吴明天，所有人都对得上，只有吴明天。

王国豪：至少，我们确定撕下来的这两页纸，描述的其中一个人就是吴明天。

尹深：为什么是其中一个人呢？

王国豪指着每一页纸。

王国豪：你看，许知远有用一整张单页记录下一个人兴趣爱好性格的写作习惯。

尹深：也就是……还有三个人我们不知道。

王国豪：或许，只有两个人我们不知道了。

王国豪拿过学生名单，用不同颜色圆珠笔圈上，班主任：周立。

周立：我也要接受询问吗？

王国豪：惯例而已，您既是许知远又是李招娣的班主任。

周立：许知远同学一直是一个很活泼开朗的孩子，老师和同学都很喜

欢他。但是在他高二那年……

王国豪：怎么了，高二发生了什么事？

周立：高二的时候吴明天转到这个班，好像许知远同学在那个时候感到很苦恼。

王国豪：具体是什么呢？

周立：威胁。但是我一直不清楚威胁的内容是什么，因为许同学一直不愿意谈起这个事情，一度连成绩也下滑了许多。我只好找吴明天同学谈了次话。

尹深：您……也威胁他了？

周立：算是警告吧。但那小子好像十分不服气。

周立送王国豪、尹深到校门口。

周立：王警官，以后还会有询问吗？孩子的学习实在是太紧张了。

王国豪（笑）：只剩吴明天，您不是说他明天就回来了吗？

周立：是的。那许知远同学怎么样呢？听说他好像请了长假。本来不应该把他牵扯进来的，王警官，我可以担保……

王国豪：这种事情，不是因为有人担保就可以不进行侦查的。

11. 2012 年 8 月 16 日—派出所.内

尹深在网上找到《小茉莉》这首歌聆听起来。

王国豪一手拍醒了正在发呆的尹深。

王国豪：喂。我们还在上班呢。

尹深：这吴明天是"哥来美"KTV 的常客啊。简直就是个小混混。

王国豪：可自从那天，吴明天就再也没有去过。

尹深：这么说，吴明天有很大的嫌疑了。

王国豪：我已经叫人监控吴明天的通信了。

尹深：或许，吴明天就是李招娣的男朋友，吴明天就是李招娣的保护伞。但是，李招娣喜欢上了许知远，想逃离……所以，吴明天就……

王国豪：你小子想象力不错啊，今晚上值夜班好好想想吧，嘿嘿。

尹深和几个值班民警守在派出所里。

窗外又下起了雨，尹深百无聊赖，翻动那本旧笔记本。

12. 尹深的梦

尹深睁开眼睛，四周无人，只有自己头上的灯还亮着。

尹深：人呢？都去哪啦。

李茉：我找小尹警官。

尹深：我就是，你终于还是来了。

李茉：是的。

12.1 白色房间．内

李茉：许知远同学，他很开朗，对我很好。

【旁白，尹深】李茉滔滔不绝地讲述着，我像是她一个多年未见的老朋友。

12.2 李茉描述的场景

①李茉被郑玲等人追赶，逃到还未被封锁的废弃公路上偶遇正在打架的吴明天。她扑倒吴明天，两人倒在茉莉花丛中。

【旁白，李招娣】我遇见了他。

②李茉把郑玲诱骗到女厕所最里面的隔间，吴明天躲在其中，替李茉"教训"了她。

【旁白，李招娣】以后，日子会好过一点吧。不会再有那些烦人的事情了吧。

③吴明天把一朵茉莉花送给李茉作为定情信物，她决定通过"改变"自己的名字来证明她的爱。

【旁白，李招娣（唱）】《小茉莉》

④李茉最后被吴明天带到"歌来美"KTV进行羞辱。

【旁白，李招娣】我讨厌我不是那个人的附属品，我恨他，我讨厌我的一生将要被他寄生。他……简直是个寄生虫！

⑤许知远因为一次考试失误坐到了李茉旁边，两人暗生情愫，许知远决定为了李茉再在（十五）班待一周，二人约定一起离开。

【旁白，李招娣】我要和许知远一起离开。

13. 2012年8月17日凌晨—派出所．内

尹深被急促的电话铃声叫醒。

王国豪（兴奋）：小尹，明天对吴明天进行抓捕，我们已经掌握了吴明天对李招娣实施犯罪的确凿证据。

尹深：好的！可是……

14. 2012 年 8 月 17 日早—高三十五班教室

众警察：吴明天！

吴明天（大声）：你们抓我干吗？请假也有错吗？

尹深：进去你就知道了！

15. 2012 年 8 月 17 日—审讯室．内

王国豪拿出一张纸，纸上写着吴明天发的短信。

王国豪（语气平静地）：我×，我×。我该怎么办啊，我打死了个人。还有两天就要上课了，班里所有人都被该死的警察询问了一遍，他们一定是盯上我了。

吴明天：别念了，是我写的。

王国豪：很好，这样我们的进程就快了许多。我们想知道，你杀了谁。

吴明天：知道你还问我这么多？不就是那个姓李的傻×吗？怎么样，可以走了吗？

王国豪：很好，你就是我们要找的凶手了。

吴明天（轻蔑）：那又怎样，我还没满十八岁，未！成！年！你们能把我怎么样？

王国豪（笑）：我国刑法规定已满十六周岁的人犯罪，应当负刑事责任。已满十四周岁不满十六周岁的人，犯故意杀人、故意伤害致人重伤或者死亡、强奸、抢劫、贩卖毒品、放火、爆炸、投放危险物质罪的，应当负刑事责任。我没记错的话，你已经十七岁了吧，孩子。

吴明天（害怕）：怎么会？

王国豪：小子，不要把未成年当作你为非作歹的资本！你最好乖乖回答我的问题。坦白从宽。

吴明天：好，好。

王国豪：李招娣伤害了你吗？

吴明天：她还以为许知远真的很喜欢她……

王国豪：回答我的问题！

吴明天：她想，但是她拿的圆规上没有针。

王国豪：你和李招娣是恋爱关系？

吴明天：那个女的在玩我，她接近我另有目的！而且……她居然是为了许知远那个变态。

王国豪：是你帮李招娣解决麻烦的吗？

吴明天：没有！我和她上高三才认识。

王国豪：你说许知远……

吴明天：他是变态，警官你知道吗？他把全班人的姓名记下来，然后投其所好，装出一副随和的样子来，他在骗你们。

王国豪：你怎么这么清楚？

吴明天：我看见他！他在观察我。他专门留了一页纸来记录我。被我发现了。你知道他在笔记本里是怎么评价周立那个老头子的吗？

王国豪：所以你就威胁他？

吴明天：他是变态啊！他才是被所有人害怕的怪物，正常人哪里会记下他人？我不过是抓住了他的把柄。只有周立那个傻×，还帮着他说话。

王国豪：这个我们自然会调查。你知道为什么李招娣会故意改名字叫李茉吗？

吴明天：她讨厌她的弟弟。招娣是什么含义，警官比我更清楚吧。对了，警官你不是说坦白从宽吗？

王国豪：嗯，你还有什么想说的吗？

吴明天：许知远他也杀了人，你知道吗？

王国豪：说这句话之前你要好好想清楚。

吴明天：在他的笔记本上，还写了一个人的名字。她后来死了你知道吗？

王国豪：她是谁？

吴明天：你这么厉害，不会去查查上一届高三死的是谁吗？

王国豪：我们自然会去查。

16. 2012 年 8 月 17 日—路边面店．内

王国豪：老板来两大碗牛肉面！

老板：好嘞。

不一会儿，两碗冒着腾腾热气的牛肉面端了上来。二人大快朵颐。

王国豪：怎么样？是不是感觉案子破得非常快。

尹深：二人的动机，似乎也太简单了点。

王国豪：其实很多的杀人案件都是临时起意罢了。很少有人能够精心策划。在他这个年纪，把所谓的感情、背叛产生的负面情绪放得太过。

尹深：我可以理解吴明天的动机，但从现场勘验的角度来看，吴明天似乎抱有一种强奸的想法。那为什么李招娣的阴道内没有精液呢？

王国豪：他吓软了。

尹深：……

王国豪：从他的描述来看，李招娣在最开始就有伤害他的行为，激怒了他，或许在这个时候他就起了杀心。话说，正常人看见血淋淋的尸体时，不应该是想着怎样逃离现场吗？

尹深：好吧。可李招娣的动机是怎样的呢？

王国豪：已经破案了，至于她是怎么想的，我们没有义务去知道了。

尹深：她真傻。

王国豪：人总会犯傻，都会付出代价。

尹深：再过几天，李招娣的尸体就火化了。我想去送她一程。

王国豪：随便你。

17. 2012 年 8 月 20 日—殡仪馆．内

尹深特地换了一身低调的便装，走进殡仪馆内。

尹深：你好，我是协助办案的小尹。

年轻女子（错愕）：小尹警官，还有事吗？不是案子都已经破了。

尹深：我只是想送她一程。

年轻女子（欣慰）：招娣妹妹知道的话，一定会很开心的吧。

尹深：对了，你是李招娣的……

年轻女子：我是李招娣的姐姐，李向娣。

尹深：其他人呢？我是说，李招娣只有你一个人来送别吗？

李向娣（苦笑）：很奇怪吧。我妈说，李招娣是凶星，死了也是晦气，怕去索弟弟的命，所以就没来。

尹深轻轻叹气。

李向娣：招娣读书真的很用功，不像我，早早就从学校出来。对了，可以聊聊吗？关于我妹妹，我有种预感，或许，你应该知道关于我妹妹的事情。即使，这已经和案子没有任何关系了，但……就算我的一个请求，可以吗？

尹深：好的。

第二章节　完

第三章节

1. 2012 年 8 月 20 日—殡仪馆．内

李向娣：家里一共有三个孩子，我，李招娣，还有最近几个月前才生的弟弟。警官，你应该明白"娣"是什么意思吧？

尹深：我懂。

李向娣：阿妹偷偷说，她非常讨厌这名字。

2. 2012 年春节

一个重重的巴掌扇在李招娣脸上，李招娣痛苦地捂住耳朵。

李母：搬出去住，啊？我和你说过多少次了，家里为了支持你读书已经全家都在喝西北风了。

李招娣没有多说什么，把卧室门砸得很重。门的外面是李母喋喋不休的叫骂。

李母：臭脾气！惯的你。和同学处得不好就想出去住，我看你就是给你自己找借口，李招娣，别以为我不知道你考了什么名次，下滑得那么厉害！

李母：哎哟，肚子怎么突然这么痛。

李母在卫生间里呕吐。

李母：向娣！快点陪我去一趟医院，都是那个死丫头，本来最近我就觉得身体不好，她总说这些话来气我。

3. 2012 年 8 月 20 日—殡仪馆．内

尹深：所以……李招娣曾经提出过在外面租房子的想法。

李向娣：是的，阿妹偷偷告诉我，那几个女生欺负的她很厉害，她很害怕。

尹深：那为什么，后来又答应了呢？

李向娣：后来，阿妹不知道在哪里找到的房子，一个学期下来，房租和住宿费差不了多少。那个时候妈妈故意不接她电话，她偷偷发短信给我，说她真的很绝望，我也没有任何办法。

4. 2012 年 3 月初—学校电话亭

电话：对不起，您拨打的用户正在通话中，请稍后再拨。

同学甲：同学，你都打了好久了，大家都在后面等得急。

众人：对啊，对啊，真是的……

李招娣：对不起，不好意思。

5. 2012 年 8 月 20 日—殡仪馆．内

李向娣：没有人在身边的日子一定特别难熬吧。

尹深：那你之前去过李招娣租的房子吗？

李向娣：去过的。

6. 2012 年 4 月初—房内

李向娣和李招娣站在阳台上，微风吹过，阳光和煦。

李向娣：你打算什么时候告诉妈，你出来住了。

李招娣：不知道，或许一辈子也不告诉。

李向娣：妈说你已经好久不给她打电话了。

李招娣：学习忙，没时间。对了，她怀的那个东西，还在吗？

李向娣：阿妹，那是你弟弟。

李招娣：我并没有承认过，以前没有，现在没有，将来也没有。

李向娣：招娣。

李招娣：别再和我提起这个名字，我恶心。以后等我长大了，我要

改名。

李招娣牵着李向娣到书桌旁，她拿出来的答题卡上的名字写的是：李茉。

李向娣：李茉？

李招娣：好听吧？我已经改了，姐，你看。

李招娣拿出笔记本来。有一页用透明胶布粘着一朵茉莉花。

李招娣：这是他送给我的。

李向娣：他，你男朋友？阿妹，你真的？

李招娣用手捂住李向娣的嘴。

李招娣（羞涩）：嘘！别告诉她哦。

李向娣：知道了。

李招娣：他救了我，你知道吗？就是我先前告诉你的事情。

李向娣：那你改名字，老师同意吗？

李招娣：他们都很支持我的，非常支持我的，这种名字，对于一个人的价值而言，本身就是一种侮辱。

7. 2012 年 4 月月考考试后

周立：你是名字都记不得了吗？

周立桌子上放着一堆白色的答题卡，姓名无一例外地写着：李茉。

周立：你高考这么写，谁给你分？我懂，你们处在叛逆期，有个性，有思想，但你不能把考试当成儿戏。

李招娣：我没有把它儿戏，我以后会叫这个名字。

周立：但不是现在！你现在叫李招娣！答题卡拿回去，名字抄一百遍，明天给我。

李招娣：好。

第二天一早，李招娣把作业纸拿过来，李茉两个字抄了密密麻麻五百遍。

周立（苦笑）：你可真是不疯魔不成活。

【旁白，李招娣】我讨厌我不是那个人的附属品，我恨他，我讨厌我的一生将要被他寄生。他……简直是个寄生虫！

8. 2012 年 8 月 20 日—殡仪馆. 内

尹深长呼一口气，看来自己始终囿于情爱，没想到李招娣的固执来源于这么一个看似荒唐却另有解释的原因。

忽然，尹深想到了什么。

尹深：你说你妹妹，给你发短信？

李向娣：对啊。

尹深：她没有手机，怎么给你发的短信？

李向娣：或许，是她男朋友的手机吧。

尹深：你能把短信上面的手机号码给我看一下吗？

李向娣：哦，你等等。

尹深：你是说，李招娣在高二第二学期就和一个人有恋爱关系了吗？

李向娣：是的，早恋实在是不好，阿妹引火上身了。

尹深：不，并不是，另有其人。

李向娣：警官……

9. 2012 年 8 月 20 日—A 市精神卫生健康中心

尹深：许女士。

许惠（警觉）：小尹警官，一切已经结束了，王警官已经打电话告诉我了。小远他不是凶手。

尹深：我知道，但是我可以见他一面吗？我想和他聊聊。

许惠：唉，好吧，但是你得答应我，不能再刺激小远了。小远什么情况，你也知道。

尹深：好的。

10. 2012 年 8 月 20 日—病房. 内

许知远（笑）：小尹哥，有什么事情吗？

尹深：没什么事情，我只是想看看你。

许知远：真的？我不知道你对我这么有印象，我一直觉得干警察很累的。

尹深：病好些了吗？

许知远：好点了，只是今年可能完不成高考了。

镜头渐渐拉远，定格在窗边的茉莉花上。

尹深：好好养病，再好好复习就可以了。

许知远：谢谢。

许知远微笑着，似乎那场凶杀案并没有在他心里留下太大的痕迹。

尹深：对了，你知道李……算了。

许知远：李，招，娣。对吗？

尹深：你妈妈说不能刺激你。

许知远：至少我不是凶手，对吧。至少，这不是你来这里的主要原因对吗？

尹深：是的。

许知远：只因为我，对吗？

尹深：对的。

许知远：那我就很开心了。哈哈。

尹深低下头，拿出了手机，屏幕上已经输好了电话号码。

许知远：在看什么？是不是又有任务了，小尹哥。

尹深：是的，那没事的话我就先走了。

许知远：嗯，好的，小尹哥保重。

关上门那一瞬，尹深拨通了电话。

许知远：喂，您哪位？

尹深不寒而栗，电话重新响起，是王国豪。

王国豪：小尹，帮我查一下李招娣租的房子上一个住户是谁？

尹深：是和许知远有关吗？

王国豪：你去了就知道了。

11. 2012年8月20日—筒子楼. 外

廖咏梅：所以，李招娣确实是。

尹深：对的，廖女士。

廖咏梅：我的天，早知道我就不应该租给她那间房子，果然是凶宅。我也不应该贪这么点小便宜。

尹深：小便宜？

廖咏梅：我用很低的价钱租给了李招娣。她那房子的上一个租户是跳楼自杀的，也是上一届高三学生，黄韵佳。

尹深：黄韵佳？你的意思是，这间房子里曾经死过人。

廖咏梅（懊悔）：都说是精神压力大造成的。警察来了之后也确定说是自杀。这种事情连续发生两次，弄得小远也住院了。

尹深：许知远，和许知远有什么关系？

廖咏梅：那个女孩也是三中的，比他高一届，我看见他们俩常常在一起讨论学习。

尹深：谢谢，廖女士。

廖咏梅：没关系，应该做的。许妈妈也没和我说小远在哪里住院，不然我一定会去看望他。

12. 2012 年 8 月 20 日—派出所．内

王国豪：这么说，第三个人是黄韵佳。

尹深：师傅，您的意思是黄韵佳的死和许知远有关？

王国豪：但她确实是自杀，我已经问过了。

尹深：有挑唆的可能性吗？

王国豪：有一定可能性，但这已经无从证实了。我唯一能确定的是，许知远是一个特别善于观察的人，除了吴明天外，所有人对他的评价都很高。

尹深：是因为他的笔记做得太过细致入微。

王国豪：但这是他融入人群中所做的努力，从这一点来看，他比大多数正常人优秀得多。我们也不能对他这种习惯做什么谴责。

尹深：但，这也说明他有操纵人心的能力。

王国豪：你别想太多。从目前所有的证据来看。许知远确实是无辜的。

尹深：黄韵佳刚刚自杀，他就告诉李招娣让她租那间房子，他也太过冷血了。

王国豪：你不能希望每一个人都像你一样有太多共情能力。

尹深拿出先前的笔记来，划掉记录下来的：第三、四、五、十条。

尹深（默读）：第三条，许知远送给李招娣茉莉花。第四条，李招娣厌恶自己的名字，不愿成为弟弟的附属品。第五条，李招娣对自己的父母撒了谎。李招娣的谜语我只解开了四条，还有第四个人，第四个人是谁呢。

王国豪：这第四个人，或许我们早就知道了。

尹深：师傅的意思是。

王国豪：在这个案件里面只有一个人同时拥有了两个名字。

尹深：最后一个人是李招娣!! 这一切都联系上了！这就是为什么笔记本上又新加了一个"李茉"笔迹却不一样的原因。

王国豪：好了！破案了。这个案子我们既解决了凶杀问题，又解决了当事人之间的情感联系。大功告成，我们今晚出去吃庆功宴！快饿死了。

13. 2012 年 8 月 20 日晚—庆功宴上

某警察（开心）：祝贺我们在一个星期内就侦破了全市范围内的一个重刑案件。干杯!

宴上欢声笑语一片。

众人：我们王队不上前去说几句？

王国豪：感谢，感谢。

坐在一旁的尹深却怎么也高兴不起来。

王国豪：在想什么？一副苦大仇深的样子。

尹深：不对，好多地方我还是想不明白。

王国豪：我也要特别感谢，这个小尹警官，帮着跑了不少腿。这小子现在还纠结当事人之间的爱恨情仇。

众人（起哄）：小尹警官是自己没有爱恨情仇吧，该去交个女朋友了！

王国豪：快去给大家敬酒，告诉大家，今年，一定要交个女朋友。

不一会儿，尹深便被众人喝得醉倒。

王国豪：睡在这里，先做个春梦吧。嘿嘿!

【旁白，尹深】那个夜晚，我又梦见李招娣了。或许，我应该称呼她为李茉，毕竟这是她自己的名字。李招娣死亡的样子和李茉生动的笑容不断在梦中重叠。

许知远是两者之间摇摇欲坠的桥梁，他不是为了这个女孩子而生，他也有着自己的欲望。

14. 字幕：一年后

15. 2013 年 7 月初—市三中

男男女女穿着各式各样的衣服，穿梭在校园内，这是学校统一发放毕业证的时候，所有人都要和学校老师一起合影留念。

班长：周老师，我们已经把桌子全部摆好了，总共 53 张桌椅。

周立：班长，你再多搬三张桌子。

班长（疑惑）：可是全班只有 53 个人毕业啊？

周立：吴明天、李招娣、许知远，我还想看看他们。

班长：好的。

周立看着那三张空桌椅，陷入沉思，脸上满是忧伤。

不一会儿，教室里的人走光了。周立转过头，王国豪正站在门口。

16. 日．市三中楼道．内

周立：关于李招娣的事情，作为一名老师，我应该负很大的责任。

王国豪：像这种大孩子的事情，他们只要憋在心里，你也很难看得出来。

周立：我始终相信在学校里的孩子，终究是善良的。即便是有小小的摩擦，只要我愿意去帮忙矫正，他们总不会犯太大错误。但这次我确实大意了。

王国豪：周老师之前一直担任的是高三 15 班的班主任吗？

周立：很奇怪是吧。按道理来说，每次都把我分到最差的班，我一定会很不满吧。但不知怎么的，我一直觉得，孩子就是孩子，即使在成绩上不得不将他们划成三六九等，但我不应该对他们产生先入为主的偏见。

周立从衣兜里拿出一张折叠好的白纸。

周立：王警官，你看，李招娣是个多么固执可爱的孩子啊。或许，她真的叫李茉，李茉才是她的真名。

白纸上密密麻麻写了 500 遍"李茉"。

周立（摘下眼镜，偷偷抹去眼泪）：唉。

王国豪：请节哀。周老师，我再问您一个问题。

周立：你说。

王国豪：如果有一个您的学生说您死板、过于遵守原则，甚至认为您不适合在这个社会上生存，您会怎么想呢？

周立（笑）：吴明天吗？

王国豪：我不能说。

周立：那他一定是一个很细心的孩子呢。听见他描述我的词语，我就知道他没有说错。

王国豪：您不生气？

周立（笑）：为什么生气呢？这就是本来的我。但是，我还是选择固守自己的原则。或许那个孩子认为不懂得变通是不适合这个社会的原罪。但，连自我都丢掉的人何尝不是对生命的背叛呢？

周立：王警官，我还有事，有缘再会吧。

周立尽管头发已经斑白，却挺着腰板，消失在楼梯转角。

王国豪：都听见了吧，你可以出来了。

许知远：看来姓吴的早就把我的事情说了个一干二净。

王国豪：可是，这已经不能威胁到你什么了。你在那张纸上所说的，我已经转告给周老师了。

许知远：你也知道黄韵佳的事情了吧？

王国豪：你怎么知道的？

许知远：我随口问了问廖阿姨，她就什么都和我说了。

王国豪：你真可怕。

许知远：你觉得……是我逼死黄韵佳的吗？

王国豪：有这个可能性。

许知远：如果我说不是呢？

王国豪：那并不让我感到意外。毕竟这其中的事情你最清楚，更何况，我没有必要从你嘴巴里套出真相来。

许知远：我没有逼死她。那是她自己的选择，我只是提前知道罢了。

17．日．筒子楼 3-2．内

黄韵佳坐在许知远对面。

黄韵佳：小远，告诉你一个秘密。

许知远抬起头来，黄韵佳流着眼泪微笑着，用笔在纸上写了一句话，然后递给他。

许知远：我想去死。

黄韵佳：锵锵锵！哈哈。惊讶吗？Surprise.

许知远：为什么？

黄韵佳：我住在这个地方，感觉活不下去了。我只告诉你一个人，小远。我的成绩早就够不到线上了。不知道为什么。我一直努力啊，努力啊，努力啊。但是我快要绝望了。

许知远：你告诉过你的父母吗？

黄韵佳：告诉过，但是好像，他们不理解我。不理解我的害怕、恐惧。一句轻飘飘的鼓励话谁都会说的，是吗？

许知远：多久？

黄韵佳：今晚。永别了，小远。

18．日．市三中楼道．内

王国豪：这故事可能是真的，也可能是假的。

许知远：那请您相信这是真的。

王国豪：为什么呢？

许知远：因为你的眼神，真让人恶心。就像一条猎犬，敏锐而具有穿透力。你一直用那种怀疑的眼神看着我，即使我只是两个案件的被卷入者。你还是把我当作一个潜在嫌疑人。

王国豪：我居然分不清楚，你是在夸我还是在贬我。

许知远：你体验过被人当作"不正常人"的感受吗？我的神经中枢得了这种病，却没有夺取我作为一个人的独立思考的能力。

每当你竭尽全力地想做一个正常人时，总有人用怀疑的目光看着你。

更令人恶心的是，他们的眼神带来的不安的感觉给我的身体造成的反应，反而更加巩固了他们的偏见。

王国豪：他们？包括了吴明天？

许知远：他是倒数第二个用这种眼神看我的人。更可恶的是，他用这件事来威胁我。

王国豪：你真是可怜又可恨，小许同学。但这并不是你利用他人的理由，从道德的角度来看，你仍然是把李招娣推向深渊的凶手之一。

许知远（笑）：我和她，不过是相互帮忙罢了。

19. 连续镜头闪过

（1）李招娣离开电话亭，无助地躲在教室里哭泣。许知远看在眼里。

镜头定格在：许知远在笔记本上写下"李招娣"三个字。

【旁白，李招娣】我遇见了他。

（2）李招娣和许知远密谋。她把郑玲拖到卫生间里，那个捂住郑玲嘴的人就是许知远。

【旁白，李招娣】以后，日子会好过一点吧。不会再有那些烦人的事情了吧。

（3）许知远摘下窗边盆栽的茉莉花，送给李招娣。

（4）李招娣把那些花瓣粘在笔记本上。她搬进黄韵佳的房间。许知远站在阳台上看着这一切。

（5）楼道里某一隐蔽角落。

许知远双手捏住李招娣的双臂。

许知远：我帮了你，你也会帮我，对吗？

李招娣：好的，我答应你。

【旁白，李招娣】他帮我了，所以我也要帮他。

（6）"歌来美"KTV内。

吴明天：你不是好学生吗？这次作业怎么错这么多？你要我怎么抄？

李招娣：这次作业有点难所以……啊啊啊啊！

吴明天的烟头烫在李招娣的胸部。

吴明天：滚到厕所里面把作业写了！

众人（起哄）：把衣服脱了呗！穿着衣服写作业看着多正经啊。

（7）3筒子楼3-2室。

许知远紧紧抱着李招娣。

李招娣（哭）：你考来我们班，好不好？好不好？

【旁白，李招娣】怎么回事，他还没有过来，还没有过来，他也在骗我吗？

（8）十五班教室内。

周立：许知远，你就坐到李招娣旁边吧。

【旁白，李招娣】他是真的爱我，一定要振作起来啊！

（9）筒子楼3-2室。

李招娣从许知远的阳台外看见吴明天站在自己的门前，一副气急败坏的样子。

许知远用打火机点燃吴明天撕下来的那一页，烧成灰烬。

李招娣：怎么样，我厉害吧。

李招娣摆出一副索吻的姿态。但许知远却用手潦草地摸了摸她的头。李招娣有些失望。

李招娣：小远，你把那个笔记本给我看一下吧。

经不住李招娣的再三请求，许知远拿出了那本旧笔记本。

李招娣（失望）：怎么还缺了一页？

许知远：那一页是关于黄韵佳的。

李招娣抢过笔记本，抱在自己怀里。

李招娣：借给我一下，好不好？

许知远：随便你。

（10）李招娣房间内

她先在新笔记本写下：理想大学：……

李招娣：不行，我还没问过小远呢。

刚刚写上的字被划上。

接着，李招娣在笔记本上写下：我要和XZY离开这个地方。

李招娣：无论如何，无论如何……

接着她摊开旧笔记本，写下：

李茉：宇宙超级无敌美少女。

20. 日.市三中楼道.内

许知远的身影渐渐走远。

王国豪的大脑里忽地闪过一丝不祥的预感。

王国豪（严厉）：喂，你他妈离尹深远一点，听见了没有？

许知远：你应该提前一周警告我，而不是现在。

王国豪：该死，该死。我怎么忘记了这档子事，我怎么现在才想明白，姓许的那小子到底想干什么？

第三章节　完

第四章节

1. 2013 年 8 月初—筒子楼 3-2 室．内

许惠带着尹深来到筒子楼。

许惠：小尹警官，我得好好感谢你。

尹深：许女士，怎么？

许惠：医生说，小远的病情基本上不影响正常生活了。

尹深：也就是说，许知远和常人无异了。

许惠（笑）：对啊。终于，终于熬出头了。小远看起来也没有被那件事情影响。

许惠：小远，小尹警官来看你了。

尹深：小远。

许知远：小尹哥你好。

尹深：明年高考对吧？

许知远（笑）：对啊，因为那种事情就过去了整整一年。

尹深：好好的。

许知远：对了，小尹哥，你的手机号码是多少，我们以后常联系。

尹深心虚起来。

许惠：对，对。小尹警官，小远好像很喜欢你。

尹深拿出手机来。

尹深（不安）：157

许知远（重复）：157，好了。

尹深：7889

许知远（重复）：7889，嗯。

许知远：最后四位应该是1，8，2，9，我没说错吧？小尹哥。

许惠：你们俩先聊着，我先出去买菜了。

门关上。

尹深：原来你什么都知道了。

许知远：我只是记得那天，你在病房外打电话，我的手机却响了。我接听了之后，你看起来很紧张。问题来了，你为什么会知道我的电话呢？

尹深无言，紧张地盯着许知远。

许知远（笑）：或许，我给你留下了很深的印象吧。又或许，是通过短信什么的。也罢，对于小尹哥而言，找到我的电话号码并不是什么难事，对吧？

一阵强风从阳台上吹进来，茉莉盆栽砸碎在地上。

尹深：花盆碎了。

尹深找来工具清理花盆碎片。

许知远（唱）：清晨里，下了一场雨。露水沾湿了小茉莉……

尹深（惊愕）：你怎么会知道这首歌？

许知远：有可能我们之间又多了一个共同爱好，这是一个好的开始，不是吗？

尹深：你真奇怪。

许知远：那盆茉莉花，你也不是第一次见，真可惜，当你真的意识到这一切的时候，它居然碎掉了。

尹深：意识到了什么？

许知远：笔记本啊，笔记本！那朵花，就是从这里长出来的。你跟王警官果然还差了一截。

尹深的神色越来越凝重，审视着许知远。

许知远：又是那种令人讨厌的眼神。不过看在是你的分儿上，算了。对了，忘了说一句。

尹深：什么。

许知远：你的怀疑是正确的。

许知远走过来，摊开他的手，放下一根圆规针。

许知远：这个在案发现场，从来没有找到吧？在她去那地方之前，我就已经把针取下来了。

尹深：你！

许知远：留作纪念吧。恭喜！终于破案了！虽然还给了你们很多多余的线索。

许惠站在门外，手里拿的菜篮落在地上，两人的对话她听得清清楚楚。

许知远：这下，你这辈子都记得我了吧？你一定要记得我，尹深。看着我的样子，因为说不定什么时候我就在你面前出现。

尹深本能地后退几步。许知远打了个哈欠。

许知远：时间也不早了，我妈也该回来了。小尹哥要留在这里吃晚饭吗？

尹深：不了，你多保重吧。

许知远：好的，不送。

2. 2013 年 8 月初．夜—筒子楼 3-2 室．内

许惠：去省城吧。那里好一些，什么人也不认识。

3. 第二天．早—筒子楼 3-2 室．内

尹深打开房门，屋里空荡荡的，许惠母子俩已经离开了。

阳台边上的垃圾桶里还残留着茉莉花盆栽的碎片。

电话：您拨打的电话是空号。

【镜头】对着尹深落寞的背影，头顶上升起一缕从未断过的烟。从薄雾到深夜。

【念白，尹深】

没有人知道他们去了哪里，就像是人间蒸发了一样。

当然，这是一个人面对这种事情的本能。

我至今都不知道，为什么许知远要主动卷入这场案件之中。

也不知道为什么他说要我记住他的脸。

真是奇怪。

廖咏梅：小尹警官回去吧，没有人知道他们去了哪儿。

全剧终